胸有丘壑

时代出版传媒股份有限公司
安徽文艺出版社

作者　徐可

　　江苏如皋人，中国作家协会全委会委员，鲁迅文学院常务副院长，编审，作家，评论家，启功研究会理事。徐可致力于散文创作实践和理论研究、启功研究，倡导真情写作，致力于弘扬中华美学精神。著译有《仁者启功》《背着故乡去远行》《三更有梦书当枕》等作品二十余部。曾获中国新闻奖、丰子恺散文奖、中国报人散文奖、百花文学奖、汪曾祺散文奖、冰心散文奖等。

名家文化散文系列

徐可 著

胸有丘壑

时代出版传媒股份有限公司
安徽文艺出版社

图书在版编目（CIP）数据

胸有丘壑/徐可著. —合肥：安徽文艺出版社, 2024.1
（当代名家精品珍藏）
ISBN 978-7-5396-7694-4

Ⅰ.①胸… Ⅱ.①徐… Ⅲ.①散文集－中国－当代
Ⅳ.①I267

中国国家版本馆 CIP 数据核字(2023)第 011175 号

出版人：姚 巍	总统筹：汪爱武
责任编辑：汪爱武	装帧设计：观止堂_未氓

出版发行：安徽文艺出版社　　www.awpub.com
地　　址：合肥市翡翠路 1118 号　　邮政编码：230071
营 销 部：(0551)63533889
印　　制：安徽新华印刷股份有限公司　　(0551)65859551

开本：880×1230　1/32　印张：10.25　字数：210 千字
版次：2024 年 1 月第 1 版
印次：2024 年 1 月第 1 次印刷
定价：55.00 元

（如发现印装质量问题，影响阅读，请与出版社联系调换）
版权所有，侵权必究

赓续中国文章之审美传统

——"名家文化散文系列"总序

"盖文章,经国之大业,不朽之盛事。"

一千八百多年前,曹丕在《典论·论文》中,首次对文章的价值给予了前所未有的评价,其实也是对文章的传统、文章的功能作出了高度凝练的概括。文章非小事,它关乎国家治乱,关乎国运兴衰,不可等闲视之,正所谓"文章千古事,得失寸心知"。

中国散文,萌芽于甲骨卜辞,滥觞于商周铭文,成熟于先秦诸子,鼎盛于汉代《史记》,丰沛于唐宋八家,革新于五四先贤。一路浩浩汤汤,奔涌向前,从记事到记言,从文言到白话,从短篇到巨制,从简约到繁复,不断丰富发展,不断摸索创新,至今已蔚为大观,成为中国文学之重要一脉。在长达数千年的发展史上,中国文章形成了自己独特的审美传统,那是东方文化特有的美学风格。中国文章讲求天人合一，美善统一；讲求蕴藉含蓄，意在言外；讲求托物比兴，寄情于物；讲求情与物融，思与境谐；讲求言简意赅，凝练节制；讲求形神兼备，意境深远……强调知、情、意、行相统一，追求真善美融会贯通的人生情致和审美旨趣，注重提升人的精神境界、道德情操、人格修养。这样的审美追求，为我们造就了灿若星河的散文大家，他们是中国传统文化的主力军；为我们留下了浩如烟海的散文名篇，它们是中国传统文化宝库中的精华。前人的散文作品，或者汪洋恣肆，雄辩谨严；或者犀利峭刻，慷慨多气；或者文采华瞻，情深意重；或者清新明丽，温柔婉约……真可谓百花齐放，异彩纷呈。不同派别，不同风格，不同时尚，不同格调，在不同时代各领风骚。比如，庄子的奇思妙想，自在无度，如有鬼神之助；孟子的雄辩滔滔，气势无碍，正气浩然；苏轼的空灵高远，行云流水，挥洒自如；还有王勃的优美灵秀，韩愈的厚重庄严，张岱的清新通脱……都高悬在中华民族的文化星空，成为中华散文的经典之作。

　　五四新文化运动中，以鲁迅、周作人、林语堂、朱自清等为代表的一批作家，吸收西方散文随笔的优长，对中国传统散文进行了大胆的改造，形成了现代散文，在中国散文史上形成了又一座高峰。当下散文,承接深厚传统,大胆探索创新,花木葳蕤,枝繁叶茂,花红柳绿,姹紫嫣红,生气勃勃,空前繁荣,名家辈出,佳作纷呈。特别是一批颇有实力的中年作家,已经成为散文创作的主力军,他们既有深厚的学识底蕴,又有开阔的视野格局,他们的作品很好地呈现了中国文章的神韵。然而,与前人伟大的成就相比,人们期望中的新的高峰还远远没有出现。

有鉴于此,我们立意编选一套"名家文化散文系列"丛书,既是对当下散文创作的一次小小检阅,亦是提倡一种正大明亮的文学观、散文观,更是对中国文章审美传统的一种召唤。我们期望弘扬中华美学精神,重塑中国散文的古典美。散文要有学、有识、有情,方能达到深远如哲学之天地,高华如艺术之境界。

我们呼吁重建中国文章的审美传统,绝不是要死守某种陈旧的、落后的、僵化的文学观,而是要在学习传统、继承传统的基础上守正创新。我们提倡守正创新,根本在于守正,目的在于创新。我们尊重不同风格、不同题材、不同手法,拒绝题材、风格、手法的单一化、同质化。我们仰望高山巍峨,也俯瞰小桥流水;我们赞叹大漠塞北,也沉醉杏花江南;我们欣赏黄钟大吕,也喜爱秋蝉时鸣。散文创作中的百花齐放才能满足人们多样化的审美追求。

这是一套开放的文库,我们欢迎也期待更多优秀的散文作家的加入。

2023 年 8 月 6 日,北京芍药居

目 录

赓续中国文章之审美传统
——"名家文化散文系列"总序(徐可) / 001

第一辑 千里怀人

在婺源,与朱子相遇 / 003

家训背后的李光地 / 012

"君子藏器"虞世南 / 024

硬汉邢爷 / 033

怀念陶然学长 / 040

迪爷,你把一团火留在了人间 / 045

敦煌守护神

　　——几代敦煌人的群体雕像　　　　／051

第二辑　山水有情

山里人家　　　　　　　　　　　　／097

马里冷旧的雾　　　　　　　　　　／102

涟水河的深情　　　　　　　　　　／108

朱自清的梅雨潭　　　　　　　　　／116

竹园　　　　　　　　　　　　　　／124

峄城榴花红胜火　　　　　　　　　／129

淮水安澜　　　　　　　　　　　　／135

访茶记　　　　　　　　　　　　　／144

云上雪峰　　　　　　　　　　　　／160

云和看云　　　　　　　　　　　　／166

第三辑　秉烛夜话

不恨古人吾不见,恨古人不见吾狂耳!

　　——漫话古代文人之一　　　　／173

莫说相公痴,更有痴似相公者!

　　——漫话古代文人之二　　　　／182

闲敲棋子落灯花

  ——漫话古代文人之三 / 189

花月还同赏,琴诗雅自操

  ——漫话古代文人之四 / 196

人无疵不可与交,以其无真气也

  ——漫话古代文人之五 / 203

情不知所起,一往而深

  ——漫话古代文人之六 / 210

第四辑 夜读漫笔

絮语	/ 221
言为士则,行为世范	/ 223
且待小僧伸伸脚	/ 225
子非吾友也	/ 227
不欲虚此清供也	/ 229
此间有甚么歇不得处	/ 231
唯丘壑独存	/ 233
兰之味非可逼而取也	/ 235
一说便俗	/ 237
卿喜传人语,不能复语卿	/ 239

但少闲人如吾两人耳　　　　　　　／ 241

小人都不可与作缘　　　　　　　／ 243

第五辑　豆棚闲话

爱　　　　　　　　　　　　　　／ 247

白菜　　　　　　　　　　　　　／ 249

萝卜　　　　　　　　　　　　　／ 254

书卷多情似故人　　　　　　　　／ 259

取法自然　真诚剀切

　　——略谈《三更有梦书当枕》(之二)与我的散文观

　　　　　　　　　　　　　　　／ 262

背着故乡去远行　　　　　　　　／ 268

月是故乡明　　　　　　　　　　／ 275

更有清流是汨罗　　　　　　　　／ 279

我们为什么怀念启功　　　　　　／ 281

《井冈山》的"绿"　　　　　　／ 286

蛐蛐儿　　　　　　　　　　　　／ 289

第一辑　千里怀人

在婺源，与朱子相遇

第一次去婺源，没看到她闻名遐迩的田园风光，却与朱子意外相遇。

是冬日。正赶上大雪节气，微风轻拂，细雨斜落，有那么一点浪漫的气氛。可这点浪漫，"怎敌他、晚来风急？"

那天傍晚，从北京南苑机场坐飞机到上饶，再换乘高铁去婺源。飞机晚点了，开车的朋友使出了吃奶的力气，也没能赶上开往婺源的最后一班高铁。没办法，只好在上饶停留一晚。还好，我们吃了一顿地道的上饶土菜，配上土制的米酒，咕咕叫的肠胃得到了抚慰，误车的沮丧也稍得弥补。饭馆老板有心，在每张桌子下面都烧了一盆炭，让人浑身暖烘烘的。

第二天早起，坐头一班高铁去婺源，二十多分钟抵达。带着行李，我们直奔熹园。

熹园，顾名思义，与宋朝著名的理学家、思想家、哲学家朱熹有关。朱熹出生、生长于福建尤溪，但祖籍婺源，与婺源渊源颇深，所以宋度宗赵禥诏赐婺源为"文公阙里"。不过朱家可没有这么一座园林,这是当代人建的,在朱熹祖居地朱家庄。

熹园位于紫阳镇汤村街星江河畔,典型的徽派建筑,粉墙黛瓦,亭台楼榭,依山面水,古树掩映,一看就让人心生欢喜。按照熹园的规矩,我们每个人都穿上了南宋古装,走进熹园,仿佛走进了历史深处,亲身感受朱子文化的独特魅力。

熹园入口,牌坊上方正中写有"文公阙里"几个大字。朱熹是集儒学之大成者,在中国文化思想史上影响很大,去世之后,谥"文公"。入园门,回头仰望,牌坊正中书有鎏金大字"玉德金声",正是朱熹高洁品格的真实写照。从园门前行,是一座横跨在源头水上的单孔石拱桥,这是以前朱家庄的进出之桥——引桂桥。桥名寄托了朱氏先人对后人的殷切期望。果然,在建桥两百年之后,朱家第九世孙朱熹便一举折得"圣人"桂冠,为朱家庄、为婺源赢得无上荣耀。

宋朝建炎四年(1130年)农历九月十五日,朱熹出生于南剑州尤溪县(今福建尤溪)。朱家是儒学世家,他的父亲朱松对朱熹寄予厚望,按照儒家学做圣贤的目标对儿子施行教育。据《朱子年谱》中记载,朱熹在10岁时就"厉志圣贤之学",每天如痴如醉地攻读《大学》《中庸》《论语》《孟子》。他自己回忆说:"某十岁时,读《孟子》,至圣人与我同类者,喜不可言。"不幸的是,朱熹13岁时父亲就去世了。临终前,父亲托付几位学养深厚的朋友代为教育朱熹。18岁时,朱熹在建州乡试中考取贡生;19岁,朱熹入都科举,中王佐榜第五甲第九十名,准敕赐同进士出身。经过刻苦努力,朱熹终成一代大儒,以唯一非孔子亲传弟子身份而享祀孔庙,位列大成殿十二哲者中。

朱家庄是朱熹的祖居之地,当然,现在的名字叫熹园。熹园是一座江南文化园林,每一栋建筑都有着厚重的文化内涵。善庆堂,取"积善之家,必有余庆"之意,展示着主人对美好生活的向往;澹成堂,寓意只有淡泊一切名利,方可成就大事业;修齐堂,则饱含着儒家"修身齐家治国平天下"的家国情怀。这些建筑是静止的、无声的,但是在静默中仍然释放出浓浓的文化意蕴,让人体会到儒家思想的传承和影响。

朱熹生前曾两次回老家婺源。第一次是绍兴十九年(1149年)冬,朱熹刚刚考取进士后。朱熹这次回婺源故里,主要是祭扫先祖的墓地,省亲访友。在家乡,他受到族人亲友的盛情款待,还与文人学士饮酒唱和,非常欢畅。县城名士俞仲猷听说朱熹书法艺术有很高的造诣,于是求了一幅大字。文人董颖看后赞叹不已,题诗说:"共叹韦斋老,有子笔扛鼎。"朱熹这次返乡还了却了一桩心愿。当年他父亲朱松去福建做官举家迁移时,因家境困难盘缠拮据,不得不把祖业田亩全部典当。曾在福建剑州为官的婺源同乡张敦颐在告老还乡后,慷慨地为朱家赎回了田地。所以,朱熹这次回婺源要登门面谢张老,并将赎回的田地交给族人管理,以便每年可用田租来祭扫和修理祖墓。

转过尊经阁,一泓清水映入眼帘。这就是朱绯塘,传说朱熹那首著名的《观书有感》就写于此塘边。时值冬日,塘水清冽如镜,塘边绿树掩映,蓝天、白云、绿树和亭台楼榭倒映水面,一幅天然的山水画铺陈在大地上。一对身着古装的金童玉女手撑油纸伞,在水塘边久久徘徊,仿佛千百年前的才子佳人穿越时空而来,让这水、这景多了几分灵气。前方有一棵古树,名叫槠树。据说它是朱熹第二次回家省亲祭祖时手植的,距今已有八百多年了,依然郁郁葱葱,苍翠如盖。

朱熹虽然远在福建,但对家乡是"未尝一日而忘父母之邦"。于是在宋淳熙三年(1176年),47岁的朱熹第二次回到婺源祭祖、拜望宗族长老。他寻找祖墓,一一祭祀,在先祖墓前诵读他刚撰写的《归新安祭墓文》。他还在朱家庄植下了这棵楮树,让它代替自己朝夕陪在先祖身边,以尽孝道。

朱熹这次回来住在西郊汪清卿家。汪清卿也是位饱学儒士,收了一些求学的门生,因而邀请朱熹为其学生讲学。朱熹对学生所提的问题,都一一解答,诲人不倦。为了表达对主人的敬意,他还为书斋题写了"爱日"匾额,撰写了《敬斋箴》。

其间,朱熹还亲临县学,向学校藏书阁赠送了《程氏遗书》《程氏外书》《经说》等书10多卷,并撰写了《婺源县学藏书记》,阐述了书的重要作用。他在文中告诉乡人说,读书是为了增加知识,要尽心竭力,才能善其身、齐其家,而及于乡、达之天下、传之后世。

三都滕璘、滕珙兄弟二人拜朱熹为师,一直是通过书信讨教学问。这次老师归里,他们执弟子之礼,邀请先生游朱绯塘。朱熹见朱绯塘一带山水幽静,好像梦中到过似的,便问:"这地方叫什么?"滕璘说:"叫朱绯塘,我们的祖业都在此地。"朱熹闻后,十分感慨地说:"难怪,我与你早有神交了。"于是要滕氏兄弟在这里作亭讲学,并为之亲书"草堂"二字。也许是朱绯塘那汩汩不息的泉水引发了朱熹的灵感,因而写下了"半亩方塘一鉴开,天光云影共徘徊。问渠哪得清如许,为有源头活水来"的千古绝句。

位于朱绯塘边的紫阳书院,石栏护绕,肃穆庄严。紫阳书院是中国最著名的书院之一。"紫阳"是朱熹的号,世人也谓朱熹为"紫阳夫子"。紫阳书院是以祭祀朱子、宣扬朱熹理学思想为宗旨,读朱子之书,传文公之教,延续程朱学脉的场所。婺源的紫阳书院建于元至元二十四年(1287年),亦称晦庵书院,历代均有毁建。熹园内的紫阳书院,总体格局按《婺源县志》记载图案原样修复,由瑞云楼、讲经堂、方塘、三贤祠组成,规模宏大,构造精巧,雕刻精美,体现了徽派古建的独特魅力。书院整体展示内容表达的是朱子的教育理念,围绕朱熹从事教育和学术经历,全面深入地介绍朱子文化。有他在江西白鹿洞书院首开书院讲学制度,在鹅湖书院开启中国哲学史上学术自由辩论之端,在岳麓书院留下"忠孝廉节"四字教规……我们在这里集体诵读《朱子家训》:"君之所贵者,仁也。臣之所贵者,忠也。父之所贵者,慈也。子之所贵者,孝也。兄之所贵者,友也。弟之所贵者,恭也。夫之所贵者,和也。妇之所贵者,柔也。事师长贵乎礼也,交朋友贵乎信也。……"

朱熹不但是著名的哲学家、思想家、文学家，同时又是一位卓有成就的教育家。他不求仕进，毕生热心教育和著述活动。庆元六年（1200年），朱熹生命垂危，几乎完全失明，他却以更旺盛的精力加紧整理残篇，临终前一天还在修改《大学章句》。他唯一的愿望就是要将自己生平的所有著作全部完稿，使道统后继有人。朱熹集孔孟思想之大成，创建了一个博大精深的哲学思想体系，是继孔子之后，又一位对人类思想史做出过巨大贡献的东方文化圣哲。

两宋时期的饶州和信州，经济发达，人文昌盛，是朱熹最喜欢的地方。《上饶县志》记载："吾信州为闽之门户，文公（朱熹）游学四方，必道出焉，故信之山水最为赏爱，至今深山穷谷，虽土人亦罕至，而往往有公（朱熹）遗墨然，莫可考矣。鹅湖以讲道特显，怀玉、三清又平生所愿游，每见于书礼间不一而足，南岩去郡始绝溪而南半里许，公盖常至焉。"

朱熹一生不仅频繁来往于饶州与信州，而且常在上饶的鹅湖寺、带湖书院、象山书院、博山书院、南岩寺、章岩寺、怀玉山、银峰书院、双桂书院、忠定书院、东山书院等处讲学、读书、静思、著书。朱熹在余干东山书院一边讲学，一边注释《离骚》，完成了《楚辞集注》。1175～1194年间，朱熹多次上怀玉山讲学,与陆九渊、吕祖谦等人切磋学问。至今,怀玉山还有一棵朱熹栽的梨树。朱熹在各地任职时,曾经整顿了一些县学、州学,又亲手创办了同安县学、武夷精舍、考亭书院,重建了著名的白鹿洞书院和岳麓书院,并且还亲自制定了学规,编撰了"小学"和"大学"的教材,为国家培养了一大批知识分子,其中包括不少著名的学者,形成了自己的学派。他制定的《白鹿洞书院教规》,对教育目的、训练纲目、学习程序及修己治人的道理,都做了明确的阐述和详细的规定,成为后续中国封建社会700年书院办学的模式。

南宋淳熙二年(1175年),在吕祖谦主持下,朱熹与陆九龄、陆九渊兄弟在信州鹅湖寺,就各自的哲学观点展开了激烈的辩论,这就是著名的"鹅湖之会",是中国古代思想史上第一次著名的哲学辩论会。1717年,康熙帝亲自书赐鹅湖书院"穷理居敬"匾一面和"章岩月朗中天镜,石井波分太极泉"楹联一对,赞扬朱熹讲学史迹和学术理论功绩。

离开紫阳书院继续前行,面前一座两层阁楼就是熹园的主要建筑——尊经阁。熹园的尊经阁,地下一层,地上两层,整幢阁楼全用名贵木材造就。中间为旋转式楼梯,直达顶楼。尊经阁与引桂桥、紫阳书院处于同一中轴线上,阁高19米,建筑高度为熹园之最。登阁四望,园内景物尽入眼帘。北面有台,面朝碧波粼粼的朱绯塘,清风徐来,有淙淙古筝缥缈传至耳边,足以极视听之娱。

自古以来,婺源文风鼎盛,县乡共有书院藏书楼百座之多。这座尊经阁,便是以前朱家庄的藏书楼。作为朱熹的族人,一直以读书为业,从来不敢有一丝懈怠,只怕有损于先人之誉。他们"读朱子之书,服朱子之教,秉朱子之礼",几百年来,读书之气,蔚然成风。朱家庄的藏书楼所藏的书籍以五经及朱子的著述为主,供朱家庄及县内儒家弟子阅读。

尊经阁始建于明嘉靖年间,后历经沧桑,至民国后期全部损毁,荒废久矣!熹园新建,在恢复紫阳书院的同时,于熹园入口处修建尊经阁,重铸朱家庄昔日鼎盛的文风,让今人了解前人的读书奉贤之道。

走出熹园,耳畔仿佛还回响着《朱子家训》的诵读声:

"见老者,敬之;见幼者,爱之。有德者,年虽下于我,我必尊之;不肖者,年虽高于我,我必远之。慎勿谈人之短,切莫矜己之长。仇者以义解之,怨者以直报之,随所遇而安之。人有小过,含容而忍之;人有大过,以理而谕之。勿以善小而不为,勿以恶小而为之。人有恶,则掩之;人有善,则扬之。"

家训背后的李光地

一

在安溪,突然与李光地相遇。

李光地的事迹,先前知道得不多。中华文明上下五千年,英雄豪杰灿若繁星,数不胜数。我对历史文化大感兴趣,好读史书,常被我中华民族的英雄人物所感动;遂发愿精选十数个贡献巨大者,敷衍成文,表彰其事迹,发掘其意义。之前,李光地是不在我视野之内的,连这个名字都很陌生。然而最近到福建安溪,听当地人及李氏后裔屡屡提及李光地,勾起了我一探究竟的兴趣。自安溪返京后,我翻阅了一些史书资料,这才对李光地的生平事迹有所了解。

然而我发现,对于这位一代名相的评价,始终处于两个极端。挺之者,莫若康熙、雍正。李光地生前,康熙曾三赐御书匾额:"夙志澄清""夹辅高风""谟明弼谐",以表彰其治理河患有功、为官品格高尚、善于出谋划策。李光地去世后,康熙帝评价他:"谨慎清勤,始终一节,学问渊博。"后雍正帝又追祭李光地,为其刻了一个谕祭碑,在祭文里赞扬他"学问优长""流芳竹帛,卓然一代之完人"。评价之高,世所罕见。贬之者则斥其"初年则卖友,中年则夺情,暮年则居然以外妇之子来归"(全祖望语),"忘亲背交,职为奸谀"(梁启超语)。昔日好友陈梦雷更是写下《与李厚庵绝交书》,痛斥他"忘德不酬,视危不救",公开与他决裂,反目成仇。赞之弹之,判若云泥;孰是孰非,一时无法判定。倒是我在安溪看到的李光地家训,让我极感兴趣。

家训,是中国传统文化中的一个重要组成部分。中国人相信,"积善之家,必有余庆",所以历来十分重视家教——家庭教育。家教是家庭内部家长对子女的言传身教,家长通过自己的善言善行来教育子女做人做事的道理。家教是个体社会化非常重要的途径,好的家教对于子女一生都是至关重要的。一个人受过什么样的家庭教育,会通过他在社会上的行为表现出来。所以人们在评判一个人的品行时,往往会跟他(她)所接受的家教联系起来,如:某某某没家教,某人家的家教很严格等。家书家训,是古人进行家庭教育的一个重要载体。古人留下的家书家训颇多,如《曾国藩家书》《颜氏家训》等,对历代知识分子影响很大,已经成为一笔宝贵的精神财富。李光地作为清代著名理学家,同样十分重视家族晚辈的教育问题。他不但在家书中对家族子孙谆谆教诲提出要求,而且曾专门写过一系列家训和规约,比如《家训·谕儿》、《本族公约》、《诫子孙》(又名《诫家后文》)等。在李光地《榕村全集》卷三十三中,还有"箴"文三篇:《劝学箴》《惜阴箴》和《诫家后箴》。这"三箴"与前面的家训内容大同小异,其实也是李氏家训的一部分。近年来,李氏家训,作为李光地文化的重要内容,逐渐受到人们的重视。

二

在安溪湖头镇,李光地故居新衙大厝,我看到了李光地拟定的家训。

湖头镇是国家级历史文化名镇,这里有李光地故居,包括旧衙、新衙及贤良祠(榕村书屋)等。

在新衙第四进墙上,有两块告示牌,镌刻着李光地的《家训·谕儿》和《诫子孙》。家训显然是新近刻上去的,中有脱字。查阅典章,可见全文。

治家从学、立身处世是古代家训的核心,李光地家训也不例外。无论是"箴"文三篇《劝学箴》《惜阴箴》和《诫家后箴》,还是后人广为流传的《家训·谕儿》《诫子孙》和《本族公约》,都离不开惜时读书、勤俭持家和谦恭谨慎等治家处世的基本道理。

《家训·谕儿》和《劝学箴》《惜阴箴》侧重教育晚辈要惜时读书,掌握学习方法。"口不绝吟于六艺之文,手不停披于百家之篇;纪事者必提其要,纂言者必钩其玄。贪多务得,细大不捐,焚膏油以继晷,恒兀兀以穷年。""凡书,目过口过,总不如手过。盖手动则心必随之。虽览诵二十遍,不如钞撮一次之功多也。况必要提其要,则阅事不容不详;必钩其玄,则思理不容不精。若此中更能考究同异,剖断是非,而自纪所疑,附以辩论,则浚心愈深,着心愈牢矣。"读书要善于提纲挈领,抓住基本的观点、线索,开动脑筋,探索其精微之所在;好记忆不如烂笔头,要口到、手到和心到;对于有疑问的地方,要主动提出来,以辩论的方式更能够弄清楚其中的道理;著书不为追名逐利;等等。

《诫子孙》和《本族公约》则着重告诫子孙和族人要勤俭持家、谦恭谨慎、遵纪守法。

在《诫子孙》中,李光地从祖上念次公开始,叙述了先辈们创业的艰难。"昔吾祖念次府君,起家艰难,十三岁能脱父冤狱,遂辍学营生以养亲。溪谷林麓之间,颠沛万状,至壮岁渐赢。""乙未、丙申间,家遭大难,陷贼十余口。""甲寅、乙卯之年,闽乱大作,余既踪迹孤危,亦系家门祸福,耳属于垣,莫可计议。"只是到了近三十年间,家族才逐渐兴旺起来,"三十年来,颇安且宁,食禄通籍,遂称官家"。然而,李光地却忧心忡忡,居安思危,在一派兴旺发达中看到了隐含的危机:"夫先世既以孝友勤劳而兴,则将来也必以乖睽放纵而败。吾生七十年间,所阅乡邦旧家、朝著显籍者多矣。荣华枯陨,曾不须臾。天幸其可徼乎?祖泽其可恃乎?""夫世无百年全盛之家,人无数十年平夷之运,兴衰激极,存乎其人。"

在《本族公约》中,李光地同样从祖辈艰难起家、勤俭创业起笔,"吾族聚居于此,十有余世,根衍枝繁,人丁众多";然后,以形象的比喻说明创业难、守业更难的道理,"凡再实之木,其根必伤,席荫骄矜,衰落立至,况抵扞文法,便有目前显然之祸";而对知法犯法、屡教不改者,李光地认为,只有严格法纪,将来年轻一代才能够成家立业,有所作为,德泽惠及后人。

李氏家训,内涵极为丰富,他劝告子弟和族人,要惜时勤学,勤俭持家;谦虚谨慎,遵纪守法;自省自励,慎独慎微;安分知足,淡泊名利;友爱兄长,孝顺父母;不能见利忘义,好逸恶劳,更不能仗势欺人,败坏门风。可以说,李氏家训体现了"欲治其国者,先齐其家;欲齐其家者,先修其身;欲修其身者,先正其心"的儒家思想。

三

　　李氏家训不是无的放矢的泛泛之论,而是针对现实的有感而发。

　　据《榕村续集·致曾石岩邑令书》记载,康熙五十五年(1716年),李光地"到家来,见子弟辈习气甚庞,匪类窜籍者亦多,因地方发觉,公同革逐。某随出家规乡约数纸,期改陋习,以奉善政,兹抄出呈正"。《文集·复陈眉川巡抚书》又记载:"弟抵里来,见自家子弟及乡党间习染深重,未暇与之语上,聊当立规约数条,望其去太甚者知怀刑守法而已,谨录呈。"这里,李光地把订立家训、规约的原因及目的交代得清清楚楚:"子弟辈习气甚庞,匪类窜籍者亦多","随出家规乡约数纸,期改陋习,以奉善政"。

　　清康熙五十五年,时年75岁的大学士李光地返乡省亲。当他回到家乡时,发现本族子弟中有人不安分守已,甚至染上赌博、偷盗、械斗等不良习气。他大为震惊,心急如焚。作为从政经验和人生经验十分丰富的过来人,李光地非常清楚这种风气滋生蔓延的后果。为了消除陋习、管束族人,李光地亲自订立了一系列"家训"以及族规《本族公约》。公约言辞恳切:"吾闻之教人以善之谓忠,爱人以德之谓君子,况乎一家之亲,岂可自蹈姑息,纳之于不义之域。"又严厉申明,从今往后,有违反族规的,他决不徇私庇护,必定会联合其他族人按照规定惩处。除了家训族规之外,李光地还订立村规民约,包括《同里公约》等,明确指出盗窃、奸淫、赌博、盗耕牛私宰和放火焚山,都是严重影响生产生活安定的大事,告诫乡人不能触犯,违者将送到官府按律严办。"赌博废业启争,乃盗贼之源,乡里此风尤盛。以后须严察严拿,送官按律究治。"一年后,他奉召回朝,仍然放心不下,唯恐他所订立的家训、规约沦为一纸空文,临行前又订立了《丁酉还朝临行公约》,殷殷叮嘱:"诸乡规俱照去岁条约遵行。我已嘱托当道,凡系人伦风俗之事,地方报闻,务求呼应作主。""约正须置功过簿一册,写前后所立规条于前,而每年分作四季,记乡里犯规经送官及约中惩责者,于后务开明籍贯姓名,并同何事故,以备日后稽考,或能秘方行,或无悛心,俱无遁情也。"他还把这些家训和乡规抄录给地方官员,一方面让家人族人置于地方政府监督之下,另一方面,则希望家规乡约能惠及全县:"颁行条教,俾僻壤有所遵循。"

在这一系列"家训"及"规约"中,李光地苦口婆心,循循善诱。一方面,他以极其丰富的人生和政治阅历告诫李氏子孙及族人:"凡再实之木,其根必伤,席荫骄矜,衰落立至。"同时,他也深知李氏家族在地方"根衍枝繁,人丁众伙",且因其在朝为高官之故,家族势力日渐壮大,如果只是正面引导,其子孙和族人不一定能参透其中道理,因此他甘冒"刻薄之名",一再从国家法律角度对他们予以严厉谴责和警告。他表示,对于"侮老犯上""贪利夺食"之类违法乱纪行为,"吾等老成尚在,必不尔容,即祖宗神灵在家,亦必不尔宥"。他声称:"自今以往,有犯规条,我惟有从公检举,闻于官而与众共弃之,不能徇私庇护。"甚至放出"狠话":"况乎不类子弟,每藉吾影似以犯法理,尔不为吾惜名节,吾岂为尔爱身命。"并直接告知子孙族人越界行为的严重后果:"国宪有严,亦必不尔宽也。"可谓爱之深、责之切。这些警示话语至今读来仍铿锵有力,掷地有声。中国古代流传下来的诸多家训,大多讲的是情与理,以道理服人,以人情动人;而李光地除了从正面以情理劝说引导之外,还辅之以国家律法,实际上是把情理和法律结合在一起,以情理为先导,以律法为依托,所以更能打动人心,也更有震撼力、威慑力、约束力。

在湖头镇李光地故居东巷,立有一座动物雕像,那是一只貌似威风的怪兽,面目狰狞,令人恶心。有人用脚踢其头,那只丑恶的头便会滚落地上,"身首分离"。据介绍,此怪兽名为"犭贪","犭贪"生性贪婪。这只"犭贪"的首部与身体最初是断开的,李光地把断首的"犭贪"放在门口用以告诫下属和后裔:为官若贪,便会"掉脑袋""身首分离"。当年,就有许多贪官被他拒之门外，或沦为阶下囚。因惩贪坚决，吏治严明，教育有方，李光地身后子孙为官清廉勤政。足见一代清官、盛世良相李光地，在澄清吏治、清廉勤政、黜墨击贪方面用心之良苦。在李光地故居新衙大厝的厅堂里，悬挂着他的4幅亲笔诗作，其中一幅这样写道："家传一首冰壶赋，庭茁千寻玉树枝。"这是李光地一生清廉为官、勤政爱民的真实写照，同时也激励着后人要像他一样，心如明镜、志向高远、奋力拼搏，为国家多做贡献。

李光地以身作则，凭借家训族规、村规民约，不仅约束了族人，改善了乡里的社会习气，还对周边地区产生了影响。根据李光地的建议，泉州知府刘侃知、安溪知县曾之传设立府学，建造朱子祠，教化民众，提高文化素质，革新了当地民俗。据记载，明清时期，湖头古镇曾出现"四世十进士七翰林"的科举盛况，先后出现了1位宰相、4位总兵、99位举人，入仕100多人。李光地后人繁衍至今已有15代左右，大部分集中在湖头镇，他们秉承家训族规，在各行各业取得新的成就。

四

走笔至此，我不得不掉转笔锋，回到文章开头的话题：李光地到底是一个什么样的人？我们谈论李光地的家训，无论如何都无法回避他的人品。一个人的"行"和他的"言"应该是相称的,"其身正,不令而行;其身不正,虽令不从"。同理,一个人的品行和他的家训也应该是相称的。品行端正的人,他的家训才有示范意义;如果他本人品行不端,那么,他的家训说得再好,也只是一个巨大的讽刺。如果李光地的品行真的如他的攻击者所说那样不堪的话,他所说的一切还有人信吗?所以,我不得不略略花费笔墨,对李光地的生平事迹和为人做一点考察。看看李光地的人品,与他在家训中对子弟族人提出的要求是否匹配。

李光地(1642~1718年),字晋卿,号厚庵,别号榕村,福建安溪人。清朝康熙年间大臣,理学名臣。清康熙九年(1670年)中进士,进翰林,累官至文渊阁大学士兼吏部尚书。李光地一生,辅弼帝业,清勤谨慎,始终如一,其生平业绩,不胜枚举。"三藩之乱"发生后,国家处于分裂的危急关头,李光地派人冒险上京,进献蜡丸密疏,献策平定耿精忠在福建的叛乱。他以全家性命力荐施琅收复台湾,完成祖国统一大业。他在任直隶巡抚期间,两次亲下基层,勘察漳河、子牙河、永定河,制订出治水方案,通过筑堤、分流、排涝等工程,成功治理河患,造福百姓。李光地为政席仁,他义设常平仓,荒年赈济饥民;减免赋税,废除自秦以来的"十家连坐法""凌迟""灭族"等酷刑,拯救了因《南山集》案被株连入狱的文学家方苞。他为官清廉,政绩显著,关心民生,在统一祖国、治理水患、发展经济、整饬科场、肃清吏治、选拔人才等方面都做出了巨大贡献,康熙为此赞叹不已。他不仅在政治上为康熙帝倚重,而且他的理学思想对康熙统治国家也深有影响。康熙帝与李光地"情虽君臣,义同朋友",曾三次授予御匾,表彰其功。李光地晚年曾数次上疏请求休致而不获准。康熙很动感情地说:"见到卿的奏折,朕心中惨然。回想当年一班旧臣,今已杳然而去。像卿这样的,不过只有一二人还在朝中,现今朕也老了,实在不忍再多说什么。"言语间不胜伤感。后给予其两年假期,但李光地回乡不到一年便被康熙催促归朝。他病逝后,康熙帝深为悲痛,谕朝臣曰:"李光地谨慎清勤,始终一节,学问渊博,朕知之最深,知朕亦无过光地者。"其死后谥"文贞",加赠太子太傅。

从这份"成绩单"来看,李光地一生成就斐然,贡献巨大,那为何还会遭到一些人的非议和攻击呢?

李光地一生最受诟病的,就是所谓的"三案"。

"三案"出自清朝雍乾年间史学家全祖望《答诸生问榕村学术帖子》一文:"榕村大节,为当时所共指,万无可逃者。其初年则卖友,中年则夺情,暮年则居然以外妇之子来归,足称三案。"以"三案"贯穿李光地的一生,三百多年来,几乎将其作为定论,视李光地为"假名臣,真小人"。

事实果真如此吗?

所谓卖友案,是指耿精忠叛乱期间,李光地隐匿朋友陈梦雷的功劳,而自己得到擢升。所谓夺情案,则指李光地母亲去世例应守制三年,因康熙不准,光地遂上疏乞假九月,这被视作贪权恋位。这两件事情若还以原貌,皆似是而非,并非如全祖望所言。史实确凿,已有不少学者撰文澄清。本文限于篇幅,不再展开。所谓私生子案,则纯属捕风捉影,无稽之谈。

那么为何李光地会遭此攻讦?有论者指出,这与他一生忠于清廷、为清王朝统治汉人出力献策有直接关系。康熙和雍正对他最肯定处,即在他作为汉臣而能对本朝尽忠,而这也正是汉族士子对其最切齿痛恨处。因此,清朝及其后的一些知识分子不惜抹黑李光地,借贬损他的名誉出一口怨气。而陈梦雷与李绝交,则纯粹是出于个人恩怨。时至今日,我们应该站在中华各民族大团结的角度,拨开历史迷雾,还原历史真实,客观审视李氏言行,做出公道的评价。公正地讲,李氏一生所为,肯定有其不妥之处,但他品行端正,大节无亏,有大功于中华民族。由是反观他订立的家训、规约,可谓文如其人,人如其文。因此,我们今天重温李氏家训,才会感受到道德楷模的力量。

"君子藏器"虞世南

大凡一个地方为人们所喜欢、所熟悉、所牵挂、所留恋,不外乎以下几个因素:或风光旖旎,引人向往;或文脉绵亘,发人深思;或名人荟萃,令人景仰。

余姚这个地方比较特殊。论自然风光,她有龙泉山、客星山,有四明湖、白水冲,山明水秀,风景秀丽,古迹荟集,亭阁俨然;论人文胜迹,一个河姆渡遗址就让余姚闻名中外,声名远播;论历史人物,更是灿若星辰,不可胜数。在这些要素中,只要拥有其中任何一个,都让人羡慕不已。而余姚却全部拥有,可以说上苍格外眷顾。

从秦代以来,余姚涌现了许许多多彪炳史册的历史文化名人,如东汉时期高风亮节的严子陵、明代著名哲学家王阳明、明末清初著名学者黄宗羲、中日文化交流使者朱舜水,等等,余姚因此而享有"姚江人物甲天下""东南最名邑"和"文献名邦"的美誉。在自古至今余姚诸多历史人物中,我最早知道的是唐人虞世南。在余姚,坊间流传一句话:"一部余姚志,半部虞氏史。"

虞氏家族在当地千年不衰,涌现出一大批杰出人才,对余姚历史产生了重大影响,其中名气最大的当属虞世南。

最早知道虞世南这个名字,还是在读初中的时候。那时候,我发疯一样迷上了唐诗,想方设法搜集唐诗来读。记不清在哪儿,我读到虞世南的诗《蝉》:

垂缕饮清露,流响出疏桐。
居高声自远,非是藉秋风。

这首诗是唐人咏蝉诗中最早的一首,很为后人所称道,诗的最后两句更是有名,至今还常常被人引用(虽然引用者未必知道它的作者和原诗的名字)。"居高声自远,非是藉秋风。"这是全篇比兴寄托的点睛之笔。它是在上两句的基础上引发出来的议论。一般人认为,蝉声远传是借助于秋风的传送,诗人却别有会心,强调这是由于"居高"而自能致远。寓意君子应像蝉一样品格高洁而声名远播,而不必凭借、受制于他物,正像曹丕在《典论·论文》中所说的那样:"不假良史之辞,不托飞驰之势,而声名自传于后。"这里所强调的是人格的美、人格的力量。两句中的"自"字、"非"字,一正一反,相互呼应,表达了诗人对人的内在品格的热情赞美和高度自信,表现了一种雍容不迫的气韵风度。

清代著名诗人沈德潜在《唐诗别裁》中说:"咏蝉者每咏其声,此独尊其品格。"真是一语破的。

这首诗和初唐诗人骆宾王的《在狱咏蝉》有异曲同工之妙:

> 西陆蝉声唱,南冠客思侵。
> 那堪玄鬓影,来对白头吟。
> 露重飞难进,风多响易沉。
> 无人信高洁,谁为表余心?

这两首诗的共同特点是,都没有着重描写蝉吟之声,而是托物寓意、托物言志,表达诗人的高洁品格。然而,骆诗表达的是"露重飞难进,风多响易沉。无人信高洁,谁为表余心"的消沉与艾怨,"居高声自远,非是藉秋风"则显得昂扬、自信,所以受到了更多人的喜欢,成为流传千载的名句。

虞世南诗文俱佳,他著有《虞世南集》三十卷,早佚,《全唐诗》存其诗三十八首。因是近臣,故侍宴应诏的作品较多,然其诗风清丽中透着刚健。代表作有《出塞》《结客少年场行》《怨歌行》《赋得临池竹应制》《蝉》《奉和咏风应魏王教》等。其中后三首咏物诗分别写竹、蝉和风,紧紧抓住对象特点,刻画得相当传神。比如《赋得临池竹应制》:

葱翠梢云质,垂彩映清池。

波泛含风影,流摇防露枝。

龙鳞漾嶰谷,凤翅拂涟漪。

欲识凌冬性,唯有岁寒知。

这首诗是虞世南酬和唐太宗《赋得临池竹》的应制诗,但不同流俗。诗的最后一联"欲识凌冬性,唯有岁寒知",可以说是"诗眼",只有当竹子受到考验时,它的品格才能显现出来。歌颂了竹子坚韧耐苦、不畏严寒的高洁品格。一千多年后,陈毅元帅有《青松》诗:"大雪压青松,青松挺且直。要知松高洁,待到雪化时。"此诗最后两句与虞诗如出一辙,似是化用而来。

此后,随着读书的增多,我对虞世南的了解也更多了。虞世南(558~638年),字伯施,越州余姚(今浙江余姚)人。虞世南不仅是一位出色的诗人,也是一位优秀的书法家,更是一位有作为的政治家。虞世南出身于名门望族、簪缨世家,不过他身上没有一点纨绔习气。虞世南性格沉静寡欲,读书非常刻苦,与他的哥哥虞世基以博学闻名天下。

隋朝时,兄弟俩同入长安,得到隋炀帝的征召。然而虞世南因为耿直,很长时间没有得到升迁;哥哥虞世基却善于讨隋炀帝的欢喜,很快成为皇帝身边的红人。虞世基富贵后很会享受,妻子穿衣都模仿王公贵族,虞世南虽然同他们住在一起,却清贫节俭,不改变自己的性情。等到隋朝灭亡,宇文化及反叛杀死了隋炀帝,虞世基也将一同受戮,虞世南抱着哥哥痛号悲泣,请求让自己替兄受死,宇文化及没有答应,但也佩服他的义气,没有为难他。世南因此悲伤得瘦损异常,形销骨立,深受时人称赞。当时,隋礼部侍郎许善心与虞世基同为宇文化及所害,他的儿子许敬宗为了自保,故意手舞足蹈以取悦敌人,为时人诟病。封德彝时为内史舍人,看到了当时的情景,后来对人说:"世基被诛,世南匍匐而请代;善心之死,敬宗舞蹈以求生。"(《旧唐书·许敬宗传》)褒贬之意,溢于言表。

虞世南在书法上造诣颇深,与欧阳询、褚遂良、薛稷并称"唐初四大家"。虞世南师从王羲之的七世孙、隋朝书法家智永禅师学习书法。他的字用笔圆润、外柔内刚、结构疏朗、气韵秀健,继承了二王(王羲之、王献之)书法传统。唐太宗非常喜爱虞世南的字,并经常临写。相传有一天,唐太宗书"戬"字,但戈字还没有写好,正好虞世南进见,即提笔补写了一个"戈"字。唐太宗将两人合写的"戬"字给魏徵看,说:"朕学世南,尚近似否?"魏徵看后说:"今窥圣作,惟戬字戈法逼真。"虞世南死后,唐太宗叹息道:"世南死后,无人可以论书。"虞世南的代表作有《孔子庙堂碑》等。此碑书法用笔俊朗圆润,字形稍呈狭长而尤显秀丽。横平竖直,笔势舒展,一片平和润雅之象。黄庭坚有诗赞曰:"虞书庙堂贞观刻,千两黄金那购得。"他编的《北堂书钞》共一百六十卷,是我国第一部完整的类书,摘录了唐初能见到的各种古书,这些古书如今大多已经失传了,为保存我国古代文化典籍做出了重要贡献。

更加令人敬佩的是,虞世南的风骨。虞世南是一位有抱负、有作为的政治家,他为人刚正严肃、诚恳谦逊。他敢于直言进谏,被称为凌烟阁二十四功臣之一。唐太宗对其评价相当之高:"世南一人,有出世之才,遂兼五绝。一曰忠谠,二曰友悌,三曰博文,四曰辞藻,五曰书瀚。"唐人《隋唐嘉话》亦称"兼是五善,一人而已"。司马光则形容他"外和柔而内忠直"。

虞世南一生经历了南朝的陈、隋和初唐三个时代。陈文帝知世南博学,召为法曹参军。陈朝灭亡,与兄世基同入长安,做了隋朝秘书郎,后迁起居舍人。当时世基任内史侍郎,权倾当朝,荣华无比。虞世南虽与世基同住,仍以勤俭务本。隋灭后,李世民闻虞世南之名,引为秦府参军,又授弘文馆学士,与房玄龄同掌文翰,后来又担任著作郎。一次,唐太宗想在屏风上书写《列女传》,没有临本,虞世南在朝堂上一口气默写出来,不错一字,赢得朝中文士的钦佩。

虞世南最可贵的,是铁骨铮铮,敢于犯颜直谏。太宗器重他博学多识,常在处理机要事务的空当,召他前来共同研读经学史学,并交流讨论。虞世南虽然身体柔弱,但性情十分刚烈,每当论及古先帝王为政得失时,必定诚心以正言相劝诫,所言都对其有帮助。他多次讽劝唐太宗要勤于政事,并以古帝王为政得失,论证利弊。"太宗重其博识,每机务之隙,引之谈论,共观经史。世南虽容貌懦愞,若不胜衣,而志性抗烈,每论及古先帝王为政得失,必存规讽,多所补益。"(《旧唐书·虞世南传》)唐高祖李渊死后,李世民下诏为父亲建造陵墓,以汉高祖刘邦墓长陵为模式,极其隆厚。虞世南两次上疏谏阻,认为立国不久应当节用安民,主张"薄葬"。在虞世南和群臣的劝谏下,陵墓的规模大有减省。贞观八年(634年),陇右山崩,大蛇屡见,山东及江淮多大水。太宗以问世南,世南以晋朝以来历次山崩为例,说:"臣闻'天时不如地利,地利不如人和',若德义不修,虽获麟凤,终是无补;但政事无阙,虽有灾星,何损于时?然愿陛下勿以功高古人而自矜伐,勿以太平渐久而自骄怠,慎终如始,彗星虽见,未足为忧。"唐太宗听后敛容反省。唐太宗爱好打猎,虞世南也屡次上疏劝阻。

有一阵子,唐太宗迷恋上了南朝宫体诗。一天,他召几位近臣入宫宴饮,喝得高兴之余,他提笔挥毫,赋诗一首,让虞世南赓和。不料,虞世南面容严肃地说:"圣作诚工,然体非雅正。上之所好,下必有甚者,臣恐此诗一传,天下风靡,不敢奉诏。"意思是说,皇上你的诗虽然格律很工整,但内容有点"三俗","三观"有点不正,流传出去,恐怕无益于形成好的社会风尚,所以对不起,这个诗我不能写。酒席之上欢乐的气氛立刻有些凝固。太宗有些不快,说:"当初你在隋为官,不也写过宫体诗吗?"虞世南回答说:"陛下胸怀大志,炀帝沉迷享乐,岂能同日而语呢?"太宗尴尬地笑了几声,说:"我不过是想试探一下你罢了,不必当真。"宴会不欢而散。不过,事后太宗还是赐给虞世南五十匹丝帛,以表彰他的刚正忠烈。虞世南多次规谏,都被采纳,史称其"有犯无隐,多类此也"。

这些谏言不但没有惹怒唐太宗,反而令他对虞世南"益亲礼之"。唐太宗曾对大臣们说:"朕因暇日,与虞世南商略古今,有一言之失,未尝不怅恨,其恳诚若此,朕用嘉焉。群臣皆若世南,天下何忧不理!"他的直言敢谏,为官清正,对于促成"贞观之治"是有影响的。

虞世南年逾古稀后,多次上表请求告老还乡,都未获批准。直到贞观十二年(638年)太宗方同意他致仕,然而仍授银青光禄大夫、弘文馆学士,禄赐防阁,并同京官职事。五月二十五日(7月11日)卒于长安,享年81岁。唐太宗十分悲伤,痛哭流涕,赐东园秘器，陪葬昭陵，赠礼部尚书，谥曰文懿。手敕魏王泰曰："虞世南于我，犹一体也。拾遗补阙，无日暂忘，实当代名臣，人伦准的。吾有小失，必犯颜而谏之。今其云亡，石渠、东观之中，无复人矣，痛惜岂可言耶！"后来，他又专门为虞世南写了一首诗，追述往古兴亡之道，感叹说："钟子期死，伯牙不复鼓琴。朕之此诗，将何以示？"命人在虞世南灵帐前读完后焚化，希望虞世南的神识能有所感悟。几年后，太宗曾在夜里梦见虞世南，像平生一样。后来太宗下令在虞世南家设五百僧斋，并为他造了一尊天尊像，以追怀他的美德，寄托思念之情。

当我了解了虞世南的生平事迹后，重读《蝉》诗，我对它的理解已不同于过往。"居高声自远，非是藉秋风。"蝉因其餐风饮露，栖于高枝，向来被视为品德高洁的象征。蝉的这种品格与虞世南的道德情操和人生理想相吻合，寄托了他清高雅洁的操守情怀。清代李瑛在《诗法易简录》中评他"品地甚高，隐然自写怀抱"。这或许正是他一生的理想与追求吧。唐人《宣和书谱》曾对比虞世南与欧阳询的书法说："虞则内含刚柔，欧则外露筋骨，君子藏器，以虞为优。"意思是说，虞世南的字"外柔内刚"，有君子的器识。其实，这何尝不是他品格的写照呢？

硬 汉 邢 爷

不见邢爷已经三年多了,我十分想念他。

邢爷,我的一个老哥。前些年,我在香港担任某报副总编辑,他由另一家新闻机构调来我社,担任我分管的中国新闻部主任。他年龄比我大几岁,便倚老卖老,以大欺小,老是跟我嬉皮笑脸的没个正经样,我也拿他没奈何。他相貌高古,却没心没肺,从不为此自卑,成天傻呵呵、乐呵呵的;加之幽默诙谐,心地善良,急公好义,人缘巨好,人送一个雅号"邢爷"。每次他去我的办公室,总要在门外大喊一声:"报告!"声音洪亮,中气十足。我知道他是开玩笑,便也沉声应道:"进来!"我们这些外派赴港人员,上班"白加黑""五加一"(白班连着夜班上,每周工作六天),吃饭饱一顿饥一顿,工作"压力山大",生活单调乏味,天天累得跟狗似的。只能苦中作乐,经常利用傍晚短暂的休息时间和一帮同事去吃露天大排档,喝点小酒聊聊天。几杯啤酒下肚,邢爷用手掌一抹油汪汪的嘴巴,就开始拿我开涮了:"我去他办公室,给他喊'报告',他竟然回我'进来'!你们看他的谱摆得多大!"我反唇相讥:"你这么大年纪,我不让你进来,难道让你在门外候着不成?"大家都哈哈大笑。邢爷也腼腆地笑了。他就是这么个活宝,老顽童。

2012年,邢爷请假回南宁探亲。一日忽然乐呵呵地给我打电话,说是老婆查出结肠癌,中晚期,要做进一步检查,向我请假。我听了心里一沉,又暗自嘀咕:"这老邢怎么回事啊,老婆生病了,他还这么开心,什么意思?"我问:"怎么样?没事吧?"邢爷说:"嗨,死不了!"听他这语气,竟像没事人一样,我也不好多问,就嘱他在家多陪陪嫂夫人,不要急着回港。

过了些日子,他却回来了。我问:"嫂夫人的病怎么样了?"邢爷说:"不是她,是我!嗨!"老邢口音重,可能他说的是"我老邢"或者"我老汉",我听成"我老婆"了。误会消除了,但是问题依然没有解决,他的身体出了问题也得治啊。邢爷说,过一段时间回去做个切除手术就行了,没事。看他轻描淡写的,倒像只是一个小手术而已。

过了些时候,他回去做手术了。我惦记着他,经常打电话询问情况。得知手术非常成功,我很欣慰。那时我对晚期结肠癌的严重性也不了解,以为真的没事了。

手术后休息了一段较长的时间,邢爷又回香港上班了。我看他骤然消瘦了很多,但精神还不错,还是那么没心没肺地傻乐,只是多年的烟酒戒了。我想,邢爷闯过这一关,看样子是没事了。

可是没过多久,他还是顶不住了,又请假回南宁治疗。没想到病情发展得很严重,他已经无法上班了,最后只好辞了香港那边的工作,在家专心治疗。我想找机会去看看他,可是竟不得空。再后来,我也申请调回北京工作,从此三年多竟是再也没见过面。

不过我从微信上经常能知道他的消息。换了别人,得了这样的重症,早就心灰意懒,意志消沉了。可邢爷不,他还是成天乐呵呵的,得空就玩微信,有时一天能发好几条朋友圈。他对国际国内大事都很关心,反倒是对自己的病情不怎么放在心上。有时他发"慷慨就义"的照片,我还是像过去一样跟他开玩笑,努力减轻他的心理压力。实际上,他是用自己的乐观、顽强与命运之神展开了一次次殊死搏斗,闯过了一道又一道鬼门关,遭受了一次次死去活来的折磨。

三年多前,邢爷第一次发现肿瘤,已经是晚期了。我相信他内心肯定也有过惊慌失措、恐惧痛苦,可他表现出来的却是若无其事、谈笑风生,就好像只是一次小小感冒一样。他一边冷静地安排后事,一边以乐观的心态配合治疗。为了不让亲人担心,他总是笑眯眯的,一如往常。化疗的痛苦,非常人所能忍受,大家都担心他受不了,可他却每天在微信上向大家展示他良好的食欲和精神状况。他还得意地使劲地扯自己的头发说:"你们看,薅都薅不下来呢!"他在病床上还写诗作文。邢爷身体好的时候曾经嗜酒如命,烟不离手。我们共事期间,他因为喝酒的事没少挨批评,可每次都是呵呵一笑了事。确认肿瘤后,在夫人的规劝下,他先后戒了烟酒。在病床上,他写了一篇《酗酒者说》,回顾了自己饮酒生涯中的种种趣事,最后不无痛心地说:"看看现在,何必当初呢!其实,我本有很多机会改邪归正,回头是岸的,但冥顽不化的本性害了自己。我觉得,每个人都应该学会自省和自我调整,在大错铸成之前。"可以说,这是痛定思痛之后对世人的规劝。文章亦庄亦谐,既令人捧腹,又催人泪下。

化疗结束后,邢爷就每天早晚两次去爬山,风雨无阻。做了三十年记者,如今才有时间放缓脚步,静静地欣赏南宁的青山绿水。三年下来,邢爷竟然满面红光,步履矫健,谁也看不出他是个晚期癌症病人。朋友们都由衷地为他高兴。

可是2015年,邢爷再次跌入深渊。

邢爷是这样总结他的2015年的:"6月初肿瘤入侵大脑,生死之战再度打响,开颅手术历时三小时完成。继而于当月下旬又开始施行六轮生不如死的化疗。但是,癌细胞斩不尽杀不绝,10月卷土重来,我那奇形怪状却骄傲的头颅又装上了金属固定架,施行伽马刀手术,如同残酷的凌迟。割肉并没有就此打住,12月初,继三年多来,剖腹腔开脑腔之后,最后的处女地胸腔也被打开了,切除转移至肺叶的肿瘤病灶!2015,我就是这样艰难地走过来了。感恩我的亲朋故旧与同事,大家给了我温暖和力量!"

这样的文字,读着就让人揪心,可邢爷竟是风轻云淡,波澜不惊。我在朋友圈里看着邢爷那装上金属固定架的头颅,更显奇形怪状,可是我一点也笑不出来,更是不知道用什么语言来安慰他才好。虽然没有亲历,但是可以想象得出那种生不如死的痛苦折磨。可邢爷,还是高昂着他那骄傲的头颅。

做开颅手术那次,进手术室之前,邢爷写好了遗嘱,让朋友们作为见证人签字。他还拜托朋友多多陪伴和开导他太太,不要太悲伤,还交代家人要继续服侍好已经植物人状态几年的母亲。末了,他拉着他太太的一个朋友的手说:"如果我走了,以后麻烦你多照顾我太太啊!"朋友甩开他的手:"我没空,你出来自己照顾!"一转身已是泪水涟涟。

自从他生病以后,他的亲人、他的同事、他的朋友给了他太多的爱。他的太太,一位优秀的医生,一位贤惠的妻子,背地里不知道流了多少泪,可是在他面前永远都是微笑着给他打气,为他寻求更好的治疗方案。她每天陪他上山,紧紧地挽着他的手,给他传递爱和力量;她常常为他调整饮食,希望那"爱的盛宴",能为夫君打出生命的通道。他的女儿,毅然延迟了继续深造的机会,回家做起了父亲的"小棉袄",给了邢爷很多欣慰和精神滋润。他的朋友们更是如潮水般一拨拨涌来,看望的,捐钱的,送鸡汤、土货、灵芝、石斛的,还有心愿卡从香港、北京等地频频飞来,上面密密麻麻的都是签名,都是暖心暖肺的祝福,连医生都感到惊讶。这些都让邢爷深深感动,他常常说:"活到这个境界,痛并快乐着,我无憾了!"

2016年元旦之后,邢爷的病情再度恶化。这次,他的脑子里又冒出四个转移瘤,一个压迫外展神经,使他的左眼视力模糊,还有一个因为水肿压迫,使他从卧位转坐位都天旋地转。恰在此时,又传来他母亲病逝的消息。双重打击,使邢爷的情绪低落到了极点。1月11日他第五次走进了手术室。一个在国外留学的小伙微信问安,他有点悲观地说:"我是一艘千疮百孔的破船,不知什么时候就会沉没。"小伙回他:"大海航行靠舵手,破船也能走很久!"他的精神为之一振:"是啊,我们都是自己命运之舟的舵手,只要身体不启动'熔断机制',我就要努力走得更远!"

我一直想去南宁看望邢爷,可是因为工作的关系,至今都未得成行。我甚至都想好了给他的一首打油诗,打算到时候念给他听,逗他开心:

千里飞南宁，

为看邢浩峰。

自称泰山顶，

巍然一青松。

原来不过是，

山脚一根葱。

葱虽不起眼，

佐料大作用。

今冬且酣睡，

明春笑东风。

我似乎听到了邢爷没心没肺的嘿嘿傻笑声。

对，邢爷大名浩峰，广西新闻界的一名普通老兵，一只打不死的"小强"。

（附注：本文主人公已于2016年3月4日不幸去世，享年60岁。）

怀念陶然学长

3月9日,在朋友圈里突然看到,香港著名作家陶然先生逝世了,一时间我竟愣住了。先生刚刚70多岁,也没听说有什么大病,怎么会说走就走了呢?在接下来的日子里,我不断回想起与陶然先生交往的一些往事,总想写点什么,却不知从何写起。就这样沉默了一周,没有写下一个字。

我很早就读过陶然的作品。20世纪80年代中期,我从高中毕业到上大学那段时间,因为酷爱文学,买了不少古今中外文学名著。记不清是在哪个选本中,我读到了陶然的散文,同时读到的还有刘以鬯、彦火等香港作家的作品。那时能读到的书很少,香港作家对我们来说更是远在天边,所以印象特别深。没想到,二十多年以后,我竟然有缘与他们相识,甚至成为朋友。

2008年3月,我被派往香港工作。工作关系加个人兴趣,我跟香港文艺界交往颇多,其中与香港作家联会交往尤为密切。让我惊喜的是,我在这里见到了那些当年以他们的作品深深打动过我、给我以文学启蒙和滋养的作家,包括华语文坛泰斗刘以以鬯先生。更让我惊喜的是,我与陶然先生还是校友、系友,他于1964年考入北京师范大学中文系,二十年以后我也成为北师大中文系的一名学生。有了这层关系,更加觉得亲近。初次见面,我跟他提起,我曾经读过他的散文《山屋》,到现在还记得文章开头那句:"屋是挂在山坡上的。"一个"挂"字颇为传神。他听了一脸茫然,不记得写过这篇文章了。后来我查了一下,原来作者是吴伯箫。我深为自己的唐突羞惭。

香港作家联会是一批志同道合的香港作家自愿组成的文学社团。作联经常举办各类文学活动,如文学讲座、研讨会、笔会、朗诵会、征文比赛、文学成就展览等。香港回归后,此类文学活动更加频繁,并积极与内地文学界沟通,邀请内地作家赴港交流。王蒙、张炜、王安忆、苏童、余秋雨、徐小斌、池莉等内地作家都曾经参加过作联的研讨会、座谈会。刘以鬯先生是作联名誉会长,年事已高,偶尔会参加作联的活动。彦火,原名潘耀明,是作联会长;陶然,原名涂乃贤,是执行会长。作联是一个纯民间组织,作家也都不是有钱人,两位会长为开展活动筹集经费没少操心。我为香港作家们的文学情怀所感动,尽自己所能支持他们的工作。在繁重、紧张的工作之余,尽可能抽时间参加他们的文学活动。在港五年间,我参加得最多的就是作联的活动。2013年3月,我离港返京之前,参加的最后一场公务活动也是作联的活动。会上有人拍了一张模糊不清的照片,照片上,我正和香港作家张诗剑在台上握手,大概是为他颁发什么奖项吧;而陶然,作为会议主持人,正往台边走去,留下了一个侧影。这是我和陶然先生的最后一张合影。回到内地后,我还特地写了一篇文章,介绍香港文学界现状。

在这样的交往中,我与不少香港作家都成了朋友。每次见面,陶然先生都很热情。先生比我年长20多岁,却从不把我当晚辈看待。他总是那么谦和,彬彬有礼,满脸微笑。先生为人真诚,他的笑容让人感觉特别温暖。

陶然先生在小说、散文创作方面皆成就斐然。我特别喜欢他的散文,喜欢他真诚剀切的文风,约他为我们报纸(香港《文汇报》)副刊写点稿,他欣然应允。陶然先生很勤奋,下笔又快,每去一地,回来就能给我们一篇稿子。虽然是记游散文,但他写的不是"景点介绍"式的游记,而是在描摹当地风土人情的同时,总是融入自己的情思,读起来令人回味绵长。每读他的作品,都是一次艺术的享受。回到内地后,我所供职的报纸又向他约稿,他仍是欣然应允,很快就发来几篇作品。有了微信后,我们联系更加便捷,有一段时间频繁互动,还谈起我们敬爱的老师启功先生。2016年,先生两次来京出席有关活动,都提前通知我。我下班后,连夜赶到他下榻的酒店,一杯清茶,相谈甚欢。2017年6

月,为庆祝香港回归二十周年,应香港作联邀请,我随中国作协代表团赴港访问,又见到了陶然先生。老友相见,分外开心,他还送我一本刚出的新书。他永远是那样文质彬彬,面带微笑,让人感觉很温暖。

陶然重感情。对大学老师钱媛教授(钱锺书、杨绛的女儿),他终生铭记师恩,和同学一起在北师大校园立起"敬师松"纪念碑,并亲撰碑文。每次来京,他都要去看望"杨绛妈妈"。杨绛先生去世后,他的一篇《杨绛回家了》,写得风轻云淡,然而用情极深,传诵一时。

陶然是个儒雅文静、言语不多的人,他想说的都写在他的作品中了。我们的交往并没有多少特别之处,真正是君子之交淡如水。然而,正是这份淡如水的友情,令我珍惜。有一次,作家周洁茹告诉我,陶然先生跟她说了几次,我们给他寄报纸时,把他的姓"涂"错写成"塗"了,不知可否更改过来?我看了一下微信上发来的信封照片,不但"涂"错了,而且地名"鲗鱼涌"的"涌"(音 chōng,河汊的意思,多用于地名)也错成"湧(音 yǒng,指水由下向上冒出来)"了。我明白,这是汉字简化带来的副作用。香港用的是繁体字,同事理所当然地认为"涂"应为"塗","涌"应为"湧",不知道在香港这是两个不同的字。我当即让同事改过来,并给年轻的同事详细解释了两个字的不同含义。陶然先生有古君子之风,凡事生怕给别人添麻烦。由这件事,我有点感慨,信手写了一篇随笔《"我姓涂,不姓塗"》,发了点议论。写完也就完了,并没有拿出去发表,当然,陶然也没有看到。现在,他再也看不到了。

迪爷，你把一团火留在了人间

迪爷走了。

得知这个消息，我大吃一惊。就在前几天，我才听说他病重住院，做了手术，现在已有好转，转到普通病房了。当时我也是吃了一惊。迪爷一向风风火火，精力十足，怎么突然就病了呢？不过我想，以迪爷的身体，肯定无大碍。现在不便打扰，等再过几天，他基本康复了，再去看他不迟。谁料想这么快就走了。

迪爷姓李，单名一个"迪"字，写作圈内的一个老大哥。我忘了最初是怎么称呼他了，应该是客客气气的"李老师"吧？但很快，我就叫他"迪爷"了。我不知道别人怎么叫他，但我喜欢这么叫。原因如下：第一，老师固然是尊称，但也显得生分。因为生分，所以客气，客气又产生距离。而李迪是那种让人没法产生距离感的人。第二，李迪是北京人。北京人天生就有爷们范儿。这种范儿不是摆谱儿，拿腔作调，装腔作势，猪鼻孔里插根葱，而是见多识广，敢作敢当，让人打心眼儿里佩服又愿意亲近的那股劲儿。

李迪就是一位地地道道的北京大爷。我认识他的时候，他也六十好几了。这个年龄说老不老，当然也不算年轻，完全有资格在年轻人面前德高望重沉稳大气谆谆教诲慈眉善目和蔼可亲了。可李迪不。他可能没有意识到自己已经这么"老"了，应该把握分寸注意形象，说话要慢条斯理语重心长，却激情四射高谈阔论哈哈大笑语惊四座。很快地，初次见面的拘谨就没有了，你感觉在听一位邻家大爷侃大山。北京人都爱侃，不侃不是北京人，不是北京爷们儿。李迪估计天生就爱结交朋友，他也有这种本事，自来熟，很快就能不由自主地把一个陌生人发展为他的密友。他走后这几天，我看到很多朋友在怀念他，可以想见他的朋友圈有多大。

迪爷为人热情似火，激情奔放。他喜穿红衣，大红的衣服，像一团烈火。他的微信头像就是他身着红衣戴着墨镜儿的照片儿，他就像一个火力十足的小伙子，哪里有一点六旬"老汉"的样子。他精力旺盛，创作极其勤奋，他的朋友圈更新的频率极高，几乎每隔几天就推出一篇新作，有时甚至连续发表。而每次发圈时，他必定高呼一声："我的好朋友们！"即使隔着屏幕，都能感受到他火一般的热情。我平时不怎么看朋友圈，他去世后，我翻看他的朋友圈，密度之高让人吃惊。他知道我忙，怕我错过他的朋友圈，经常特意把他的文章发给我看。我看了，有时叫声好，有时点个赞,更多的时候也没顾上看,甚至忘了回复。他也不以为忤,继续源源不断地给我发,兴致一点儿不减。

迪爷为人疾恶如仇,路见不平一声吼,地球也要抖三抖。大概是2018年吧——前两年换了手机,查不着当时的微信记录了——有一次,迪爷问我:"某出版社采用你的作品,征得你同意了吗?付你稿费了吗?"我说:"没有,没有,我完全不知道。"迪爷很气愤地说:"这家出版社真可恶!他们未经许可,长期大量盗用我们的作品,从来没有支付过一分钱稿费。这次我们要维权!"迪爷告诉我,他已联合了六位作家,并且请一位律师朋友代理,向出版社索赔。采取的方法是先礼后兵,先由律师朋友代表我们与出版社交涉,如能和解则皆大欢喜,如谈不成则付诸法律。说实话,对这件事情,我心里是有点犹豫的。首先,我比较"佛系",怕麻烦,多一事不如少一事。这些年,我的不少文章被盗用,我都懒得管,只当是人家义务帮我扩大影响,没收我宣传费就算不错了。其实还是怕麻烦,知道打不胜打,防不胜防,干脆不去理它。另外,我也知道,有的出版社因为个别作家后人索价太高,难以承受,而不再选用该作家的作品。作家的作品是要传播、要传承的。长此以往,最终受损的还是作家,还有一代一代的读者。作家与出版社之间要形成一种和谐的合作关系。我犹豫的第二个原因,是我与这家出版社有特殊的因缘。二十多年前,我的第一本书就是这家出版社出的。我与这家出版社的老社长以及其他人员保持着多年的友谊,我当年的责任编辑至今还是我的好友。虽然这位老社长已退休多年,我与出版社也早无联系,但我对它是有感情的,我不愿与它对簿公堂。我把我的顾虑对迪爷说了。迪爷说:"这件事儿你就不用管了,不能助长这种坏风气。你写一个授权书发给我,我和律师来处理。"后来,就是迪爷代表我们六位作家,和律师一起处理这个案子。虽然我没有参与,不知道详细情况,但迪爷经常向我通报进展情况,我知道过程是很曲折的。与出版社没有谈拢,终于还是走上了法庭。经过艰难努力,总算胜诉了,出版社公开赔礼道歉,并赔偿相关损失。当然,离迪爷当初的目标还有不小的距离。这个案件很多媒体都做了报道,并成为2018年作家维权的一个经典案例,影响很大。迪爷在中间奔走呼号,出了不少力,受了不少累,承受了很大压力,但他一句怨言都没有,相反还觉得亏欠朋友。迪爷的热心,于此可见一斑。

前面说过,迪爷每有新作便发我分享。我现用手机上的微信,与迪爷的对话,最早只能查到2019年2月11日,最后截止于2020年1月17日。这些微信让我回想起与迪爷交往的一些往事。2019年2月11日晚上19:35,迪爷给我发来一个链接,是他当天发表在《人民日报》上的散文《阿拉山口的油站》。我看了,很好奇:"您怎么会专门采访加油站呢?"这一问,迪爷打开了话匣子。原来他是受中石油委托,写加油站的故事。他跑了九个省,包括条件艰苦的青海、西藏、内蒙古、新疆等地。采访了163位加油员。拟写40篇,最后结书出版。又发来一篇《004号水井房》。我看了,由衷敬佩:"谢谢迪爷!辛苦您了!保重身体啊!"2月15日14:23,迪爷发来微信:"哎哟喂!!!""我的徐总(当时我任《文艺报》副总编辑)!"后面是四个拥抱的表情。典型的"迪爷风格"。猛然看这段话,不知所云,有点莫名其妙。但从后面对话中,我还原出了当时对话的背景:当天我签发大样的时候,看到迪爷的一篇文章。文中大概是提到谁"已经71了"。我觉得,口头语说"我已经七十一了",是没问题的。但是作为书面语言,写成"我71了"就不规范了。应该加个"岁"字,改成"我已经71岁了"。或者就用汉字,改为"我已经七十一了"。迪爷从善如流,很痛快地接受了我的意见。至于前面很突兀的一句感叹,我猜想,肯定是我为了省事、明白,直接把大样拍了照片发给他看。事后为了清理手机空间,我把图片删了。到了2月18日,迪爷告知,已经收到样报了。晚上又发来一条链接,正是他在《文艺报》发表的报告文学《话说刘老三》。文中有一段对话:"李老师,我今年五十九,长得有点儿急,听说您都七十多了,是吗?我说是,已经吃七十一的饭了。"果然如此。有意思的是,我叫他"迪爷",他后来也跟着叫我"徐爷"。迪爷给我的最后一个微信,是今年(2020年)1月17日16:13发来的。是一个财神爷的表情包,上书"小年快乐"四个字。那天是农历腊月二十三,民间谓之的"小年"。不知为何,这条微信我竟没有回复。现在想回复,迪爷已经收不到了。

迪爷,一路走好。你把笑声带到了天堂,却把一团火留在了人间。

敦煌守护神
——几代敦煌人的群体雕像

"敦煌者,吾国学术之伤心史也。"

——陈寅恪

第一章 敦煌,敦煌

中华文明虽然曾经历经磨难,但是绵延五千年没有出现大的断裂,更没有彻底消亡,反而不断发扬光大,除了自身强大的生命力以外,更有赖于一代代学人的精心呵护与虔诚传承。每当它遭受劫难的时候,总有志士仁人挺身而出,勇敢守护,使它免于消亡的悲惨命运。

敦煌莫高窟的保护就是一个典型的例子。从 20 世纪 40 年代至今,在以常书鸿、段文杰、樊锦诗等为代表的一代代敦煌人的无私付出和艰辛努力下,莫高窟从一座残缺破败、任人掠夺的石窟,成为保护与研究并重的敦煌学研究重镇。当我们徜徉在一座座石窟中,欣赏那些精美的壁画和彩塑时,当我们来到博物馆、图书馆,欣赏和研究敦煌文物、敦煌文献时,怎么能不感念一代代敦煌守护者的付出和奉献!

一

莫高窟又叫千佛洞,坐落在甘肃省敦煌市区东南25公里处的鸣沙山崖壁上。

敦煌,古代丝绸之路上的要隘重镇。早在公元前2世纪,敦煌在盛极一时的丝绸之路上,是中国与西域各国进行政治、经济、文化交流的一个大都会。文献记载:"敦,大也;煌,盛也。"单从地名就可想见当年盛况。

自十六国时期的前秦建元二年(366年)起,历代虔诚的佛教徒们便不断地在鸣沙山崖壁上开窟造像,使这里成为我国历史上著名的佛教圣地。隋唐时期,随着丝绸之路的繁荣,这里更是兴盛一时,在武则天时期就有洞窟千余个。宋元以后,由于丝绸之路的没落和其他一些原因,这里的佛教日趋衰落,莫高窟也逐渐不再为世人所知。

1900年6月22日(清光绪二十六年五月二十六日),沉睡近九百年的敦煌藏经洞,因为一个小人物——道士王圆箓的偶然发现而重见天日。藏经洞只有8.65平方米,然而却像小山一样堆满了古代的经卷、文书、佛画和法器!据统计,藏经洞文献约有5万件，包括佛教经帙和典籍文书两大部分，其中经卷约3万件。所有文献基本上全是手写的，它们始自晋代，及至宋末，中间历经7个世纪。涵盖宗教（包括佛教、道教、摩尼教、祆教等）、儒学、文学、医药、天文、历法、星图、农业、算术、针灸、兽医、矿业、化学、气象、兵器、冶炼、工具、食品、植物、动物、音乐、酿酒、制毯、制糖、造车、造纸、养蚕、丝织、印花、印刷、婚丧、民俗等众多领域。除了汉文写本外，还有古藏文、粟特文、于阗文、龟兹文、梵文、回鹘文、希伯来文等写本。如此数量巨大、文字多样，涉及诸多领域的手写文献真迹，多半又是孤本与绝本，无人能估量出它们的总体价值！这一发现为研究中国及中亚古代历史、地理、宗教、经济、政治、民族、语言、文学、艺术、科技提供了数量极其巨大、内容极为丰富的珍贵资料。

然而，藏经洞的发现，并没有引起本国政府和学界的重视。王道士虽然不知道这些东西的价值，但他认为这些古董总归值些钱。他装了一箱子经卷文书，送给他昔日在酒泉当兵时的老上司安肃道台廷栋，这位道台大人居然认为这些经卷上的字不如他写得好，完全不当回事。1902年，金石学家叶昌炽到甘肃做学政，他是行家，看到敦煌写本后马上判断这是了不得的文物，建议甘肃省当局把藏经洞的文物全部运到兰州保管。但这样做需要五千两银子的经费，省里怕出这笔钱，就下令敦煌县令汪宗瀚去查封藏经洞。汪宗瀚受命,于1904年3月将藏经洞文物就地封存。但是他根本没有认真查点,开列清单,只是把这一洞的文物推给了王道士来看管。万般无奈的王圆箓,竟斗胆给清廷最高领导人慈禧太后写了一封秘密奏折。然而,此时的大清王朝已是风雨飘摇,哪里还会顾及区区此事?王圆箓的企盼如泥牛入海,杳无音信。

各级政府的不负责任和敷衍了事,最终导致了千古悲剧的发生!来自国外的一些探险者,他们用灵敏的鼻子嗅到了莫高窟藏经洞独特的味道。他们瞪着一双双贪婪的眼睛,伸出了贪婪的双手,对它施加了人类文明史上空前的破坏与掠夺。

首先向它伸出魔掌的,是英国人斯坦因。在西方人对中国西部的考古发掘热潮中,他先后四次进入中国。1907年3月,他来到敦煌,在译员蒋孝婉的配合下,骗得了王道士的好感和信任,最终用四锭马蹄银(约合二百两银子),从王道士手中换走了29箱敦煌文物,其中文书写本24箱、绢画丝织物5箱。1914年,斯坦因再次来到敦煌,又从王道士处获得写本570余卷。

接着是法国人伯希和,1908年3月26日到达敦煌,用了两个月时间,把洞中全部文献看一遍,对莫高窟做了一次全面考察,并抄录题记、拍摄照片。最终,他以五百两银子从王道士手中换取了6000余卷文书写本和200多件古代佛画与丝织品。

这些写本和佛画,是整个藏经洞文献中的最精华部分!

1911—1912年,日本人大谷探险队成员橘瑞超、吉川小一郎来到敦煌,先后于王道士处收购写本600余卷,并将精美的两身塑像纳入行囊中带走。

1914—1915年,俄国人奥登堡率考察队来敦煌,据俄罗斯方面的整理编号,奥登堡于敦煌收集写本18000余卷,绢画百余幅。同时还剥离窃取了莫高窟第263窟等多处壁画10余幅,带走塑像10余尊。

1924年,美国人华尔纳来敦煌,粘剥壁画26幅,带走莫高窟第328窟塑像、257窟彩塑各一尊……

在藏经洞被发现之后的二十多年间,外国冒险家们纷纷来到这里进行掠夺性考察,把莫高窟的数百件壁画和塑像,以及藏经洞里的数万件文书、近千幅唐宋佛画,运回自己的国家。

这是中国文化史上的空前大劫难!

当中国学者得知远在西北的敦煌有举世罕见的大发现,并且多数出土文物已落入外国人之手时,他们震惊了!他们愤怒了!当金石考古大家罗振玉听说,莫高窟的藏经洞里还有上万件遗书,他火急报告清朝学部,要求学部立即发令保护。学部火速命令陕甘总督毛实君将藏经洞再次封存,并拨银六千两,用于收集失散的遗书,并将其押往京城。可悲的是,这六千两银子,经过层层克扣,到得王道士手中,只剩下三百两。更可悲的是,藏经洞文献在押送京城的过程中,又被一双双贪婪之手雁过拔毛,最终送进京师图书馆的仅为8697卷,不足出土的五分之一。

敦煌在流血,中国学者的心在流血!面对敦煌遭遇的重重劫难,中国学者义无反顾地站了出来,开展了一场世所罕见的文明大抢救;之后,更有一批批优秀学者奔赴大西北,扎根敦煌,守护敦煌……

二

最先站出来的,是著名金石考古专家罗振玉。

1909年9月,法国人伯希和在北京的六国饭店办了一个展览,请来罗振玉、蒋斧、王仁俊、董康、宝熙、吴寅臣等著名学者。他展示了带来的敦煌遗书的原件,包括《沙州图经》《尚书释义》《敦煌碑赞合集》《慧超往五天竺国传》等稀世珍本。在场的中国学者无不受到极大的震动!当罗振玉看到敦煌写本《老子化胡经》《尚书》残卷等珍品时,"惊喜欲狂,如在梦寐"。他听说在敦煌藏经洞尚存六朝至唐宋写本六千卷,当即报告学部,要求学部即刻发令保护藏经洞遗书。他还亲自起草了电文,命令陕甘总督毛实君查封敦煌石室,将所余遗书悉数解送京师。同时,他还在《东方杂志》上发表了《敦煌石室书目及其发见之原始》一文,记录了在六国饭店见到的敦煌遗书十二种、书目三十一种；紧接着又写了《莫高窟石室秘录》,首次向国人公布了地处边远的敦煌无比重大的发现,以及痛失国宝的真实状况。

紧接着,一批著名学者,包括胡适、郑振铎、王国维、陈寅恪、王仁俊、蒋斧、刘师培等,都投入对敦煌遗书的收集、校勘、刊布、研究中来。更有罗振玉、刘半农、向达、王重民、姜亮夫、王庆菽、于道泉等,远涉重洋,到欧洲和日本,去抄录和研究那些流失的遗书。罗振玉为保存和流传敦煌石室遗书付出了毕生心血,在整理刊刻敦煌遗书方面业绩斐然。1921年,罗振玉参与发起组织"敦煌经籍辑存会"。为了保存这些中华文化的"劫余",他奔走呼告,筹措资金,并决心捐出个人全部俸禄,购买余下卷轴,后又主倡集资影印敦煌遗书。罗振玉在政治上十分保守,但是他在抢救和保护敦煌遗书上居功至伟,功不可没。

有论者认为,我国学者对敦煌遗书的大抢救,是历史上第一次自我的文化觉醒。他们共同努力,多学科并举,形成了敦煌学最初的架构。

然而,学者们的努力,并没有彻底改变敦煌的命运。莫高窟偏居遥远荒凉的大西北,依然遭受着一次次的磨难。先是500多名逃窜到中国的白俄士兵,被敦煌当局关押在莫高窟中,他们将门窗和牌匾尽行拆卸,当成烧火的木柴,在洞窟内毫无顾忌地生火、做饭,大量珍贵的壁画被烟熏火燎,面目全非;他们对大量壁画乱刻乱描,对大量泥塑断手凿目,使莫高窟惨遭蹂躏和破坏。接着又来了美国人华尔纳,从这里窃取了20方精美壁画。

敦煌在流泪,苦苦地等候着自己的保护神。

终于,他们来了……

三

最先来到敦煌的,是画家们。

进入20世纪40年代,画家们开始远赴莫高窟临摹壁画。最早到敦煌的有王子云、吴作人、关山月、黎雄才。其中停留时间最长、成就最大、影响最大、争议也最大的,是张大千。有人说他是莫高窟保护的第一功臣,因为他扩大了莫高窟的影响,使莫高窟受到更多人的关注;也有人斥之为千古罪人,因为他破坏了很多壁画。孰是孰非,迷雾重重,这里且按下不表。

1941年10月,国民政府监察院院长于右任赴西北考察。他到莫高窟一看,深深为之震动。"斯氏伯氏去多时,东窟西窟亦可悲。敦煌学已名天下,中国学人知不知?"这是于右任参观莫高窟后写下的《敦煌纪事诗》中的一首。面对莫高窟满目疮痍、流沙堆掩的现状,于右任忧心如焚。他返回重庆后,当即给国民政府写了一份建议书。在介绍了莫高窟的艺术成就及被破坏的情况后,他郑重提出:"似此东方民族之文艺渊海,若再不积极设法保护,世称敦煌文物,恐遂湮销,非特为考古学家所叹息,实为民族最大之损失,因此提议设立敦煌艺术学院,寓保管于研究之中,费用不多,成功将大。"

1942年,历史学家向达应中央研究院之约,率考古组赴西北和敦煌考察,亲眼看到莫高窟的惨状。归来后,他写成万言长文《论敦煌千佛洞的管理研究及其他连带的几个问题》,发表在重庆的《大公报》上。贺昌群马上写了《敦煌千佛洞应归国有赞议》,也发表在《大公报》上,及时响应。

在于右任的呼吁和社会各界的声援下,1942年6月,国民政府决定成立"国立敦煌艺术研究所",由教育部出面邀请法国留学归来的画家常书鸿负责筹办。

1944年1月,敦煌艺术研究所正式成立,常书鸿出任首任所长,延聘一批画家和学者,在异常艰难的条件下,走上了敦煌石窟文物保护和研究的漫长而艰巨的道路。

多灾多难的莫高窟,终于纳入中央政府保护之下。昔日无人管理、任人劫掠宰割的历史终于结束了。

第二章　敦煌守护神

四

1943年2月20日清晨,常书鸿和李赞廷、龚祥礼、陈延儒、辛普德、刘荣曾一行六人,像中世纪的苦行僧一样,身穿北方的老羊皮大衣,头戴北方老农的毡帽,顶着高原早春的刺骨寒风,乘着一辆破旧的敞篷卡车,从兰州出发,沿着古代著名的"丝绸之路",开始了一生难忘的敦煌之行。

历史应该记住他们的名字,他们是为保护莫高窟而来,他们是莫高窟的第一代守护者。

遗憾的是,除了常书鸿外,我们对其他五人的生平事迹知之甚少。我想方设法查阅典籍,只在常书鸿的回忆录《九十春秋——敦煌五十年》中有寥寥几笔简单介绍:

"时间一天天过去了,人员和物资仍无着落。当时,一提起塞外戈壁滩,不少人便谈虎色变,对于长期去那里工作,则更是望而却步,无人问津了。一天,一个偶然机会,碰到一个在西北公路局工作的国立北平艺专学生龚祥礼。他一见如故,欣然应允随我前往敦煌,并且又由他介绍了一名小学美术教员陈延儒和我们一块去。有了两个人的队伍,总比单枪匹马好多啊。我内心感到很欣慰。后来,又经过和省教育厅交涉,由省公路局推荐了一位文书,名叫刘荣曾。最后还缺少一名会计,没有办法,我只有到教育厅举办的临时会计训练班去招聘。开始,这个班四十几个人中没有一人愿意应招。半个钟点以后,才有一个穿着长布衫名叫辛普德的人站起来说,他愿意去敦煌。"

在同一本书中我们得知,李赞廷是天水中学校长,调来担任敦煌艺术研究所筹备委员会秘书。

通过网络搜索,我还查到了龚祥礼的事迹。龚祥礼,又名龚柯。1916年生于开封,中学时代受业于中国水彩画开山大师李剑晨先生。1936年考入国立北平艺专国画系,列入黄宾虹、齐白石、潘天寿、汪采白、王雪涛诸大师门墙,刻苦研摹唐、宋、元、明及当代诸家名迹,融会贯通,绘事大进。1942年随常书鸿赴兰州、敦煌筹建国立敦煌艺术研究所。在敦煌期间,他虚心向常书鸿、张大千学习,精心临摹了大量壁画,受到常书鸿先生的赞扬。然而,由于当地冬天气候十分寒冷,生活条件异常艰苦,加之劳累过度,他肺病复发,常常大口吐血,身体状况越来越差,不得不于1944年含泪离开敦煌。龚祥礼擅山水,他的画清新灵秀,雄浑博大。后曾任重庆国立艺专讲师,郑州日报社、郑州晚报社美术编辑组组长,郑州市美协主席等。2011年3月27日,龚祥礼先生以96岁高龄仙逝。

常书鸿是在法国留学期间与敦煌结缘的。那是1935年秋的一天,常书鸿穿过卢森堡公园,打算去卢浮宫看画。他于1927年到法国来学习艺术,此时已是小有名气的画家。途经塞纳河畔的一个旧书摊时,他偶然看到一大部盒装的画集《敦煌图录》,一套六册。这正是当年伯希和的探险队拍摄、由伯希和编著的。他好奇地打开画集,敦煌壁画第一次闯进他的视野,那些来自中国的古画,遒劲有力,气魄雄伟,精美绝伦,将从4世纪到14世纪长达千余年的中国美术史展现在他眼前,令他无比震惊,为之倾倒!那是西方绘画——从古代的拜占庭绘画到当时的野兽派艺术都无可比拟的。等他在吉美博物馆看到中国古画真迹时,他彻底折服了。一幅色彩绚丽、人马风景栩栩如生的唐代立轴绢画,已经具备了高度写实的技巧。这幅创作于7世纪唐代无名画工之手的绘画,在远近透视、人物动作等方面,都已远远超过了意大利13世纪文艺复兴时期代表作家乔多的壁画,令人惊羡不已。于是他决心离开巴黎,回归到自己民族的艺术中去。1936年他回到中国,从事艺术教育,并很快成为一位著名画家。

1942年,于右任邀请他去敦煌。于右任向他描述了莫高窟的惨状,讲了关于保护莫高窟的具体意见,特别强调:"不管国家如何穷,也得设法保护莫高窟!"一席话令常书鸿感动万分。当时住在重庆的徐悲鸿和梁思成也都极力鼓励他去敦煌。他们把保护莫高窟的希望寄托在这位年轻的优秀画家身上,令他倍感责任重大。1942年8月,"国立敦煌艺术研究所"筹备委员会成立,陕甘宁青新五省监察使高一涵任主任,常书鸿任副主任,张大千等五人任委员。从此,常书鸿的一生就与敦煌紧紧联系在一起了。

1942年年底,敦煌艺术研究所筹备委员会在兰州召开会议,初步决定了敦煌艺术研究所的各项筹备工作。当时有人建议把研究所所址设在兰州,常书鸿坚决反对,坚持必须放在敦煌莫高窟。他说:"兰州距敦煌1200公里,这么远怎么搞保护、怎么搞研究呢?"他向于右任汇报了这个意见,得到了于右任的支持。为此,他得罪了那些在研究所问题上打个人算盘的官员,他们对他提出的工作要求、人员配备、图书器材、绘画材料等问题采取不合作态度,许多工作难以展开,研究所在筹备过程中处处受到掣肘。在他的努力下,才招到了五个人,购置了少得可怜的纸、墨、笔、颜料等绘画材料。因为教育部所给的经费非常有限,常书鸿不得不把自己最近几年创作的几十幅油画拿出来开个人画展,用卖画得来的钱筹办行装、安顿家庭。

五

常书鸿满怀着激情奔赴敦煌,然而当他离开兰州,沿着河西走廊一路西行,他的心渐渐沉重起来。从兰州到敦煌,按理说四天即可到达,可是他们乘坐着运载羊毛的破旧卡车,却走了一个月时间。越往西走,地势逐渐升高,气候更加寒冷,沿途村烟稀少,谷野荒凉。城乡凋敝,田园荒芜,人们衣衫褴褛,面带菜色。路上,一位妇女带着病儿,搭车去城里医治。他亲眼看到,半夜里那个婴儿被活活冻死。

从安西到敦煌,连破旧的公路都没有了,只能换坐骆驼。一眼望去,只见一堆堆的沙丘和零零落落的骆驼刺、芨芨草,大漠活像一个巨大的荒坟葬场。这一段路程更加艰辛。渴了,只能喝又苦又臭的井水;饿了,只能啃又冷又硬的干馍和沙枣锅盔;累了,就地倒在沙堆上休息。他不禁想起张骞,想起玄奘,想起班超……

1943年3月27日凌晨,当一轮红日从嶙峋的三危山高峰上升起来的时候,一幅壮丽的画面呈现在他们眼前:从一个沙丘的夹缝里,不远的峡谷中,隐隐约约露出一片泛绿的树梢头;透过白杨树梢,无数开凿在峭壁上的石窟,像蜂房一样密密麻麻。灿烂的阳光照耀在色彩绚丽的壁画和彩塑上,金碧辉煌,闪烁夺目。整个画面,就像一幅巨大的镶满珠宝玉翠的锦绣展现在大家面前,令人惊心动魄,赞不绝口。一路的劳累,仿佛一下子就消失得无影无踪了。他们迫不及待地扑向这座向往已久的民族艺术宝库。

其实,一路上的风餐露宿、辛苦颠簸,才是艰难岁月的开始,更艰苦的日子还在后头。那时,张大千还在这里,正要返回重庆去。张大千对他说:"我们先走了,而你却要在这里无穷无尽地研究保管下去,这可是一个长期——无期的徒刑呀!"常书鸿说:"如果认为在敦煌工作是'徒刑'的话,那么我一辈子'无期'地干下去也在所不辞。因为这是自觉自愿没有人强加于我的神圣工作。"因为这是他多年梦寐以求的工作和理想,也正是这种理想使他能够在以后的困难和打击面前不懈地坚持下来。

百闻不如一见。当常书鸿第一次投入莫高窟的怀抱时,他的心情只能再次用"震惊"二字来形容。他深感自己过去对这座伟大的艺术宝库的了解太肤浅、太可怜了。那时,虽然已经千余年的风雨侵蚀及人为的毁损,但仍保存较完好的洞窟有数百个。它是中国石窟寺中现存规模最大、保存最完好,也是最古老的艺术宝库之一。这个石窟群,开凿在敦煌东南30公里的三危山和鸣沙山之间,大泉河西岸南北走向的酒泉系砾岩的陡壁上。陡壁高三五十米不等,由南至北,开凿石窟的崖壁共1680米。共有700余窟,分南北二区。南区长940米,是石窟群艺术精华所在。包括魏、晋、隋、唐、五代、宋、西夏、元朝各代修建的壁画、彩塑洞窟309个。北区长720米，有大小洞窟200余个，内有壁画和彩塑洞窟5个。整个石窟群壁画总面积达44830平方米，彩塑2400多座。如果将这些壁画排成2米高的画面展出，这个画廊可达22.5公里长，是全世界最大的古代艺术画廊。更为宝贵的是整个石窟的艺术价值。这些数量巨大的壁画彩塑，从洞窟建筑结构，壁画的装饰布置，画面的主题内容、民族特征、时代风格来看，是自4世纪到14世纪的千余年中，无数艺术匠师呕心沥血、天才智慧的艺术结晶。这些辉煌的艺术成果，既是中华民族优秀文化艺术的结晶，又是在充分吸收和融合了外来民族文化艺术基础上不断创造的结果，是民族文化艺术交流的集中体现。

然而，就是这样一个艺术宝库，在过去的几十年里除了多次遭受人为的疯狂劫掠和破坏外，洞窟无人管理，无人修缮，无人研究，无人宣传，继续遭受大自然和人为毁损的厄运。窟前还放牧着牛羊，牧人和淘金人在洞窟里住宿，烧水做饭，毁坏树木；洞窟中流沙堆积，脱落的壁画夹杂在断壁残垣中，随处可见。就在常书鸿巡视洞窟的时候，第444窟中一块巨石砰然落下，如果不是躲闪及时，后果不堪设想，这让他深感肩上的工作任务是多么艰巨、多么沉重！

1943年，敦煌艺术研究所筹备委员会发布第一号布告，宣布莫高窟已经收归国有，是国家重要的文化古迹，要加强保护，不得破坏。布告上还有若干要求参观群众必须遵守的具体规定，如不得在壁画、塑像上题写刻画，不得在洞窟中住宿、生火、嬉戏打闹，等等。这一布告结束了莫高窟长期无人管理的状态，为石窟保护开创了人为管理的先例，具有划时代的意义。

首先，他们雇了一百多个民工，沿着千佛洞崖面用夯土修建了一道长达800米的围墙，把狼群、窃贼、牲畜和肆虐的沙暴全部拦截在外面，莫高窟几百年来第一次有了安全感。

沙是保护石窟的大敌，为了整理洞窟，就必须清除长年堆积在窟前甬道中的流沙。据工程师估计，堆积成山的流沙体积超过10万立方米。此外，还要修补颓圮不堪的甬道、栈桥，修路植树，等等。由于教育部所给的5万元经费已经所剩无几，雇不起民工，他们便自己动手，从春到冬，整整大干了10个月。

受到常书鸿的感召和影响，他在国立艺术专科学校的好几位学生陆续来到敦煌，董希文、张琳英、张民权、李浴、周绍森、乌密风……这些年轻人的到来令他大喜过望。教育部的经费迟迟不到，他们的生活条件、工作条件变得越来越艰苦，只好向敦煌县政府借钱度日。没钱买临摹壁画的纸、笔和颜料，他们便就地取材，土法制造。没钱买菜买粮食，他们自己种庄稼种蔬菜。

如果说生活和工作上的困难还能克服的话,最可怕的是远离社会的孤独和寂寞。在这个周围40里荒无人烟的戈壁沙洲上,职工们没有社会活动,没有文体娱乐,没有亲人团聚的天伦之乐,承受着巨大的孤独寂寞,心理变得特别脆弱。

1945年4月,一个巨大打击悄悄降临:常书鸿的妻子陈芝秀——她也是一位留法画家,是在常书鸿的鼓动下从重庆带着儿女来到敦煌与他团聚的——突然不辞而别,扔下了常书鸿和一对儿女。得知消息的他悲怆欲绝,骑上枣红马连夜追赶妻子,可是到哪儿找去?而他自己,因饥渴交加,伤心过度,疲劳过度,昏倒在茫茫戈壁滩上,所幸被当时在那里找油的地质学家孙建初和一位老工人救起,否则中国就少了一位杰出的敦煌学家!

在儿女的哭叫声中,常书鸿开始默默承受着这意想不到的打击。在苦不成寐的漫漫长夜里,他思绪万千。回想起回国几年来的坎坷风雨,回想起妻子跟他一起遭受的苦难,他心头涌起一阵阵自责。妻子出生在江南鱼米之乡,又长期在法国留学生活,习惯了优裕的生活环境。回国后,她随常书鸿从上海、杭州到昆明、贵阳、重庆等地,过着战乱中颠沛流离的生活。到了敦煌后,生活环境和条件更加恶劣,让人难以忍受。他一心沉在工作中,没有重视她的思想情绪,没有关心她的生活,有时甚至还跟她发生争吵。现在回想起来,他内疚不已!

在第254窟,面对着那幅北魏的佛本生故事《萨埵那太子舍身饲虎图》,他的内心受到了强烈冲击:

"我想,萨埵那太子可以舍身饲虎,我为什么不能舍弃一切侍奉艺术、侍奉这座伟大的民族艺术宝库呢?在这兵荒马乱的动荡年代里,它是多么脆弱,多么需要保护,需要终生为它效力的人啊!我如果因为个人的一些挫折与磨难就放弃责任而退却的话,这个劫后余生的艺术宝库很可能随时再遭劫难!"

不能走!再严酷的折磨也要坚持下去!在选择事业还是选择家庭这一关键时刻,他最终还是选择了事业。

六

妻子出走的伤痛尚未愈合,一连串的打击又接踵而至。

先是1945年7月,国民政府教育部一道命令,宣布撤销"国立敦煌艺术研究所",命令他们把石窟交给敦煌县政府。这接踵而来的打击,使他像狂风恶浪中的孤舟一样,又一次被无情地吞没了。他写信给于右任等人,希望他们呼吁保留敦煌艺术研究所,但他的信如石沉大海。

接着而来的是一个散伙"复员"的狂潮。8月15日,传来日本宣布无条件投降的消息。欣喜若狂的职工们的心都飞回内地,他们希望早日与亲人团圆。董希文和张琳英夫妇、李浴、周绍森、乌密风、潘絜兹……他们一个个都走了,剩下的就是常书鸿和一对儿女,以及两个老工友窦占彪、范华。

敦煌的夜万籁无声,常书鸿辗转反侧,难以入眠。思前想后,他暗暗发誓:"我决不能离开,不管任何艰难险阻,我与敦煌艺术终生相伴!"

所幸的是,经过各界人士的呼吁,敦煌艺术研究所终于保留下来并由中央研究院接管。接着,一批批年轻人陆陆续续来到敦煌,他们是中央大学艺术系毕业生郭世清及其妻子刘缦云,国立艺专雕塑系毕业生凌春德,四川省立艺专图案系毕业生范文藻和体育教员霍熙亮,四川省立艺专教授沈福文夫妇。还有后来成为常书鸿妻子的李承仙,成为常书鸿继任者的段文杰。

李承仙的父亲是一位反清革命家,是孙中山创建的同盟会的第七位签名者。他对李承仙说:作为一名中国画家,首先应该去敦煌,研究中国的民族遗产,研究敦煌,然后创立自己的风格。受父亲和张大千的影响,李承仙下决心去敦煌。常书鸿告诫她:"敦煌是远离人烟之地,古代只有军队和遭流放的犯人才去那里,而且生活非常艰苦,你能受得住吗?"李承仙回答:"我已决心献身艺术,不会因困苦而退却的,你放心吧。"她为常书鸿的经历和精神所感动,于1947年9月和他结婚,从此两人成了一对"敦煌痴人"。

这批生力军的到来,使不少停顿了的工作又得以开展起来,临摹壁画的队伍十分齐整了。常书鸿开始集中力量,把各个时代有代表性的作品全部临摹下来,以备将来保存资料和展出,系统介绍千余年的中国美术发展演变情况。

洞窟临摹壁画是一件十分艰苦而又细致的工作。由于石窟里光线暗淡,这对临摹者来说很费眼力。他们没有梯架设备,没有照明器材,只能在小板桌、小凳上工作,常常需要一手举着小油灯,一手执笔,照一下画一笔,十分费力,不一会儿就头昏脑涨,甚至恶心呕吐。

有了人马,更大规模的保护与研究也得以展开。洞窟的勘察编号、标记登录,编选画集、修复壁画等各项工作,很快都有了喜人的成果。经过大家的艰苦努力,到1948年初,他们终于按计划完成了《历代壁画代表作选》《历代藻井图案选》《历代佛光图案选》《历代莲座图案选》《历代线条选》《历代建筑资料选》《历代飞天选》《历代山水人物选》《历代服饰选》以及《宋代佛教故事画选》等十几个专题的编选工作,选绘了壁画摹本800多幅。

为了宣传敦煌、唤起全社会对敦煌的关注,1948年8月22日,敦煌艺术研究所在南京举办"敦煌艺展",展出文物和临摹作品500件,这实际上是敦煌的保护者们五年辛勤工作的汇报展。

蒋介石冒雨前来参观,于右任、陈立夫、孙科、傅斯年等均来参观。其后又移至上海展出一周,报刊反响热烈。

中华人民共和国成立后,敦煌艺术研究所更名为敦煌文物研究所,政府加大投入,加大了文物保护力度,条件大为改善。从1951年起,首先抢修了3座岌岌可危的唐代和宋代的窟檐木构,对石窟群的现状做了一次普查,并制订出一个初步的整修计划。为了弄清地下埋藏情况,对石窟群从南到北进行了一次底层的全面的电测。对一座早期北魏危险洞窟,采用花岗石柱承重办法修建了121米长的永久保固的檐横道。用塑料化合物卡赛因和阿古利拉等液体注射法做试验,成功地粘补了一座严重起甲的洞窟的壁画。对于重点洞窟,他们还安装了温湿度测验装置、岩壁开裂的观测装置,以及防风沙的风速风向的小气候测验装置,等等,初步建立起保护石窟的安全装置系统。通过以上装置所得出的记录数据,敦煌逐步建立了石窟保护和研究工作科学资料的档案。

由于壁画长期封闭在空气不流通的洞窟中,加之崖壁本身因气候变化返潮,壁画出现酥碱、龟裂、起甲及大面积脱落等病变。据统计,损毁壁画约占石窟全部壁画总面积的六分之一,共计741平方米。壁画的加固和维修工程是个大量的、刻不容缓的任务。经过摸索和试验,他们采用土洋结合的办法,用高分子溶液和矾胶水的混合体进行注射,产生了令人满意的效果。

1962年8月,中央政府派出一个包括治沙、地质、古建、考古、美术等方面专家的工作组来到敦煌,帮助他们对莫高窟石窟文物保护工作进行了全面的调查、勘察研究,并确定了治本与治标结合、由窟外到窟内的步骤逐步进行的方针。1963年,莫高窟被国务院确定为全国重点文物保护单位,并于同年开始进行洞窟的全面抢修工程。历时四年,共加固了195个石窟,用钢筋混凝土预制梁臂和花岗石大面积砌体,对360多米的岩壁和30余处有严重坍塌危险的洞窟进行了彻底的加固。

这是莫高窟史无前例的一次全面加固工程,它不但对洞窟结构起到永久性的加固作用,同时按照需要在有些地方加深表道,脱胎换骨地更新了风化的岩壁,彻底解决了石窟艺术经常遭受风沙、雨雪和日照侵蚀和危害的问题,从而防止了壁画变色脱落等病变的发生。

在加大保护力度的同时,研究所也加大了临摹与研究的力度。从1952年起,所里集中有多年临摹经验的李承仙、段文杰、史苇湘、欧阳琳等,开展整窟原大原色的临摹工作。经过反复认真地讨论研究,大家决定从第285窟开始。第285窟有大魏大统四年(538年)、五年(539年)题记,历史和艺术价值高,保存完好,是西魏时的代表洞窟。经过六七名人员历时两年的辛苦劳动,终于完成了第285窟整窟原大原色、忠实性的临摹。这个大型整窟临摹品清晰逼真,被认为是壁画临摹工作中的空前巨作。

1954年,研究所集中全部美术工作人员进行了一年之久的敦煌图案临摹。

1955年,集中全部美术工作人员对莫高窟各时代代表作进行原大、原色、忠实的临摹。

1956至1957年,集中全部人力对安西榆林窟壁画进行临摹。安西榆林窟与敦煌莫高窟同为我国西北地区重要石窟。

在以后的几年里,又集中临摹了敦煌人物服饰。

……

在此后的二十多年里,先后临摹了北魏、隋、唐、五代、宋、西夏、元等各时代的壁画代表作品,计1300余平方米。从1954年起,常书鸿要求大家结合临摹开展专题研究,看书、查资料、写研究文章。通过两年多的努力,十多人分别结合自己的临摹范围写出了相应的研究论文。常书鸿用了一年多的时间对每一篇研究文章进行修改补充。1957年,这批研究成果由北京人民美术出版社以"敦煌艺术小丛书"的形式出版。

这次研究工作开了一个好头。从此,许多人员进入了临摹与研究结合的时期,有的逐渐转入以研究为主的轨道。为了培养艺术人才,博物馆和石窟保护、研究人才,在常书鸿的倡导下,中央美术学院、浙江美术学院、兰州艺术学院等高校学生来到莫高窟临摹实习,研究所与甘肃省博物馆联合创办了专业人员训练班,培养了一批文物专业人员。

在常书鸿的带领下,石窟保护和研究工作有条不紊地进行着,取得了空前的成就。然而,史无前例的"文化大革命"开始了,冲击了他们正在进行的和将要进行的一切。

十年"文革",常书鸿受到非人的迫害,并被迫离开研究所,一度中断了研究工作。甚至在"文革"结束后,他想重返敦煌的愿望也因为一些人的阻挠而未能实现。关于这十年的灾难,在他的回忆录中,常书鸿只是用几句话淡淡带过,我们只能从别人的文章中知道他受到虐待的一些情形。

"文化大革命"后期,常书鸿被打倒,被批斗,被勒令劳动改造。即使如此,他心中始终没有忘记石窟保护和研究。在清扫洞窟时,他发现有些记忆中造型较为特别的洞窟,壁画正在变色,如159、220、217、112等。那些精美的壁画,颜色上好像蒙上薄纱甚至褪色,初到敦煌时看到的精美颜色褪淡了,线条隐没了。1979年,当方毅副总理来敦煌视察时,常书鸿当即向方毅汇报了这一情况。方毅认为,在莫高窟一千六百年的岁月中,四十年是非常短暂的,而在这四十年里就发生如此大的变化,保护壁画不再变色成为一项刻不容缓的任务。必须采取积极措施,首先了解壁画原来所用的颜色,再研究壁画变色的过程,经过进一步科学论证,找出方法使壁画复原到当年绘制时的光辉面目。按方毅指示,中国科学院兰州分院和敦煌文物研究所合作开展研究,鉴定出莫高窟壁画用色有21种,这为后来对壁画的保护打下了基础。

早在1945年,常书鸿就把全部洞窟分为代表窟、一般窟、次等窟三种。"文革"之后,他提出要对492个洞窟进一步分级,按照现存艺术价值和历史价值分为六类,分级开放。分级开放制度执行至今,对莫高窟文物的保护起到了很好的作用。

一次,日本学者池田大作问常书鸿:"如果来生再到人世,你将选择什么职业呢?"常书鸿回答道:"我不是佛教徒,不相信'转生',不过,如果真的再一次托生为人,我将还是'常书鸿',我要去完成那些尚未完成的工作。我觉得这半个世纪过得太快了,敦煌研究和保护是几代人的事,还有许多事情要做。回首已过去的人生,我自豪地认为,我的人生选择没有错。我们奉献给敦煌的应该是许许多多代人的努力和工作。"当他年近九旬时,他还提出:"我已老而不死,但以后死了也要死到敦煌!"

在《九十春秋——敦煌五十年·新版前言》中,常书鸿的妻子李承仙这样写道：

"先生的心里，装的只有敦煌。他病重期间，全身浮肿，呼吸困难，低烧不退，但他对病痛只字不提，话题只有一个，那就是敦煌。他忘记了自己的 90 高龄和病重之躯，还在时时关心着敦煌艺术的保护和研究，憧憬着敦煌美好的未来。对于他来讲，敦煌就是生命，敦煌就是一切。他是在对敦煌和敦煌艺术的深切怀恋中，离开我们，离开人世的。先生魂系敦煌。"

1994 年 6 月 23 日，常书鸿去世。从 1942 年接受筹建敦煌艺术研究所的任务，1943 年 3 月踏上敦煌的土地，常书鸿在莫高窟默默工作和奋斗了五十年。他生命的一大半都献给了敦煌，献给了莫高窟。他带领第一代敦煌人，为莫高窟的保护做出了巨大贡献。人们把他的骨灰埋葬在莫高窟中寺他生前居住和工作的小院里，并在莫高窟对面的大漠上为他竖立了一块黑色的墓碑，就像他永远伫立在那里，守护着敦煌。人们把以常书鸿为代表的第一代敦煌保护者们称为"敦煌守护神"。

第三章　大漠隐士

七

"我累了,我想去睡会儿。"

2011年1月21日下午,段文杰说完这句话后,就在家人的搀扶下上床睡着了,而且是永远地睡着了。这位中国敦煌学界一代宗师就此与世作别,享年95岁。

段文杰是敦煌文物研究所(后改称"敦煌研究院")第二代掌门人。他是追随着常书鸿的足迹来到敦煌的。

1945年7月,28岁的段文杰从国立重庆艺专毕业,毅然辞别新婚不久的妻子龙时英,奔赴向往已久的敦煌,去与神灵和艺术对话。大学期间,他参观过张大千举办的临摹敦煌壁画展览,受到强烈的震撼,暗下决心一定要去敦煌向古人学习。大学一毕业,他就和三个同学直奔敦煌。经过一个月的颠簸到达兰州,见到敦煌艺术研究所所长常书鸿,听到的却是研究所被撤销的消息。常书鸿对他说:"为了研究所的生存,我必须去趟重庆,前途祸福难测,你千万不要等我。"

那三个同学都失望地回去了,只有段文杰不死心,他在兰州等。他坚信常书鸿会回来的:"一定要去敦煌,哪怕看一眼也是了了心愿。"1946年的冬天,他终于等来了敦煌艺术研究所恢复的消息,等来了被段文杰的执着感动得热泪盈眶的常书鸿。中秋节前夕,他跟随常书鸿,来到了盼望已久的敦煌。从此,段文杰眼里只有敦煌,没了其他。从那一刻起,段文杰再也没有离开过敦煌,没有一天放下过画笔,成为继常书鸿之后敦煌事业的第二代传人,被人称为"大漠隐士",成为蜚声世界的敦煌学权威。

段文杰的一生可以分为两个时期,前半生主要致力于敦煌壁画的临摹,后半生倾尽心血从事敦煌学的研究。他为壁画临摹定下的原则是:客观再现原作面貌,要突出原作的神韵,绘画技巧不能低于原作水平。他临摹的《都督夫人礼佛图》就充分体现了这种精神。

段文杰一到敦煌就被任命为美术组组长兼考古组代组长,成了常书鸿的得力助手。为了保护壁画,段文杰提出,禁止把纸拓在壁画上临摹,禁止触摸壁画,禁止使用蜡烛。这更增加了临摹的难度。他们只能用镜子把阳光折射进洞窟,再借白纸反光,并要随着阳光的移动不断移动自己的位置。敦煌的生活是艰苦的,段文杰和同伴们住在马棚改成的宿舍里,土炕、土桌子、土凳子、土壁橱,一切皆土。可是段文杰并不以为苦。他每天进洞临摹壁画,晚饭后坐在后门大石头上等待三危山上金光万道的奇景出现,或者跟伙伴们去戈壁滩上拣五色石子。他一点不觉得枯燥、寂寞,只要一进洞窟,就像进了"极乐世界",在民族艺术的审美享受中,灵魂得到美的净化。

段文杰潜心临摹壁画,学习古代画家的创作方法和表现技巧。开始他临摹北魏壁画,因为它自由活泼,甚至粗犷、狂怪,然后临摹唐画。他选择了一幅难度最大的供养人像,即130窟天宝时代的晋昌郡太守乐庭瓌夫人太原王氏全家礼佛图。这幅画是张大千从重层壁画中剥出来的,剥出时画面比较清楚,色彩绚丽,后来壁画大面积脱落,色彩斑驳、蜕变。为了留存这幅壁画,段文杰决心临摹它。但当时壁画的形象已经看不清楚了,无法临摹。要保存原作,只有复原,把形象和色彩恢复到此画初成的天宝年间的面貌。于是他开始了复原的研究工作,在8平方米斑驳模糊的墙面上去寻找形象。他对盛唐供养人和经变中的世俗人物进行调查,掌握了盛唐仕女画的脸面、头饰、衣裙、帔帛、鞋履等形状和色彩,把残缺不全的人物形象复原完整起来。然后又查阅美术史、服装史、舆服史和唐人诗词,找到相关的历史依据,从而提高了临本的艺术性和科学性。

在临摹实践中,段文杰逐步进入研究领域。真正从事科学研究,是在1963年,领导交给他一个课题——研究敦煌服饰。到20世纪70年代末,他才放下使用了三十多年的画笔,开始理论性的研究,主要是从美术史和美学的角度对敦煌艺术的发生发展及其成就进行深入研究,取得了丰硕的成果。他对敦煌石窟艺术各时代的风格及艺术特色有着系统的研究,并对壁画中的服饰、飞天以及唐僧取经图等方面有着深入的探讨。他的研究成果对于认识敦煌艺术及其在中国美术发展史中的价值和意义具有重要的参考作用。

八

1980年,段文杰接替常书鸿担任敦煌文物研究所所长,在敦煌文物的保护和研究方面都有了创新和拓展。在保护方面,他把敦煌文物保护工作从以往的抢救性保护转入现代科技保护。在研究方面,他提出,敦煌过去几十年的工作主要是保护,常书鸿先生带领大家付出了巨大的心血,今后的工作重点应该转到敦煌学的研究上来。1981年,邓小平视察敦煌石窟,问起敦煌文物研究所今后的打算,所长段文杰作了以上回答。邓小平说,外国人搞了几十年敦煌学,我们落后了,敦煌是中国的敦煌,应该让敦煌学回到中国。

1983年8月15日,是中国敦煌学史上一个值得纪念的日子。在敦煌文物研究所和敦煌学专家的倡议下,中国敦煌吐鲁番学会成立大会暨全国敦煌学术讨论会正式开幕。苦苦等待了多少个春秋,中国学者终于在这一天拥有了属于自己的学会,它预示着中国敦煌学的崛起。

1984年,敦煌文物研究所扩建为敦煌研究院,由段文杰担任院长,就石窟保护、美术研究、历史考古、敦煌遗书等项目分别成立了研究所。随后,全国也相继成立了一批专门的研究和学术团体。此后的几年里,中国敦煌学家跨出国门,先后出现在法国、日本、英国、俄罗斯等国家的学术研讨会上。

1987年9月20日,敦煌学终于回到了她的故乡,"敦煌石窟研究国际学术研讨会"召开,来自世界各地的敦煌学家会聚在敦煌。当著名学者季羡林说出"敦煌在中国,敦煌学在世界"时,各国的学者报以长时间的掌声。

自从新婚一别,段文杰与妻子龙世英十三年没有见面。1957年,在四川农村教书的龙世英辞去小学教师的职务,带着孩子千里寻夫,来到莫高窟。当时正值困难时期,敦煌文物研究所职工的粮食定量下降到每月19斤。为了支持丈夫的研究事业,龙世英到沙漠上找野草、养兔子,给丈夫"开小灶",才使段文杰的身体没有垮下去。正是在那段时间,段文杰临摹了大量壁画,写出了大批研究论文,成为蜚声国内外的敦煌学家。"文革"后期,段文杰被造反派开除公职,戴上帽子,送到农村去劳动改造。善良的女人受不了这样的打击,精神分裂,含怨而死。下葬时,段文杰泣不成声地念完了连夜为妻子写的悼词,然后将悼文和他的深情、悲痛一起埋进了坟墓。

"我自从1945年到达甘肃并于1946年到莫高窟以后,就再也没有离开过敦煌,为了石窟艺术的研究事业和保护工作,一住就是五十多年,基本上把一生都奉献给了敦煌文物事业。虽然曾经遇到过一些困难,但我终于坚持下来,并且从不后悔。"段文杰说。

第四章　敦煌的女儿

九

2015年9月29日,我和一群作家诗人正在莫高窟参观。年轻的女解说员忽然手指前方:"我们院长出来巡洞了!"我们顺着她手指的方向看过去,熙熙攘攘的人流中,隐约看见那个瘦小而熟悉的身影。

解说员口中的院长,指的是樊锦诗。此时她已卸任敦煌研究院院长职务,改任名誉院长,但大家还是习惯地称呼她为"院长"。据说,每天到各洞窟巡视一遍,是她多年不变的老习惯。

两个多月后,我在北京见到了樊锦诗——她和时任敦煌研究院院长王旭东,来到北大给师生们做了两个讲座。讲座的组织者顾老师知道我正在写敦煌,特地通知了我,让我好当面请教樊老师。讲座非常精彩生动,不仅给我普及了很多文物保护知识,更重要的是,让我对敦煌人的奉献精神有了更直观的感受。讲座结束后,我试图和樊锦诗交流交流;可是我跟她没说几句话就被打断了——热情的学生们把她重重包围起来,要签名,要合影,全然不顾老太太的疲惫,好脾气的老太太没了脾气。我只好临时充当起了义务保安,尽量让老太太少受打扰。

从1963年到2015年,樊锦诗到敦煌已经五十二年了。五十二年,无论从哪个角度看,都是很长的一个时间段了,何况中间还有二十三年的夫妻两地分居。

十

1963年,24岁的樊锦诗从北大历史系毕业后,响应组织号召奔赴敦煌,那时她没有想到,她的一生都会跟敦煌连接在一起。

多年来,面对记者采访,樊锦诗都反复强调,当年她是被学校分配去敦煌的,不是自己主动要求去的;而且,她原本想干几年就调回来的,并没有做长期扎根敦煌的思想准备。在最近出版的《我心归处是敦煌:樊锦诗自述》一书里,她更是坦率承认:"实话实说,我当时并不想去敦煌。"她不愿人为地拔高自己。

樊锦诗,祖籍杭州,出生于北京,成长于上海,1.55米的身高,瘦瘦弱弱的身材,典型的江南女子的样子。1962年8月,她和其他三名同学跟随老师、北京大学历史系教授宿白先生来到敦煌文物研究所实习,从此与敦煌结下不解之缘。

第二年毕业的时候,常书鸿写信到北大考古专业要人,而且指明要去年实习过的同学。当时敦煌莫高窟将开始大规模的加固维修,特别需要考古方面的人才。国家利益高于一切,服从分配,报效祖国,到祖国最需要的地方去,这是年轻的大学生们的基本信念。樊锦诗毫不犹豫地再次选择了敦煌,只是那时候她并没有打算做一辈子的敦煌人。临走前,她和恋人彭金章约定好三年就回来,回武汉大学和他团聚。

樊锦诗的父亲得知女儿要去敦煌工作,万分焦急,因为她小时候得过小儿麻痹症,体质太弱,而且在敦煌实习时就病了一场。他给女儿写了一封信,要求她转交给学校领导。樊锦诗却把这封信偷偷藏了起来,她已经向学校表明态度服从分配,绝不能反悔。

临行的时候,彭金章来了。他们只做了一个简单的交谈:

"等着我。很快……也就三四年……"

"我等你!"

谁能料到,这一等就是二十三年。而且,最后"投降"的还是已经年近半百的"老彭"。

理想很丰满,现实却很骨感。敦煌艰苦的生活条件很快就给了樊锦诗一个下马威。如果说对于常书鸿、段文杰这些男人来说,敦煌的生活主要是艰苦;那么对于樊锦诗她们这些女人来说,在艰苦之外还要加上诸多不便,或者说,尴尬。比如,因为没水没电,常年无法洗澡;屋里没有卫生设备,半夜三更只能到外面上厕所;房子和家具都是土垒的,晚上睡觉时老鼠经常从房梁上掉进被窝里……这让在大城市出生、长大的上海姑娘樊锦诗简直无法忍受。到莫高窟的第一个晚上,樊锦诗半夜要上厕所,刚刚迈出门,就看到黑乎乎的一只耳朵在摇。她想肯定是狼,吓得只好回来了。把门闩好,一夜没睡好。到了凌晨,她实在憋不住了,壮着胆子起来一看,原来是头驴。这样的生活,让这位来自大城市的姑娘苦不堪言。

可是一进洞窟,樊锦诗就忘记了生活中的种种艰苦和不便。这真是绝妙的人类艺术的宝库!漫漫一千多年,数不清的能工巧匠,以惊人的毅力和杰出的智慧,凿塑出美轮美奂的巨佛、精美绝伦的小佛,还有众多的经变图、尊像图、供养人像……神秘的色彩、优美的线条、宏伟的场面、精细的刻画,让她如痴如醉,沉浸在无比欢快的艺术享受之中,忘记了窟外一望无际的荒漠,忘记了黑夜正在降临……她不顾身体的虚弱,每天爬着蜈蚣梯钻进洞里一工作就是十几个小时。

毕业离校前,北大历史系考古教研室主任、考古学界泰斗苏秉琦先生把樊锦诗叫到家里,郑重交给她一项任务:"你去的是敦煌,将来你要编写考古报告,这是考古的重要事情。"樊锦诗突然意识到肩上的责任很重。对敦煌莫高窟来说,考古学是个新课题,需要她发挥自己专业领域的地方很多很多。短短几年,樊锦诗和同事们一起对莫高窟早期的北凉、北魏中晚期至西魏前期、西魏后期和北周四个不同的石窟艺术发展阶段,进行了明确划分,解开了多年来早期石窟分期的疑团。她运用考古类型学的方法,完成了敦煌莫高窟北朝、隋及唐代前期的分期断代,成为学术界公认的敦煌石窟分期排年成果。她撰写的《敦煌石窟研究百年回顾与瞻望》,是对20世纪敦煌石窟研究的总结和思考。由她主编、香港商务印书馆出版的26卷大型丛书《敦煌石窟全集》则是百年敦煌石窟研究的集中展示。

从20世纪80年代中期开始,樊锦诗积极谋求敦煌石窟保护研究工作的国际合作。在联合国教科文组织的帮助下,敦煌研究院先后与日本、美国等研究机构开展项目合作,使敦煌石窟的保护研究逐步与国际接轨。

1996年,84岁的段文杰退居二线,樊锦诗出任敦煌研究院院长。当时,敦煌石窟的保护工作已经过了最初的看守式保护和抢救式保护阶段。随着时代的发展,新的保护课题摆在樊锦诗面前。

1998年之后,敦煌的旅游急剧升温,为了一睹千年石窟的艺术魅力,游人像潮水一样一拨拨涌来,这无疑加剧了对石窟壁画和彩塑的破坏。

樊锦诗忧心如焚。如何破解保护与利用的矛盾?她大胆提出了"数字敦煌"的构想。在2003年全国政协会议上,樊锦诗以全国政协委员的身份提交了一份《关于敦煌莫高窟保护利用设施建设》的提案。2007年底,国家发展改革委员会批复了这个项目。整个项目包括依托先进的数字技术打造的"敦煌莫高窟保护利用工程",治沙、安防、崖体加固和栈道改造三个子项目。

樊锦诗这样解释"数字敦煌"的概念:"准确地说,数字敦煌有两层含义:一是将数字技术引入敦煌遗产保护,将洞窟、壁画、彩塑及与敦煌相关的一切文物加工成高智能数字图像;二是将分散在世界各地的敦煌文献、研究成果、相关资料,通过数字处理,汇集成电子档案。"

在她的积极倡导和推动下,保护与利用的矛盾正在解决,一个全新的"数字敦煌"正向人们走来。樊锦诗对促进敦煌文物保护事业所做的贡献,得到了学界的一致认可。2000年,在敦煌藏经洞被发现一百周年之际,学术大师季羡林说:"前有常书鸿,后有樊锦诗。"他用了一个词——"功德无量"。

十一

五十二年,对于人的一生来说,是一个相当漫长的阶段。当初说好的两三年,怎么变成了五十二年?大概连樊锦诗自己也想不通。

当初她确实没有"扎根"敦煌的思想准备,组织上也答应过两三年就派别人去把她换回来。她曾经多次努力调到武汉与爱人团聚,可阴差阳错总是没有走成。两地分居,给这个家庭带来了很多困难。樊锦诗总是一遍遍地说起自己对家庭的深深歉疚。她说自己既不是贤妻也不是良母,欠家庭的,欠孩子的。

1965年秋天,彭金章来敦煌看她,这是毕业分别两年之后他们的第一次见面。激动,欢快,内心说不出的喜悦。整整八天,朝朝夕夕,她陪着他走遍了敦煌的每一个洞窟。他们促膝长谈,谈宗教,谈艺术,谈历史,谈未来,就是没有谈到他们俩的未来。他们小心翼翼地避开这一话题,直到他临走的那一天。

那一天,她赶到车站去送他。他拉着她的手,只说了一句:"我等着你……"汽车在茫茫无际的戈壁滩上消失了,来时他带着沉甸甸的包裹,去时只带了一茎戈壁滩上的芨芨草,那上面有她一颗沾满泪水的心……樊锦诗怅然若失,心里涌起从未有过的无限惆怅。

1967年1月,樊锦诗独自一人来到武汉,找到彭金章。在武汉大学青年教师的集体宿舍里,他们结婚了。结婚时,樊锦诗上身穿一件丝绸棉袄,棉花都有点露出来了,棉袄外头罩了一件灰布红点和白点的旧罩衫;下面是一条蓝布裤子,脚穿一双条绒系带的棉鞋。彭金章也没什么像样的衣服,樊锦诗就给他准备了一双皮鞋、一条华达呢的裤子。

1968年,他们的第一个儿子即将出生的时候,樊锦诗的父亲被迫害致死。她从敦煌赶回上海处理后事,又赶回敦煌去上班。由于长时间的奔波和心灵上的巨大苦痛,她差点流产,多亏了彭金章从武汉寄来的药物,总算保住了这个可怜的小生命。临近产期,她要求去武汉生产,但单位就是不批,还让她和大家一起下地摘棉花。三天以后,她终于倒下了,同事赶紧把她送到敦煌县医院,第二天儿子就呱呱坠地。孩子出生时,连一件衣服都没有。当彭金章接到医院护士的紧急电报,挑着两箩筐的东西辗转来到敦煌医院时,樊锦诗扑在他怀里,泪如雨下。她感到自己是这样软弱无助,害怕他突然离去。可是,他照顾她还没到满月,学校就打电话催他回去,因为军宣队已经开进学校,他还要回去继续接受批判。

孩子刚满月,樊锦诗就上班了。没有托儿所,也找不到人带,她只好硬着心肠把孩子包好,反锁在家里,中午匆匆赶回来喂次奶。每次回家,孩子都是连拉带撒,满身都是屎尿,嗓子都哭哑了。看着可怜的小宝宝,樊锦诗一次次流泪。等大儿子长到5岁,小儿子出生,大儿子跟着彭金章,从此轮到彭金章过起"又当爸又当妈又要工作"的生活。再后来,小儿子又被送到上海寄养在樊锦诗姐姐家里,一家四口人分处三地。

从下面的几封家书,我们可以看出这个家庭当时的窘境:

锦诗:为配合一项基建工程,文化部文物局要我们派人参加考古挖掘。经研究,决定由我带几名学生去突击。本月中旬就动身,时间大约是半年。对此,予民(他们的大儿子)很有意见……今年下半年,是他初中毕业前的关键时刻,我们都不在,对孩子确实有影响,可又有什么办法?予民看到别人一家一户都搬进了家属区,对你不调来很有意见,说:"妈妈还不调来,要是来了,我们也会有房子。"他还担心明年初中念完时不准毕业、不准升学,因为他的户口不在武汉。

金章

1983年7月1日

妈妈,我们学校已考完试,放暑假了。我这次考得不好,英语开了红灯,我很惭愧,也很着急。原想利用暑假好好补习一下,可爸爸又要带学生出去考古,这一走又是半年。妈妈,您什么时候才能调来?您明年一定调回来吧!妈妈,我想您啊!

予民

1983 年 7 月 4 日

锦诗妹妹:你究竟准备什么时候调回武汉?你们一家什么时候才能团圆?你那个宝贝儿子(寄住在上海姐姐家的小儿子晓民)越大越调皮,三日两头闯穷祸,谁也管不了。他老不在父母身边,总是个问题呀!

姐姐

1983 年 7 月 15 日

每天晚上下班回家,看到职工宿舍一家一户的窗口都亮着灯光,每一家都是团团围坐着,享受天伦之乐,樊锦诗苦涩的泪水直往心里流。他们这一家四口,一个在敦煌,两个在武汉,还有一个留在了上海,相隔千里,天各一方。什么时候也能全家围坐在一起,吃上一顿可口的饭菜,成了他们一家奢侈的愿望。

生活条件、气候条件、家庭里的这些困难，都没有使她回心转意，樊锦诗这一待就是二十三年。二十多年的风雨、二十多年的坎坷，当年苗条俊秀的上海姑娘已经面带风霜，成为地道的敦煌女儿了。

1986年，相隔二十三年后，彭金章终于调到了敦煌研究院，成为敦煌人中的新的一员，他们一家终于团圆了。当时已经是武汉大学历史系副主任的彭金章，舍弃耗费多年心血营建起来的考古专业，来到敦煌负责当时还无人问津的莫高窟北区的考古挖掘。经过长达七年的考古挖掘，确知北区崖面洞窟总数为248个，其中243个为此次新编号洞窟。连同南区的487个洞窟，莫高窟现存洞窟总数为735个，与唐代石碑所载莫高窟有"窟室一千余龛"的数字已经比较接近。彭金章和他的团队还发现了一大批鲜为人知的重要遗迹，出土了许多重要遗物，其中不乏精品。他们首次在敦煌发现了波斯银币，从其特征看属波斯萨珊朝卑路斯王时期所铸造。这一发现不仅填补了该地区波斯银币的空缺，同时也反映出中西商贸往来活动的情况。北区石窟的考古挖掘，开辟了敦煌学研究新领域。

2019年9月29日，樊锦诗获得"文物保护杰出贡献者"国家荣誉称号。授奖词中写道："樊锦诗，文物保护杰出贡献者，扎根大漠五十余年,潜心石窟研究,为敦煌莫高窟的永久保存与永续利用做出重大贡献。"

尾声　永远的敦煌

如今,莫高窟保护与研究的重任已经传到新一代敦煌人的手中。

从1943年2月,常书鸿带领6个人赴敦煌至今,七十多年过去了,敦煌研究院在一代代敦煌人手上接力传递。七十多年来,一批又一批知识分子来到敦煌。其中短的只有数月,长的长达五十多年。经过几代人的艰辛工作,敦煌研究院已经从最初十几人的职能单一的研究所,发展成为下辖保护研究所、考古研究所、敦煌文献研究所、美术研究所、文物数字化研究所、敦煌学信息中心等13个业务部门的综合性科研机构,成为国内外具有一定规模和影响的遗址博物馆、敦煌学研究实体、壁画与土遗址保护科研基地。

一代代敦煌人,他们是敦煌的守护者,也是中华文明的守护者、传承者。

他们是中华民族的脊梁。

第二辑　山水有情

山 里 人 家

2013年3月底,我从香港调回内地。在正式安排工作前,有一段空闲时间。四川达州的老同学说:"难得清闲,到我们这里来走走吧。我们这里空气好,给你洗洗肺。"于是我就去了。

老同学没有让我失望。达州自然景色绚丽多姿,庙宇古塔、石刻雕塑遍布全境,被明代著名地理学家徐霞客赞为"西南奇胜"。达州山多、树多、空气好,从到达那天起,我就在山里转悠,登凤凰山,朝真佛山,瞻金山寺,访元稹纪念馆……吃的是山里人家的农家菜,呼吸的是清洁无污染的新鲜空气,感觉到好久未有过的神清气爽。

第四天是周末,老同学说要带我到远离城市的山里去。我们一早就出发了,驱车几百公里,来到达州下属的通川区磐石乡。这是一个山区乡,全乡90%以上都是山地。年轻的乡党委邓书记朴实而精干,他热情地邀请我们去参观乡里的草莓基地。刚刚下过一场雷阵雨,天空蓝得跟水洗过一样,空气格外清新,让人忍不住要深深呼吸。可山间的泥石路却泥泞不堪,吉普车颠得人屁股疼,让我这个平原长大的人不免有点胆战心惊。可邓书记一路上谈笑风生,神态自若。老同学说,他们这些乡镇干部,天天泡在基层,这样的山路闭着眼睛都敢走。

汽车在山路上颠簸了半个小时,眼前豁然开朗,出现了一大片平地。草莓基地到了。放眼望去,周围地里全是草莓。经过雨水的洗刷,草莓叶绿油油的,果实鲜艳欲滴,看着就让人眼馋。邓书记告诉我,磐石乡资源匮乏,但是地质条件适合种草莓。经过咨询专家、市场调研,乡里把发展草莓产业作为富民工程来抓,鼓励农民种植草莓。目前草莓种植已成规模,市场需求很大,前景很好。

远处田里,几个人正在采摘草莓。邓书记用四川方言叫了几声,应声跑来一个年轻的小伙子。邓书记介绍,当地农民自发组织起来,成立了草莓合作社,他就是草莓合作社社长。这里的草莓从种植到销售,已经形成了一个链条,打出了品牌,产品供不应求。我询问草莓种植和销售的情况,社长一一作答,黑红的脸上洋溢着憨厚而又喜悦的笑容。说话间,有农民捧来刚摘下的草莓让我品尝。我尝了几颗,甜甜的,带点酸,一股清香。热情的农民还把成筐的草莓往车里装,怎么拦都拦不住。

吃过草莓,邓书记说:"我们这里还有一个白鹭自然保护区,就是山路难走,车子开不上去,想不想看?"我说:"不怕,我们走上去。"

前面的路果然更加难走。车子开了一小段,碰到一个坎,过不去了,我们只好弃车徒步而行。路是碎石路,下过雨之后格外难走。邓书记在前面带路,我在后面小心翼翼地跟着,还好,总算没有出洋相。走了一段路,没有看到白鹭,倒是看见了一个人,在我们前面健步走着。邓书记叫住他,打听去保护区的路怎么走。那人六七十岁的样子,瘦削的脸上刻着一道道深深的皱纹,头戴草帽,上身穿着蓝布褂,肩上扛着铁锹,看样子是刚在地里干完活。听说我是从北京来看白鹭的,他显得特别高兴,热情地给我们指路带路、介绍情况。他告诉我们,他家就住在这山里,他当过多年的村干部,现在老了,不当了,自己种点庄稼,义务看护山林。每年春天都有好多白鹭飞到这里来,可好看了。

转过一个小山头,老人用手往前一指:看,那就是白鹭。

远远的前方,斜山坡上,长着一片茂密的竹林,竹枝上点缀着密密的白点,像一朵朵小白花,整个画面如同一幅巨大的山水画。虽然看不清楚,但直觉告诉我,那些小白花就是白鹭。竹林的上空,盘旋着数不清的白鹭,如同缀在空中的音符一样。山风不大,吹动着树枝、竹枝微微颤动,使画面有了动感。稀疏的雨点飘落在额上、脸上,带来一丝丝凉意。天、地、人、自然显得那么和谐,一瞬间,我竟有点莫名的感动。邓书记告诉我们,每年夏季,白鹭就会到这里来栖息繁殖,总体数量已经超万只。当地老百姓都很喜爱白鹭,把它们看作能带来好运的吉祥鸟,没有人伤害它们。

看过白鹭,老人邀请我们到他家坐一会儿。老人的家就在那个山坡下面,是我们在这座山里看到的唯一一户人家。房屋的简陋、破旧出乎我的意料。这是我从没见过的房屋,不知道怎么描述它才好。一排四间,屋顶盖着灰色的瓦片,墙是漏风的木墙。除了一间住人的房间四面有墙外,其他三间只有三面墙,一面敞开着,里面养着鸡、鸭、羊,堆着杂物。我们坐在屋外的木墩上闲聊。老人告诉我们,这里只有他一家,虽然条件差点,但是吃着自己种的蔬菜、粮食,呼吸着清爽的空气,和绿树、白鹭做伴,也挺好的。房前的空地上,堆着一堆木料。面对我的疑惑,老人说,这是经过政府允许从自家的自留山上砍伐的,卖了换些零钱用。邓书记告诉我们,白鹭对环境要求高,一般都是山清水秀、空气清新的地方它才落窝。为了保护白鹭的生存环境,保护区内严禁砍伐树和竹子;如有需要,须向政府提出申请,经批准后才能在自家的自留山上适量砍伐。当地农民没有别的收入,生活还比较困难。老人听到这儿,连声说:"没事,没事,我们喜欢白鹭。再说,政府还补贴我们呢。"老人告诉我们,他的儿子大学毕业后留在了城里当老师,就他们老两口住在这里。儿子要接他们去城里,他们不去,嫌城里吵、乱。"这里多好,又清静,空气又好。"老人乐呵呵地说,"我们的生活,你们城里人想过还过不上呢。"老人的一番话逗得我们哈哈大笑。

老人执意要留我们吃饭,我们谢绝了老人的好意,起身告辞。邓书记拉着老人的手说:"老人家,你有什么困难,尽管跟我们说,我们一定帮你解决。"老人说:"领导你放心,我在这儿替你们守着山林,守着白鹭。哪天你们想看白鹭了,就来!"

我们踩着泥泞的碎石路往回走,时不时地回头看看山林,看看白鹭。白鹭们依然在翩翩起舞,在空中划出优雅的剪影,仿佛还能听到它们快乐的吟唱。山脚下那幢简陋的木屋看不见了,那位老人家也看不见了。但是我脑海里不断浮现出小木屋,不断想起那位开心的守山人。我蓦地想起,聊了那么久,我连老人姓什么都不知道呢。

马里冷旧的雾

提起马里冷旧,人们首先想到的大多是它美丽的风景;而我,脑海里氤氲着的却总是一团团白茫茫的雾。

马里冷旧是黑竹沟的一个著名景点,黑竹沟是峨边的一个著名景区,峨边是四川的一个非著名彝族自治县。说它"非著名",仅就我本人而言,因为之前我完全没有听说过这个名字,也许是孤陋寡闻吧。其实正如它的名字所示,它就在峨眉山边上。然而,它并没有分享到峨眉山的光环,反而被峨眉山的光环所遮蔽。

然而,峨边真的是极美的。峨边彝族自治县位于四川西南部的小凉山区,"一山分四季,十里不同天;山顶戴雪帽,山脚百花鲜"。由于海拔和气候的因素,加之未被过度开发,峨边至今仍然保留着丰富多样、原始朴素的自然风光,构成了一幅人与自然和谐相处的美丽画卷。来到峨边才知道,我们从小就熟悉的大渡河和成昆铁路就从这里穿过。进入大渡河峡谷,只见两岸绝壁陡峭耸立,大渡河水汹涌奔流,遥想当年红军强渡大渡河、铁道兵开山筑路的艰难与牺牲,不禁心生敬意。大河两岸,触目可见的是彝家村寨,黄墙黑瓦、冲天牛角、三色图案、彩色花窗,充满浓郁的彝族风情,真不愧"彝族美神故里,生态山水画廊"的美誉。住在峨边的人说:"这里是我的家乡,美!"来过峨边的人说:"这里是彝家的明珠,真美!"

峨边是彝家的明珠,黑竹沟是峨边的明珠。

黑竹沟位于距峨边美姑线山18公里处的密林深处,地处四川盆地与川西高原间山地的过渡地带,面积约180平方公里。这里地理位置特殊,自然条件复杂,重峦叠嶂,溪涧幽深,迷雾缭绕,加之彝族古老的传说和彝族同胞对这块神奇土地的崇拜,于是给人一种神秘莫测之感。不过,这里民族风情古朴多彩,人文景观与自然景观融为一体。景区内生态原始,物种珍稀,山势雄险,古树参天,瀑布飞悬,云岚缭绕,虽险奇神秘,但景色别有一番原始大气之美。由于黑竹沟藏有不少未解开的"谜",人们称之为"中国百慕大""魔鬼三角洲"。种种传说增添了它的神秘色彩,让人更想一探究竟。

夜宿黑竹沟迷都酒店,细雨霏霏,凉气袭人。晨起用过早餐,我们急于欣赏黑竹沟美景,然而彝族县长却稳稳坐着,劝我们喝茶。一直坐到上午九点多钟,我们都急不可待了,这才带我们出门,上车进沟。

汽车开上盘山公路,一团浓雾把我们包裹起来,能见度极低,司机不得不打开车灯,减速慢行。我们这才明白县长的用意,也忽然明白,这里为什么会经常出现人畜失踪现象。

忽然,车停了。什么情况?哈哈,原来是黑竹沟的主人出来欢迎我们这些远方的客人了。只见山路上,两边山坡上,出现了一群猴子。它们体态肥硕,四肢短粗,脑袋又圆又大,憨态可掬;一身黑毛,唯独两腮上的毛是白色的。这种猴子有别于我们惯常所见的猴子,当地的朋友也说不出它们的名字。县长说:"山里的猴子很多,但平常很少能见到它们,今天你们有福了。"

当地人有经验,车上早就备了面包。县长、司机带我们下车。一群猴子,有雄有雌,有大有小,有老有幼,有强有弱,远远近近地围着我们,喉咙里发出呜呜的低吼声,等着我们喂食。如果不是县长安慰,我们还是有点害怕的。县长说,不用怕,它们不伤人。话虽如此,看着它们尖叫着露出獠牙厮抢,那架势真是挺吓人的。有一只小猴子,一直拉着县长的衣服撒娇,试图从县长手中抢夺面包,就像一个顽皮、贪吃的孩子似的。县长用亲昵的口吻"教训"它,就像教育自家孩子一样,令我们哈哈大笑。另有一只猴子,形体最大,年纪最长,面相庄严,动作沉稳,双眼周边是红色的,据说就是它们的猴王。所有猴子都怕它,躲着它,没有猴敢跟它争抢食物。这些猴子是黑竹沟真正的主人,它们在这里不知道生活多少年了,至今也无法准确统计它们的数量。

给黑竹沟的主人们送完了见面礼,我们登车继续前行。汽车在黑竹沟沟口停住,从这里将正式进入黑竹沟景区。我们下车步行,走进马里冷旧。

马里冷旧是一块天然湿地,位于黑竹沟景区沟口东南,海拔在1900~2000米之间,面积有2000余亩。四周山峦起伏,千亩草甸碧草如茵,春花夏草、秋叶冬雪,四季色彩缤纷,牛羊徜徉成趣,犹如一个童话世界,因而享有"鲜花牧场"之美誉。薄薄的晨雾,如同蓝色的纱幔,悬挂在天地之间。马里冷旧犹如一位害羞的小姑娘,被层层面纱包裹起来,不肯以真面目示人。我们踏上牵手桥,慢慢向黑竹沟深处走去。

牵手桥又叫连心桥,位于沟口一方无名的湖面上。所谓桥,其实是两排水泥磴子,并列于水面。恋爱中的男女,手牵手走过这道桥,宣示忠贞的爱情。大方的彝族小伙、姑娘,会主动牵起客人们的手,让人们重温恋爱的感觉。清澈的湖水,倒映着蓝天白云、周边的青草绿树,也倒映着人们的身影和笑脸。

过了牵手桥,步入栈道,伴着静静流淌的溪水曲折前行。放眼望去,栈道两边,绿草铺展,古木参天,箭竹丛生,奇花怒放。黑竹沟的植物品种很丰富,在这里可以看到不少珍稀植物,人们还给它们附加了各种有趣的传说。最美丽的是珙桐树。珙桐是中国特有的珍贵品种,有"植物活化石"之称。每年四五月间,珙桐花盛开,就像白鸽舒展双翅,而它的头状花序像白鸽的头,因此,珙桐有"中国鸽子树""鸽子花树"的美称。当下虽已过盛开的季节,但它仍不失美丽优雅的风致。还有短梗稠李,树形优美,花叶精致,果实酸中带甜,非常可口。最神奇的是"团结树",这棵大树虽被雷击烧黑,树干半空,但寄生着八种不同的树,其生命力之顽强令人赞叹。人们给它起了一个很有深意的名字:民族团结树。最有趣的是那棵有一千五百年树龄的银鹊树。树干下部有一大洞,洞口可容一人出入,洞中可容二人停留,县长说,这里是野猪约会恋爱的地方。这里生长的野猪,喝清泉水,吃中草药,呼吸的是新鲜空气,所以身体健康,强壮有力。仿佛是为了印证这个传说,草甸里慢慢走来两只野猪,在草丛中寻寻觅觅地觅食,仿佛是一对"恋人"在悠闲地漫步,让我们忍俊不禁。

黑竹沟是动物的天堂,大熊猫、羚牛、云豹、四川山鹧鸪、猕猴、小熊猫等珍禽异兽出没其间。由于时间有限,我们未能进入黑竹沟核心景区,无缘相见。在冷香泉、沁心泉边,我们掬一捧泉水入口,清冽甘甜,清肺清心。

在马里冷旧,有一位忠实好客的主人始终陪伴在我们身边,不离不弃,那就是:雾。从我们进沟一直到出沟,山雾始终没有散去。其实,自从我们抵达峨边,雾就一直陪伴着我们,只不过随着天气的变化或重或轻,或浓或淡。来到黑竹沟,雾更成为美景中的一分子。抬头四望,天地间弥漫的全是山雾。望远方,一道道山峦悬浮在半空中,若隐若现,线条优美流畅,仿佛神话中的仙山;看近处,山石、房屋、树木、花草、溪流,都掩映在山雾之中,仿佛是淡雅的水墨山水画。即使时近中午,阳光明媚,远方的山尖上依然挂着丝丝雾纱。

黑竹沟由于山谷地形独特,植被茂盛,加之雨量充沛,湿度大,山雾是这里一道独特的景致。它时远时近,时静时动,忽浓忽淡,忽暗忽明,千姿百态,变幻无穷。它弥天盖地,无所不在,无孔不入。雾托着山,山飘浮起来了;雾罩着花木,花木迷蒙起来了;雾盖着草地,草地披上了一层薄纱;雾钻入人们的眼睛里、耳朵里、鼻子里、衣服里,让人飘飘欲仙。雾装点了山水景致,使黑竹沟更加朦胧、更加美丽;雾也给黑竹沟罩上了神秘色彩,增加了危险系数。当地人和考察者总结出这样一个顺口溜:"石门关,石门关,迷雾暗沟伴保潭;猿猴至此愁攀缘,英雄难过这一关。"来到黑竹沟,既要学会欣赏雾,也要学会与雾相处。彝族同胞自豪地告诉我们,黑竹沟是一个金山银地,连雾也舍不得离开呢。

"马里冷旧",是彝语音译词,意为"开满鲜花的草地"。

涟水河的深情

戊戌年仲秋时节，我们来到湖南省涟源市。走进杨市镇，旷野上众多的古旧建筑引起了我们的兴趣。主人告诉我们，那是清代湘军将领们的故居，"湘军名将故居群"已成为省级文物保护单位。

杨市镇俗称杨家滩。从胜梅桥顺着孙水河向下，一座座高大宏伟的古建筑，散落在孙水河畔杨家滩上。老刘家、德厚堂、存厚堂、光远堂、佩兰堂、师善堂、云桂堂、余庆堂、静养堂、乐恺堂、锡三堂、师存堂……仅从这些建筑的名称，就可看出主人的良苦用心。虽然打上了岁月的斑驳痕迹，但仍能看出当年的风采雄姿。这些建筑，就是那些湘军将领建造的。湘军将领们在这片土地上到底建了多少堂屋，已很难准确统计。据史志专家调查，目前能够找到的有名称的堂屋还有148栋。

一

咸丰三年(1853年),湘乡人李续宾离开家乡的涟水河,就再也没有回来。

李续宾,字如九、克惠,号迪庵,湖南湘乡(今湖南涟源杨市镇)人,晚清湘军著名将领,贡生出身。1852年在家乡协助其师罗泽南办团练,对抗太平军。次年随罗泽南出省作战,增援被太平军围困的南昌,后以战功升知府。1856年罗泽南战死后,他接统其军,成为湘军一员重要统兵将领。咸丰八年(1858年)十一月,在三河之战中陷入太平军的重兵包围,最终战死,所部尽覆,谥"忠武"。《清史稿》记载,李续宾突围无望后,朝北方叩首拜别皇上,烧掉所有的文书后战死。李续宾的锡(同"赐")三堂,正是为了纪念皇帝的三次赐封而命名。他自参加湘军至败亡,"大小六百余战",赫赫战功标榜清史,被誉为"湘军第一将"。

李续宾是走出杨家滩的一个代表性人物。在他身后的一百多年来,还有无数的涟源人从这里走出去,干着或大或小的事业,或功名显赫,或寂寂无闻。他们有的回来了,有的却一去不返。

在中国近代历史上赫赫有名的湘军,最早就诞生在杨家滩。

历史学家李藻华在《杨市镇史记》中说,"杨家滩是湘军将领的故里","湘军崛起,是近代杨家滩大盛的里程碑"。在曾国藩"选士人,领山农"建军思想主宰下,一群乡土书生领着一群乡土农民,驰骋沙场,威树功名。

湘军的代表性人物一大半生长在涟水河流域。小小杨家滩,方圆十公里内,出湘军名将五十有八,有"湘军发源地"之美誉。曾国藩曾为湘乡东皋书院题词曰:"涟水湘山俱有灵,其秀气必钟英哲;圣贤豪气都无种,在儒生自识指归。"涟水两岸,湘山之麓,那些普普通通的农家子弟走出故乡,做出轰轰烈烈的大事业,成为圣贤英豪。湘军骁勇善战,却不是鲁莽之辈,他们大多雄才大略,有儒雅之气。"吃得苦,霸得蛮,耐得烦,不怕死。"这正是湖湘精神的生动写照。

二

涟水河,这条并不著名的湘江支流,却滋养了一批批著名的历史人物,他们影响了湖南甚至中国的近现代史进程。

说起中国近现代史,有一个湖南人是绕不过去的,他就是曾国藩。

曾国藩,中国近代政治家、战略家、理学家、文学家,湘军的创立者和统帅,谥"文正"。曾国藩对清王朝的政治、军事、文化、经济等方面都产生了深远的影响,被誉为"晚清中兴第一名臣"。

在清朝,"文正""忠武"是文官武将所能获得的最高规格谥号。有清一代,总共有8名文官、8名武将分别获得这两个谥号,而湘军中人物即各占其一。

曾国藩有一套独特的治军方略。曾国藩治军把选将作为第一要务,他的选将标准是德才兼备、智勇双全,而把德放在首位,并把德的内涵概括为"忠义血性""独仗忠信二字为行军之本"。他认为,兵不在多而在于精,"兵少而国强"。他重视精神教育,用封建伦理纲常去教育官兵,以仁礼忠信作为治军之本去陶冶官兵。在他的带领下,他的军队"呼吸相顾,痛痒相关,赴火同行,蹈汤同往,胜则举杯酒以让功,败则出死力以相救"。他重视军民关系,爱护百姓,曾作有《爱民歌》:"三军个个仔细听,行军先要爱百姓。第一扎营不贪懒,莫走人家取门板。莫拆民房搬砖头,莫踹禾苗坏田产。莫打民间鸭和鸡,莫借民间锅和碗。莫派民夫来挖壕,莫到民家去打饭。筑墙莫拦街前路,砍柴莫砍坟上树。挑水莫挑有鱼塘,凡事都要让一步……军士与民如一家,切记不可欺负他。日日熟唱爱民歌,天和地和又人和。"这样的歌词,我们今天听来也十分亲切。如果不加介绍,根本想不到它竟出自一位封建社会大地主大官僚之手。

当然,曾国藩的贡献是多方面的。作为近代著名的政治家,他对"康乾盛世"后清王朝的腐败衰落洞若观火,他说:"国贫不足患,惟民心涣散,则为患甚大。"曾国藩提出,"行政之要,首在得人",危急之时需用德器兼备之人,要倡廉正之风,行礼治之仁政,反对暴政、扰民。曾国藩敢为天下先,他是中国近代化建设的开拓者。一方面他十分痛恨西方人侵略中国,另一方面又不盲目排外,主张向西方学习先进的科学技术。在曾国藩的倡议下,清王朝建造了中国第一艘轮船,建立了第一所兵工学堂,印刷翻译了第一批西方书籍,安排了第一批赴美留学生。他购买洋枪、洋炮、洋船,推进中国军队武器的近代化。

曾国藩最令后人称道的,是他追求人格完美的自省精神。曾国藩一生奉行为政以耐烦为第一要义,主张凡事要勤俭廉劳,不可为官自傲。他修身律己,以德求官,礼治为先,以忠谋政,有人推崇他为"千古第一完人"。在曾国藩的家书和日记中,"自省"占了很大的篇幅,对于自己的缺点,曾国藩向来都是毫不隐讳地直接记录。曾国藩从31岁起,每天记日记,从起床到睡觉,以圣人标准要求自己,检查自己的一举一动,有了错就深刻剖析。《曾国藩家书》,堪称中国古代家教精湛范本。他的家族父慈子孝,兄友弟恭,家教良好。曾国藩平生著述颇丰,继续程朱之学,被奉为"立德、立言、立功"的楷模,"道德文章冠冕一代",

成为一代代知识分子的精神偶像。

三

20世纪30年代,日本侵略者的铁蹄践踏中华山河,抗日战争的烽火燃遍中华大地。众多不愿做亡国奴的中华青年在老师的带领下,往西部的大后方迁徙。涟源是大中学校西迁的重要通道,一些重要的院校留在这里继续办学,二十多所湖南名校迁入蓝田镇。湘军将领刘连捷的故居师善堂就成为西南交通大学教职员工的住宅。涟源成为中国教育的"世外桃源",数万名栋梁之材从这里走出,文学经典《围城》在这里孕育。

1938年,国民政府为了收容从战区逃亡的青年学生和名流学者,保存高等教育实力,指令著名心理学家、教育家廖世承等人在蓝田筹办国立师范学院。国师借用辛亥革命元勋李燮和、李云龙兄弟的李园住宅,再在紧邻的光明山上修建教室、寝室、办公楼、图书馆、音乐教室等。廖世承校长尽心竭力,遍邀四方贤达来校任教,包括钱基博、钱锺书父子,著名学者储安平等一大批学者。到1943年,学生总人数2000多人,先后有87名教授、46名副教授任教。国师的学术空气十分浓厚,虽然条件非常艰苦,但是它还是像磁铁一样吸引着众多学子。一时间,涟源小城气象日新,蓝田镇有"小南京"之称。毕业后的学生大多奔赴国内各个学校,力图教育救国。

钱锺书虽在国师工作不到两年,但这段生活经历对他的影响是巨大的。在这里,他孕育了传世名著《围城》。书中的"三闾大学"并非完全虚构,它的原型就是创建于涟源蓝田镇的国立师范学院。他的笔记体诗话《谈艺录》也是在国师时开始起草的。当时他用的是蓝田镇上能买到的极为粗糙的直行本毛边纸,每晚写一章,两三天以后再修改。钱锺书在《〈谈艺录〉序》中说:"《谈艺录》一卷,虽赏析之作,而实忧患之书也。始属稿于湘西(当时人认为蓝田属湘西——引者注),甫就其半。养疴返沪,行箧以随。"可以说,蓝田孕育了《谈艺录》,成为钱锺书这位"文化昆仑"的光辉起点。钱锺书《槐聚诗存》里的几十首诗也是在来蓝田途中和在蓝田的日子里写的,这是他旧体诗写作的高峰时期。

在民族危亡之际,涟水以博大的胸怀接纳了钱锺书等一大批爱国师生,陪伴他们度过一段困苦的岁月,孕育了《围城》《谈艺录》这样的文学、学术名著。

四

　　说起涟水河,涟源人特别强调,现在的涟水河,以前只是涟水的一条支流,本名"蓝田水"。而真正的涟水河,则被改名为"孙水河",就是胜梅桥下的那条河。有《水经注》、康熙《湘乡县志》、同治《湘乡县志》和道光《宝庆府志》等史籍可资证明。他们坚定地认为,孙水河才是涟水河。

　　那一天,临离开涟源之前,主人带我们来到胜梅桥上,让我们看桥上的那只乌龟。胜梅桥建于清康熙年间,三拱四墩,长39米,宽6.7米,高10米,是湘中现存最大、最壮观且保存最完好的石拱桥。历经几百年风雨洗礼,今天它依然是两岸居民重要的出行通道。桥面青石板上刻着一只乌龟,它的头朝着源头,凝视远方。人们取其谐音"归",寄托着对游子的深情期盼和祝福。三百余年过去了,不知道多少双南来北往的脚从这里踏过,不知道多少涟水儿女从这里走向远方,它依然守在这里,深情企盼。

　　这是涟水河的深情,也是涟水河的含蓄。

朱自清的梅雨潭

到瓯海,不去看看朱自清先生笔下的梅雨潭,总是心有不甘。

是冬天的上午,天色阴沉,微风薄寒,细雨斜飞,地面泥泞湿滑,景区游人稀疏。这个季节,这种天气,本不适合出游,只有我等几个痴人会在这个时候来看梅雨潭。

梅雨潭的出名,应该感谢朱自清,是他的一篇千字短文《绿》,让梅雨潭名扬天下。

1923年9月,出生于江苏东海县(今连云港东海)的朱自清来到浙江温州,在省立第十中学当国文教员。当年他刚刚25岁,已是一位小有名气的诗人,留着时髦的小分头,戴着圆圆的眼镜。他虽然个子不高,但英气逼人,又带着几分傲气。他来到温州,带着五四新文学运动的余热,很快就点燃了温州的文学之火,带动一大批年轻人投身文学创作。

朱自清与同校教员马孟容、马公愚兄弟交游甚密,他尤其欣赏马孟容的国画。在离别温州之际,他向马孟容索画以为纪念。

马孟容知道朱自清喜欢海棠花,遂以月色、海棠、八哥作画一幅,赠予朱自清。朱自清甚喜,随即回赠一篇散文《月朦胧,鸟朦胧,帘卷海棠红》,成就一段文坛佳话。

在温州一年时间里,除了教书、写作、交游外,朱自清最喜欢的事情,莫过于游山玩水了。1924年10月,朱自清举家离开温州后便没有再回温州,但他对温州的山水一直不能忘怀。后来他在给马公愚的信中说:"温州之山清水秀,人物隽永,均为弟所心系。"在这些名山胜水中,最令他留恋的,非仙岩的梅雨潭莫属。他曾两游梅雨潭,并写下著名的经典散文《绿》。正是在温州,朱自清从诗歌写作转向散文写作。

我不知道之前有哪些古人咏过梅雨潭,但是一篇《绿》,就让我们知道了梅雨潭,记住了梅雨潭的"绿"。

2019年12月,江苏如皋人徐某来到温州瓯海,办完该办的事情,尚有小半天的余暇,匆匆赶到仙岩,去看一眼朱自清的"女儿绿"。其实,与其说是为了观景,不如说是为了追寻这位前辈作家的"踪迹"[①]。

仙岩现在已经成为一处著名的景区。虽然是冬天,但山上山下依然草木葱茏,流水淙淙。

---

① 朱自清著有一组散文,总题为《温州的踪迹》,《绿》即为其中一篇。

找了一个解说员,自称"小黄"——看外貌分明是个中年汉子,"小黄"也许是谦称吧,据说是这里的金牌解说员。他一路讲述当地的传说、故事,让静态的山水有了鲜活的生命。

"我第二次到仙岩的时候,我惊诧于梅雨潭的绿了。"二游仙岩,梅雨潭深深地打动了朱自清的心。据考,朱自清第二次游仙岩,是在1923年9月30日。那天,朱自清和马公愚等人从马家出发,在小南门坐上小火轮去仙岩。到仙岩后,先在圣寿禅寺逗留了片刻,随后拾级而上登上梅雨亭。在梅雨亭,朱自清先是端详梅雨潭,后又站在悬崖边上俯下身子仔细欣赏潭水。马公愚即制止他说:"这样太危险了。"就把他领过亭下的一道石穹门,让他站在潭边一个小坪上饱赏潭色水光。梅雨潭水让朱自清喜爱不已。他对马公愚说:"这潭水太好了!我这几年看过不少好山水,哪儿也没有这潭水绿得这么静,这么有活力。平时见了深潭,总不免有点心悸,偏这个潭越看越可爱,即使掉进去也是痛快的事。这水是雷响潭下来的,那样凶的雷公雷婆怎么会生出这样温柔文静的女儿?"梅雨潭的"绿",触动了作家的情思。不久,一篇短小精致的《绿》一挥而就。脱稿后,他抄了几份,分别送给马公愚及另外两位同游留念。

来到梅雨潭,仿佛处处都有朱自清的身影。我们踩下去的脚印,不知道哪一个与朱自清的足迹重叠。这一想象让我兴奋不已。朱自清成了一名隐形导游，引领我们一步一步走向梅雨潭。

仙岩风景区所在的大罗山，是在平原上拔地而起的一座山，峻崖陡壁，水源充沛，虽方圆不过数十里，却多瀑布潭，而且集中在西麓仙岩附近。据说，仙岩景区比较著名的瀑布潭有五个，其中以梅雨潭最出名。

进了景区大门，首先看到的是圣寿禅寺。朱自清二游仙岩，曾在此驻足观赏山景，马公愚指点他仔细辨认那些传说中像青狮、白象一样的景点。圣寿禅寺原名仙岩寺，创建于唐贞观年间。山门门楣上悬"开天气象"匾额，系宋代理学家朱熹所题。时间有限，我们无暇进寺内参观，匆匆走过寺院，首先映入眼帘的便是三姑潭，这是仙岩五潭中最低的一个潭。三姑潭之名始于宋代。明代鲍武《宋三姑行略》记载：北宋初年，楞严遇安禅师驻锡仙岩宣讲佛经，风闻四方，从者如云。忽一日，有三位仙姑前来礼拜禅师。遇安问她们从何处来。她们说，早上从福建来，闻师宣扬正法，超度迷流，特来求教。遇安对她们道，只要有心学道，何须离乡跋涉千里！三位仙姑听后，顿有所悟，遂挽臂入潭隐化而去。此潭因此得名。

三姑潭一泓清碧，水平如镜，倒映青山，显得明媚静穆；水潭上面是大片平滑的斜坡坦岩，流泉过其上，如玑珠四溅，缓缓滚落潭中，落瀑别有一番风姿。斜坡上有一大一小两个窟窿。小黄介绍说，这是"仙人打滑塌"。传说八仙来到仙岩游玩的时候，到了这里无路可走了。但是上面的美景很诱人，其他仙人都跳上去了，只有铁拐李跳不上去，一屁股摔在地下。何仙姑去拉他，结果也摔倒在地。他们在这块岩面上摔出一上一下、一小一大两个印迹，后人称之为"仙人打滑塌"。宋代诗人赵汝回曾有诗咏三姑潭云："谁掣银河铁锁开，飞珠掷练此山来。飞黄梅雨无晴日，曳白云天生怒雷。"

由三姑潭往前，看到一处摩崖石刻，镌刻的是唐德宗时温州郡丞姚揆一首《仙岩铭》："维仙之居，既清且虚；一泉一石，可诗可图。"据说收在《全唐文》901卷。摩崖石刻是仙岩风景名胜区人文资源的一个重要内容，现发现的已有35处。最早的一处"通源胜境"在梅雨潭前观音洞口正前方的岩壁上，是南朝刘宋元嘉癸酉年（433年）开元寺僧恩惠所书，这也是目前温州所有风景名胜区中最早的一处摩崖。自南朝山水诗鼻祖谢灵运起，历朝历代的文人雅士都先后为其留下无数精彩的吟咏、精致的题刻。谢灵运曾"蹑履梅潭上，冰雪冷心悬"（《舟向仙岩寻三皇井仙迹》）。还有历代名人诸如唐代的路应、方干、李缜、司空图，宋代的林石、许景衡、朱熹、陈傅良，元代的高明，明代的卓敬、黄淮、张璁，清代的潘耒、孙衣言等都在这里留下了游记、诗篇。这些摩崖石刻如"飞泉""白龙飞上""梅玉""喷玉矶""四时梅雨""别有天""飞白""漱流忘味"等,不仅其内容反映了不同时期、不同留题者的不同感受,而且其书法艺术亦可作为学书者极好的摹本。

梅雨潭边有三座石亭:梅雨亭、自清亭、升仙亭(又名"轩辕亭")。自清亭和升仙亭是近年新建的,分别纪念朱自清先生和轩辕黄帝。仙岩这个名称已经有千年以上了。传说轩辕黄帝在梅雨瀑布东侧一块巨大的岩石上炼丹成仙,即将乘龙升天。岩石跟他久了,感情深厚,也想跟轩辕一道升天。但轩辕不愿带走仙岩的一草一木,就把它留下了。岩石为了纪念轩辕,留下了他的侧面头像,这块岩石被后人命名为"轩辕岩"。自清亭内立有一块三角形石碑,上面刻着朱自清的散文《绿》。我们都情不自禁地诵读起来:"可爱的,我将什么来比拟你呢?……我从此叫你'女儿绿'好么?"有人好奇:为什么朱自清将梅雨潭叫作"女儿绿"呢?据高人分析:朱自清祖籍浙江绍兴,绍兴最好的酒是"女儿红",朱自清将梅雨潭命名为"女儿绿",言下之意,梅雨潭是天下最好的潭水。朱自清在温州只住了一年多一点的时间,但温州人感谢他,还为他建了一座纪念馆。

梅雨亭坐落在潭西南崖背上,乃明嘉靖年间瑞安县令余世儒所建。门柱对联"飞瀑半空晴亦雨,梅潭终古夏如秋",体现了梅雨潭精绝的个性。乍一看去,正如《绿》中写的:"这个亭踞在突出的一角的岩石上,上下都空空儿的;仿佛一只苍鹰展着翼翅浮在天宇中一般。"此亭正对瀑布,因为安坐其中可观赏瀑布的全貌,作为建筑物又恰到好处地与梅雨潭的自然景色融为一体,故后人改称为"梅雨亭"。快到梅雨潭时,一座小山挡住了去路。真的和朱自清散文中描写的一样,需要猫着腰钻过一个岩洞,这就是传说八仙中的张果老曾住过而得名的"通玄洞"。洞有三个出口,两明一暗。暗道漆黑一团,谁也不敢尝试;出了明道洞口,梅雨潭瀑布就在眼前了。梅雨潭的瀑布狂奔直下,瀑布下面是一个潭,便是梅雨潭了。哗哗哗哗的流水声不绝于耳,那是梅雨潭瀑布自上而落,水流与山岩撞击的声音。

梅雨潭边的石头被众多游客踩踏得很光滑,加上雨后石面湿滑,有人一不小心就摔倒了。我们互相搀扶着爬上潭边石坝。这里是观赏梅雨瀑和梅雨潭的最佳位置,从这个角度看潭水,潭深碧绿。据说朱自清在这里坐了一下午,凝神欣赏潭水。也许正是在这里,他心中正酝酿着那篇《绿》?有人开玩笑说,那我们就在这儿坐两个下午。惭愧,就算坐十个下午,我们也写不出朱自清那样的佳句。"她松松的皱缬着,像少妇拖着的裙幅;她轻轻的摆弄着,像跳动的初恋的处女的心;她滑滑的明亮着,像涂了'明油'一般,……我曾见过北京什刹海拂地的绿杨,脱不了鹅黄的底子,似乎太淡了;我又曾见过杭州虎跑寺近旁高峻而深密的'绿壁',重叠着无穷的碧草和绿叶的,那又似乎太浓了。其余呢,西湖的波太明了,秦淮河的又太暗了。"这样的句子,也就朱自清写得,别人再写,就画虎类猫了。在朱自清之前、之后,来过梅雨潭的文人骚客何止成千上万,留下的诗文更是难以计数,可人们记住的,还是一篇《绿》。我们的心情,就像李白游黄鹤楼那样,"眼前有景道不得,崔颢题诗在上头"。有欣喜,也有沮丧;有钦佩,也有失落。梅雨潭是朱自清的梅雨潭,已经深深地打上了他的烙印。我们喜欢梅雨潭,是因为朱自清,因为这是朱自清喜欢的梅雨潭。人们游梅雨潭,其实不过是一遍遍温习朱自清,一遍遍向这位大师致敬。何处无瀑布?何处无潭水?只是缺少知音如朱自清者也。

竹　园

我家老屋后面,曾经有一个竹园。

园子不大,东西有三四间屋那么长,南北有四五米宽。南边挨着老屋后墙,西北两边各临一条水渠。渠是灌溉渠,一年四季,三季有水潺潺流过。水极清,可见水草波动,小鱼、小虾、小蟹游来游去;极凉,撩一把擦擦脸,那股凉意会从头渗到脚。到了冬天,渠底残留的水结成厚厚的一层冰,结结实实的,可以走人。隔渠是大片农田,交替种植着水稻、麦子、玉米等庄稼和瓜果蔬菜。

竹子是什么时候种的?不知道。反正从我记事起,就有这么一个竹园。竹子长得很随意,东一棵西一棵的没有章法,一看便知主人没有在这上面花心思。也没人浇水,基本属于"野蛮生长"。南方雨水多,竹子自然长得茂盛。浓密的竹枝竹叶织成了一顶很大的冠盖,阳光几乎很难渗进来。地上铺满了枯黄的落叶,踩上去松松的、软软的,发出哗啦哗啦的声音。

竹子可谓草木界的美人。它枝干修长、婀娜,叶片小巧、细长,仿佛美女的曼妙身材和纤纤玉指。因为承不住竹冠的重量,竹枝微微弯曲,弯成了一道优美的弧线,让人想起古代文人画中的仕女造型。竹叶一年四季都是绿的,尤其是春天,绿得清新,翠得透明,像水洗过一般。一场春雨过后,园子里冒出了好多竹笋,嫩嫩的、绿绿的,像一支支竹箭直指天空。母亲隔几天就会到园子里挖几根竹笋,切成薄片炒了吃,脆嫩爽口,一股清香。平常吃不起肉,偶尔来个青笋炒肉,那个香呀,恨不得连舌头都吃了。夏天,我们还会摘几片嫩竹叶,洗一洗,用开水泡了当茶喝,清爽止渴,祛痰润肺。竹叶浮在水面,碧绿碧绿的,看着就让人喜欢。

夏天,天气燠热难当,竹园里偏很清凉。背阴,微风,又有渠里清冽的水汽,比屋里都凉快。家里人都喜欢到竹园里歇凉,有时候中饭就在竹园里吃。暑假里,我经常搬一高一矮两张凳子,坐到竹园里看书写作业。竹园中间,竹子比较稀疏,大概是历年砍伐造成的。我把这里当成了我的自习室,自得其乐——那时还没有书房的概念。竹园里还有树,树上有鸟窝。小鸟儿在枝头叽叽喳喳,多的是麻雀,也有喜鹊,天天开会,七嘴八舌,争论不休,不知所云。有时候我也学它们叫,它们以为来了客人,会停止争吵,静静地听一会儿,大概终于听出"非我族类",于是不再管我,又开它们的会去了。有一次不知从哪儿飞来一只鸟,全身羽毛颜色艳丽,不像我们平时常见的野鸟,它在竹园上空盘桓良久方才离去。这些鸟叫声让竹园越发显得幽静,我在这里享受着这份清静,怡然自得。微风习习,竹叶簌簌,鸟鸣啾啾,这是我的"世外桃源"。

晚上我也喜欢去看看竹园。尤其是夏天的晚上,白天的热气渐渐消散了,我徘徊在竹园边上,仰望天上的一轮明月,洒下一地的清辉。竹枝在晚风中微微晃动,竹叶簌簌作响,地面竹影婆娑。田野里,有不知名的虫儿在鸣唱,水稻、麦子散发出特有的清香,小小的油菜花做着香甜的梦。置身月夜,我的心里涌起少年的梦想和少年特有的惆怅。我曾经写过一篇散文习作《月夜》,记叙当时的情景和心境。现在回想,仍如梦中一般。

冬天的竹园别有一番情趣。一场大雪过后,整个竹林顶部覆盖上一层厚厚的积雪,压得竹枝都弯了腰。雪积得多了,或者一阵风过,就会掉落下来。夜里睡觉,还经常听到噗噗的声音。小孩子顽皮,当有人从竹下经过的时候,我们会摇晃竹枝,让积雪掉到那人的头上、身上,钻进其脖项里,自己则迅速跑开。那人也不恼,顶多笑着骂一句。打雪仗是孩子们冬天最重要的游戏,竹园显然是最佳的战场。不但"弹药"充足,而且有天然的"掩体",大伙玩得不亦乐乎。

早年间,我家住的是土墙草屋,经常有竹笋穿过土墙,钻进屋里来。那时不知竹子的繁殖力这么旺盛,只是觉得它们好可爱,仿佛也愿意到屋里来和人做伴。竹笋把土墙上拱出一道道裂缝,细细的,弯弯曲曲的。小的时候,没有电灯,家家户户点的都是煤油灯。煤油灯火光幽微,小小的火苗一闪一闪的,映得墙上的裂缝仿佛也在晃动,如一幅幅好玩的、神秘的图案,引起我无限的遐想。

邻居们也喜欢我家的竹园。农家贫寒,像箩筐、篮子、筛子这类器皿轻易是舍不得花钱买的。谁家需要了,都会来我家砍几根竹子,抱回去请人编。父母都是忠厚人,他们不但极爽快地答应,还会热情地帮着挑选,帮着砍伐。竹子长得快,这么一年年地砍,也不见少,总是能满足大伙儿的需求。这个竹园还成了当地的一道风景和"地标"。谁到我家都会夸一句:你家竹子长得好啊!如果有外地人问路,指路人会说:喏,看到那个竹园没有?从那儿往哪儿哪儿走,就到了。

我到现在都不明白,我家大人为什么会在屋后空地种上这么多竹子。邻居人家,没有哪家舍得用这么大的一块空地专门种竹子的,顶多在房前屋后零零星星种几棵,且竹子周围种满了蔬菜。论实用,除了前面说的那些,带不来一分钱的收益。从观赏性来说,父母都没有文化,恐怕也没有观赏的雅兴,何况能不能吃饱还是个问题。那时候我还不知道有个苏东坡,更不知道苏东坡的那句名言"宁可食无肉,不可居无竹",不知道古人会把竹看得比肉还重要。我之喜欢竹园,纯粹出于天然。但是如果在肉与竹之间让我选择的话,我肯定毫不犹豫地选肉。在填饱肚子之前,我没有那样的雅致。这个信念至今未变,我承认我是一个俗人。

离开老家多年了,老屋变成了瓦房,瓦房又变成了楼房,只有竹园没变,既没扩大,也没缩小。它还是那么青青翠翠的,在我家屋后。每次回家,我还是喜欢到竹园边看看。这样的幸福持续了有二十年吧,终于,在几年前的一次大规模拆迁中,我家竹园与楼房一起被夷为平地。

峄城榴花红胜火

庚子初夏,阳气升腾;大疫初消,惊魂甫定;驰赴峄城,走马观花。所观者何?石榴花是也。

说实话,我吃过石榴籽,却没怎么留意过石榴树和石榴花。在京城,这种花木似乎少见。有时候从水果摊上买回一只石榴,用刀切成几瓣,果壳里包裹的全是石榴籽。石榴籽紧紧地抱在一起,一排一排的,颗粒饱满,色泽鲜艳,晶莹剔透,看着就让人垂涎。掰开紧抱成团的石榴籽,一粒一粒放进嘴里细细咀嚼,嘴里满是酸甜的汁液。可是,我努力搜索我的记忆库,确乎想不出石榴树和石榴花的模样。

峄城是枣庄的一个区,以前叫峄县,在枣庄市的南部。在枣庄站下了高铁,坐车直奔峄城。出了市区,进入峄城境内,就像进入了一个绿色的海洋。那是石榴的海洋。放眼望去,除了不远处连绵起伏的小山之外,目力所及,除了石榴树,几乎别无他物,树上缀满了红色的石榴花。树叶碧绿,如同刚刚水洗过一样清爽;榴花火红,像举着一支支小火炬似的。有古诗句云"五月榴花红似火"。当下是农历闰四月,正是往年的农历五月,是榴花盛开的季节。路是蜿蜒曲折、起伏不平的,有点类似于盘山路——原来这里是丘陵地带,地面高低起伏。汽车在这曲曲弯弯、起起伏伏的丘陵路上行驶着,就像漂泊在汪洋大海中的一叶扁舟。绿叶如一层层波浪在涌动,红花就是那飞溅的浪花。司机小张告诉我,这就是有名的冠世榴园,有十几万亩呢。往年的这个时候,园里游人如织,爱美的女士们穿得花枝招展,与火红的榴花争奇斗艳。男士们拿着手机、相机忙得不亦乐乎,说不清是在拍花还是在拍人。只要你有兴趣,在园子里逛一天也不觉得乏。小张没有吹牛,从中午到达起,我把一个下午都交给了石榴园。

冠世榴园位于峄城区西部的群山之阳,东西长30千米,南北宽4千米,总面积有18余万亩。园区有榴树700余万棵,48个品种。峄县榴园始建于西汉成帝年间,距今已有两千多年的历史,被评为"吉尼斯之最",因而被誉为"冠世榴园"。而今,古老、幽雅、壮丽、奇秀的冠世榴园,焕发出更加迷人的魅力。它像一颗随节令变幻着色彩的璀璨明珠,镶嵌在鲁南的青山绿水之间。

我不禁好奇,峄城何以有这么多的石榴树?当地的朋友告诉我,峄城能够成为中国石榴之乡,应该感谢西汉名相匡衡。石榴,又名安石榴,原产于伊朗、阿富汗等地区,在西汉时由西域引入中国。据西晋张华《博物志》记载:"汉张骞出使西域,得涂林安石国榴种以归,故名安石榴。"又据汉代刘歆《西京杂记》记述,汉武帝在京都长安建上林苑,百官奉献奇花异果,其中就有安石榴。据传,峄县石榴园,就是在汉成帝年间,匡衡从长安上林苑带到家乡种植,逐渐繁衍而成的。匡衡,字稚圭,东海郡丞县(今枣庄峄城)人,西汉经学家。幼时家贫,勤学苦读,留下了"凿壁偷光"的佳话。他是西汉宣、元、成三朝重臣,位居丞相。公元前36年,匡衡被人弹劾,奏请告老还乡,同时请求带上皇家御苑的石榴种苗回乡种植,成帝准奏。峄县土体深厚,土壤肥力状况较好,非常适宜石榴生长。在匡衡的提倡和鼓励下,峄县人开始广泛种植石榴,形成规模,历经千年,长盛不衰。明代天启年间,峄县石榴曾作为贡品,进奉朝廷。如今,石榴种植已经成为峄城的特色产业,榴花也成为枣庄市的市花。

　　石榴的用途很广泛,可以说全身都是宝。石榴是人们爱吃的一种水果,其实除了果实之外,它的叶、根、皮、花都有用场。石榴树叶可制茶,可制药,有收敛止血、祛湿止痛之效。根、皮煮汤汁,外部涂洗治瘘疮及肿毒。石榴果皮有抑菌和收敛功能,能治疗腹泻、痢疾等症,对痢疾杆菌、大肠杆菌有抑制作用。果粒含有枸橼酸和碱盐,是治疗肾脏病、湿性腹膜炎、外肿性脚气病的良药。石榴花可治鼻衄、中耳炎、创伤出血,月经不调,红崩白带。石榴花泡水洗眼,有明目的功效。相传,南宋抗金英雄岳飞患有眼疾,在石榴园里的青檀寺疗养。青檀寺法聪大师就地取材,用榴叶、榴花、榴果房膜和深山草药,加水煎熬,为岳飞洗目、热敷、沐浴,辅助按摩等方法治疗,岳飞眼疾痊愈,重返战场。此传说真假无法考证,但后人在此建楼,名为"岳飞养眼楼"。有关岳飞在此驻兵养病,《峄县志》上也有记述:"青檀寺在青檀山东趾,岚岫环合,竹树茂密,风景幽绝。相传宋岳武穆驻兵养病处,石壁刻字,模糊不可辨,以为武穆题识也。"那天下午,我们参观了岳飞养眼楼后,就在青檀寺外找了一家简陋的小茶馆喝茶。主人是两位老人家,退休前是中学教师,退休后开了这家茶馆,用自制的榴叶茶招待客人。他们说,榴叶茶清热解毒助消化,最适合夏天喝了。

6月来峄城,当然要看榴花。穿行在石榴树间,一树一树的榴花红得似火,红得耀眼,红得热烈。石榴树树形优美,干枝扭曲,苍劲古朴,千姿百态,自然成景。叶片碧绿而有光泽,花色艳丽多彩。石榴花由花萼、花瓣组成,像一朵小喇叭,通体皆为红色。红色的花萼油亮泛光,有着蜡烛一样的光泽,花萼以上则是火红火红的花瓣。喇叭筒顶端分裂为5~7片,裂片是三角形;花瓣是从喇叭筒内向上向外开展出去。花瓣褶褶皱皱,有单瓣,有重瓣。花瓣里有花蕊,花蕊中花丝细弱,生于花筒内壁上。整朵花看起来像极了少女的红裙子,"石榴裙"一词不知是否由此而来?有工人顶着烈日在修剪石榴树,把一枝枝榴花剪落于地,我们不解,上前请教。原来,石榴花分"果花"和"幌花","果花"为雌性,多生于结果枝顶端,基部有明显的膨大,结果率高;"幌花"为雄性,基部较小,开花后自动脱落。为了不影响榴树结果,必须适时把幌花剪掉。

石榴花在一片绿中火辣辣地盛开,喷薄怒放如一团团熊熊燃烧的火焰,让人为之振奋、兴奋、亢奋,激情四射,也给诗人们带来灵感,留下流传千古的名篇佳句。晋人潘岳专门作有《安石榴赋》,其序云:"榴者,天下之奇树,九州之名果也。"南朝梁元帝萧绎在《咏石榴诗》中这样形容:"叶翠如新剪,花红似故裁。"唐朝诗仙李白在峄县居住时,写下了"鲁女东窗下,海榴世所稀"的名句,为了他的佳人,诗人"愿为东南枝,低举拂罗衣"。唐朝诗人韩愈在《榴花》诗中写道:"五月榴花照眼明,枝间时见子初成。"唐朝诗人李商隐《石榴》诗中咏道:"榴枝婀娜榴实繁,榴膜轻明榴子鲜。可羡瑶池碧桃树,碧桃红颊一千年。"宋代大文豪欧阳修也有诗赞曰:"绿叶晚莺啼处密,红房初日照时繁。""榴花最恨来时晚,惆怅春期独后期。"宋人石延年《榴花》则充满了奇思妙想:"王母庭前亲见栽,张骞偷得下天来。谁家巧妇残针线,一撮生红熨不开。"千百年来,榴花深得文人喜爱,吟咏石榴的诗文不胜枚举。这些名篇佳句,更让榴花增添了无穷魅力。

勤劳而智慧的峄城人,可以说做足了石榴文章,他们围绕石榴开发出系列产品,把石榴的观赏价值、食用价值、药用价值和经济价值发挥得淋漓尽致。石榴茶、石榴酒、石榴汁,作为绿色产品已经走俏市场。在国内外享有盛名的峄城石榴盆景,以树桩盆景为主,有时也用山石等作衬,通过雕刻、绑拉、扭梢、修剪、摘心、抹芽、剥皮、剖伤、弯折等艺术加工和精心培育,长期控制其生长发育,造成咫尺山林之势、苍老古朴之态。那天,我们在德福盆景园参观时,大家对千姿百态的石榴盆景赞不绝口,更为它们低廉的价格拍手叫好。陪同介绍的是一位农民模样的中年汉子。他说:"今年受新冠疫情影响,上半年几乎没有订单,现在才开始在慢慢恢复。各位想要订购石榴盆景的话,请与我联系,保证物美价廉。"他递给我一张名片,我一看,不禁乐了:"汪得福——Wonderful(英文,意为'精彩的、奇妙的、极好的'),好兆头!"

淮 水 安 澜

以我的管见,大凡地名中含有"安""宁"等字眼的,多有祈福之意,比如"淮安"。

淮安古称"淮阴"。山之北水之南曰阴,山之南水之北曰阳。顾名思义,淮阴位于淮河之南。淮河古称"淮水",与长江、黄河、济水并称"四渎",发源于河南桐柏山老鸦岔,向东流经河南、安徽,进入江苏境内。淮水滋养了两岸人民,但也常常泛滥成灾,以致两岸民不聊生。后来此地取名淮安,是否有祈盼"淮水安澜"之意呢?我以为是。

第一次到淮安,是初秋时节,这个时节退去了夏天的暑热,深秋的寒意尚未袭来,风和日暄,冷热相宜,正是一年中最惬意的时候。车进淮安市区,天色已晚,但薄暮中的淮安城还是令我眼前一亮。这座城市看起来很新,马路新,建筑也新,很少看到破旧的房屋。街道宽敞整洁,楼宇错落有致,湖中波光潋滟,道旁花木葱茏,完全是一座现代化城市,一座宜居城市,与我从小所耳闻的淮安,迥然而异,它的变化之大可想而知。当地的朋友们热情又体贴,生怕冷落了远方的客人。他们脸上始终绽放着真诚的微笑,显示出内心的自信与满足。陪同我们的小姑娘,甜美的笑容让人感觉生活是多么美好。一问,原来已经是两个孩子的妈妈。掩不住的幸福呀!

淮安是典型的平原水乡,境内四分之一的面积被水覆盖,被称为"漂浮在水面上的城市"。境内不仅有波澜壮阔的淮河,还有京杭大运河、里运河、古淮河、盐河,此之谓"四水穿城"。而洪泽湖、白马湖、宝应湖等五个湖泊,更犹如镶嵌在淮安大地上的五颗明珠。其中洪泽湖是中国第四大淡水湖,既是淮河流域的大型水库、航运枢纽,又是渔业、特色产品、禽畜产品的生产基地。淮安多水,从地名就可看出,所辖七县区中,六个地名带水:清江浦、淮阴、淮安、涟水、洪泽、金湖,每个名字都散发着水汽。唯一不带水的"盱眙",也以山水闻名。淮安地处中国南北地理气候分界处,南方气候湿润,雨水充沛,河网密布,古代交通工具以船为主;北方天气干旱,草场广布,畜牧业发达,运输更多借助于马,"南船北马"成为古代淮安的一大特色。淮安清河区长东街道内仍立有"南船北马舍舟登陆"碑,古朴大气,韵味十足。

淮安多水,水成就了淮安。丰沛的水资源造就了物产富饶的鱼米之乡,而令其走向辉煌的是隋朝时开凿的大运河。淮安与大运河相伴而行。公元前 486 年,吴王夫差开凿最早的人工运河邗沟,实现了长江与淮河两大水系的连通,其北端就在淮安境内。运河在淮安入淮,使之成为漕运要津。到北宋时期,南粮北运骤然增大,淮安的地理位置显得更为重要。隋唐宋元时期,淮安境内的楚州(今淮安区)和泗州(今盱眙县)是运河沿线著名的商业城市。尤其是明清两朝,朝廷在此设漕运、河道两位总督,"天下九督,淮安其二",淮安进入了鼎盛期,成为全国经济中枢,与扬州、苏州、杭州并称为运河沿线四大都市。作为全国漕运枢纽,淮安的水路四通八达,直到今天,水上运输仍是其重要组成部分。

漕运的发展,为盐运提供了方便。淮安制盐史已有数千年。秦汉时期,煮盐业开始大规模兴起,至唐初,两淮盐场是当时全国四大盐场之一,明清时更为兴盛,淮北盐运分司及淮北盐总商均驻淮安,盐商多聚居于此地。一时间,盐商花船川流不息,四周商铺、客栈、酒楼、戏院、书场林立,呈现"市不以夜息"的景象。天然资源,辅以历史的传承,让淮安始终坚守着"盐都"地位。淮安的盐岩储量居全国之首,直接推动盐化工业成长为千亿级产业。

明清时期,以漕运总督、河道总督驻节为标志,淮安成为大运河沿线地位显赫的政治要地、举足轻重的军事驻地、扼守国脉的经济重地,奠定了全国五大中心的地位:一是漕运指挥中心,从明初至清末,漕运最高管理机构在淮安驻节近五百年,淮安成为全国漕运枢纽和管理中心。二是河道治理中心,明清两朝有两百多位治河官员驻节淮安,黄、淮、运交汇处的"清口"一带一直是全国运河河工治理的焦点。三是漕船制造中心,明清两朝在淮安设立了全国最大的清江督造船厂,从板闸到清口之间连绵20余里,所造漕船占全国的百分之六十。四是漕粮转输中心,淮安常年积聚江西、湖广、浙江等地漕粮一百五十万担,位居运河沿线四大转运仓之首,有"天下粮仓"的美誉。五是淮盐集散中心,明清时期,两淮盐行行销长江中下游及淮河流域,是全国最大、税收最多的盐场,淮北盐运分司和批验盐引所驻于淮安河下。

孔子有云:"知(智)者乐水,仁者乐山。"也有人断句为:"知(智)者乐,水;仁者乐,山。"不管如何断句吧,反正水跟人的智慧是息息相关的。人们常说:"一方水土养一方人。"此言不虚。水润淮安,最终润的还是人。到了淮安我才知道,原来淮安出过那么多历史文化名人,有大军事家韩信、辞赋大家枚乘、中医名家吴鞠通、爱国将领关天培、文学大师刘鹗、《西游记》作者吴承恩、京剧表演艺术家周信芳、著名导演谢铁骊……如果罗列下去的话,这个名单将会是长长的一串。在淮安留下诗文的文人墨客更是不计其数。说到这里,我不得不小小地得意一下:我的恩师,北京师范大学教授,著名语言学家、教育家许嘉璐先生正是淮安人。许先生在古代汉语、训诂学、音韵学、古代文化学等领域颇有建树,对学生极其爱护,深得学生敬重、爱戴。曾经有人向我转述,说先生对人说:"徐可是我的亲学生。"把我笑得眼泪都出来了。来到先生的家乡,我倍感亲切。淮安人才辈出,灿若星斗,与这方水土的滋养是分不开的。

淮河之水造福了淮安,也给淮安带来了数不尽的祸患。据历史文献统计,公元前252年至1948年的两千两百年中,淮河流域平均每百年发生水灾27次。16世纪至中华人民共和国初期的四百五十年中,每百年平均发生水灾94次。从1400年到1900年的五百年中,流域内发生较大旱灾280次。洪涝旱灾的频次已超过三年两淹、两年一旱,灾害年占整个统计年的90%以上,不少年洪涝旱灾并存,往往一年内涝了又旱,有时则先旱后涝,年际之间连涝连旱等情况也经常出现。连年的水旱灾害给淮河流域人民带来深重的苦难,淮河成了历史上有名的"害河"。所以历朝历代统治者都把淮河治理作为头等大事来抓,清朝康熙帝、乾隆帝就是两个突出的典型。

康熙帝一生致力于国家统一、发展生产、治理黄淮。他曾六次南巡,南巡的一个主要目的就是治河、通漕、兴农。他来到洪泽湖地区巡视,亲自筹划黄淮运治理。在淮阴的所见所闻、所行所思,在他的诗篇中都有体现。在淮安,我看到一本当地编的《历代咏淮诗文选》,书中收了康熙的十三首诗。从这些诗中可以看出康熙帝每次来淮心境的变化。初到淮阴,当地的富饶给他留下深刻印象,他的笔下满是歌舞升平和风花雪月:"淮水笼烟夜色横,栖鸦不定树头鸣。红灯十里帆樯满,风送前舟奏乐声。""春雨初开弄柳丝,渔舟唱晚寸阴移。庙堂时注淮黄事,今日安澜天下知。"然而,好景不长。淮河水灾,造成当地百姓流离失所,孤苦无依,令他忧心如焚,夜不成寐:"淮扬罹水灾,流波常浩浩。""田亩尽沉沦,舍户半倾倒。茕茕赤子民,栖栖卧深潦。""凛凛夜不寐,忧勤恝如捣。亟图浚治功,拯救须及早。"他沿淮河两岸巡视,下令修筑柴塘,并设竹篓、坦水诸工,亲自指挥当地官民治理淮河。"淮黄疏浚贵经营,跋涉三来不惮行。几处堤防亲指画,伫期耕凿乐功成。"第四次、第五次南巡,看到淮安河工初步告成,当地百姓安居乐业,他十分欣慰:"殷勤久矣理淮黄,几度风尘授治方。……虽奏安澜宽旰食,诚前善后奠金汤。""春雨初开弄柳丝,渔舟唱晚寸阴移。庙堂时注淮黄事,今日安澜天下知。"他体恤民情,不但下令特留漕粮以济淮扬居民,而且谆谆告诫所司"使布实惠",不要让吏胥中饱私囊:"恩意家渥沛,拯救留天储。实惠布州邑,远迩均有无。谆谕严再三,毋徒饱吏胥。"从这些诗中,可以看出一位封建帝王对国家大事的忧思,对子民的关切。清代宫廷画《淮河巡幸图》就反映了康熙巡幸淮河、治理淮河的内容。

　　以皇祖之心为心的乾隆帝,也像其祖父那样,极其重视河工海防,把它视为六巡江南的一个主要任务,所谓"行在治水"。乾隆六下江南,所经之地和所做之事虽然不尽相同,但大体上包括以下几个方面,即蠲赋恩赏,巡视河工,观民察吏,加恩缙绅,培植士类,阅兵祭陵。在乾隆写的御制《万寿重宁寺碑记》和《南巡记》里,他着重讲道:"南巡之事,莫大于河工。""六巡江浙,计民生之最要,莫如河工海防。""临幸江浙,原因廑念河工海塘,亲临阅视。"这些话并非空谈,而是乾隆倾尽全力大兴河工的真实概括。河工兴修规模之大,投入财力物力人力之巨,兴修时间之长,古今帝王,无人能比。以经费而言,每年河工固定的"岁修费",有三百八十余万两,占每年朝廷"岁出"额数十分之一强。临时兴修的大工程,又动辄用银几百万两。在乾隆四十九年的御制《南巡记》里,他对几十年大兴河工的情形做了总结,主要是四大工程。其中第一项大工程就是订立《清口水志》,加固高堰大堤,基本上保护了淮安、扬州、泰州、盐城、通州等富庶地区免受水淹。江淮一带随即实现了大丰收,出现了"下河每岁大稔,十余年来,高(邮)宝(应)遂无水患"的局面。清口处的运河漕运,也借这一工程得以通畅。乾隆三赴淮安府,考察高家堰,祭拜河神,确定治理方略,拨付工程经费。在三河闸管理处,保存有一块"乾隆三面题字碑"。石碑的正面、反面和侧面,刻有乾隆三次巡幸淮安的赋诗,这在中国雕刻史和封建帝王史上是不多见的。

悠悠两千年,每一个朝代都视淮河水患为心腹大患,下大力气予以治理,然而淮水安澜,并非易事。1950年六七月间,淮河流域连降暴雨,受灾人口九百九十余万人,水淹死亡人口四百八十九人。灾民在求生中与蛇同争一棵树,被蛇咬伤,中毒而亡……毛泽东看到相关报道,心情十分沉重,久久不语,提笔写下八个大字:"一定要把淮河修好!"从此拉开了淮河流域根治水患、兴修水利的大幕。1950年10月14日,中央人民政府政务院发布《关于治理淮河的决定》,制定了上中下游按不同情况实施"蓄泄兼筹"的方针。淮河是新中国成立后第一条有计划地、全面治理的大河。经过近五十年的不懈努力,全流域兴建了大量的水利工程,初步形成了一个比较完整的防洪、除涝、灌溉、供水等工程体系,特别是苏北灌溉总渠的开挖成功,使得淮河有了最直接的入海大通道,大大改变了昔日"大雨大灾,小雨小灾,无雨旱灾"的面貌,淮安成为我国重要的粮棉油生产基地和能源基地,在我国现代化建设中具有重要的战略地位。淮水安澜,一代代人的梦想,正在变为现实。

行走在淮安大地上,我仿佛进入了一个水的世界,触目所及皆是波光,耳中所闻尽为水声。站在淮河岸边,我不禁想起了《诗经·小雅·鼓钟》,诗中写道:"鼓钟将将,淮水汤汤,忧心且伤。淑人君子,怀允不忘。鼓钟喈喈,淮水湝湝,忧心且悲。淑人君子,其德不回。鼓钟伐鼛,淮有三洲,忧心且妯。淑人君子,其德不犹。鼓钟钦钦,鼓瑟鼓琴,笙磬同音。以雅以南,以龠不僭。"诗人面对滔滔淮水,耳闻钟鼓铿锵,不禁忧思萦怀,思念贤人君子,对他的美德懿行心向往之。卒章描写钟鼓齐鸣、琴瑟和谐的美妙乐境,折射出对国运、时代的忧思。《老子》曰:"上善若水。水善利万物而不争,处众人之所恶,故几于道。"水,滋润万物而不与万物相争,是至善至美的象征,最接近于"道"。淮安,与水朝夕相处,享水之便利,受水之滋润,得水之精华,世界上还有比这更美好的事情吗?

访 茶 记

一

第一次到雅安的时候,我就沉醉于雅安的茶香了。

那是三年前的事了。去成都出差,忙完了公事,当地的朋友邀我去雅安走走。雅安这个地名,于我是陌生的,但我一下子就喜欢上了。"雅""安"这两个字,都是很美好的字眼,拥有其中一个就很不错了,而雅安却同时拥有了两个,那该是何等美好的一个地方啊!而让我更惊讶,也更动心的,是朋友告诉我:雅安是著名的茶乡。我也算是一个爱茶的人了,我知道中国有几大名茶,也就有若干处著名茶乡,比如西湖龙井、洞庭碧螺春、安溪铁观音、信阳毛尖、武夷岩茶、祁门红茶、云南普洱……可是,四川居然还有一个著名茶乡雅安,我真是孤陋寡闻了。

从成都出发,向西南行进一百多公里,我们就在雅安的怀抱中了。雅安多山,山坡上层层梯田,被绿色的灌木所覆盖。不用介绍,我都猜到了,那是茶园。目力所及,周围群山上遍布的都是茶园。摇下车窗,空气中都是淡淡的茶香。我这才相信,朋友所言不虚。

更大的惊喜在后面等着我呢。到了酒店,进入大堂,鼻息中又是淡淡的茶香。那是在疫情之前,大家还没有戴口罩的习惯,我的鼻子很敏感,没错,那就是茶香,若有若无,若隐若现。等到进入电梯,茶香竟然更浓烈了,鼻息中满满的都是。正疑惑间,忽然看到电梯门两边角落的地面上,分别放置了一只大竹筐,竹筐里装满了茶叶。酒店的主人真是别出心裁,让浓浓的茶香充溢狭小的电梯中,可以想见,任何一位客人都会对此留下深刻的印象。朋友告诉我,这是一家茶主题酒店,茶的元素无处不在。真心佩服雅安人的智慧,他们把茶文章做到极致了。

那次走马观花,匆匆浏览了一遍茶园。虽然没有时间深入了解,但那浓郁的茶香一直氤氲在我的鼻息中,令我时时想起。所以 2021 年 3 月,当我有机会再访雅安的时候,我欢喜极了!我期待着更加深入地了解雅安的茶,以及它的前世,它的今生。

二

雅安地处四川盆地和青藏高原的交汇地带,也就是从平原向高原的过渡地带。到这里,地势不再平坦,绵延不绝的山让大地有了起伏,有了变化。蒙顶山是雅安名山,蒙顶山所在的区就叫"名山区",也算是名实相符了。暖湿气流在此交汇、交织、交融,缠绵不休,于是有了云,于是又有了雨。一年四季,雨水绵绵,于是雅安落了个雅号,叫"雨都","雅雨"是"雅安三绝"(雅雨、雅鱼、雅女)之首。清人杜紫石在《雅州赋》中写道:"数小城之'三绝',缠绵银丝兮,谓之雅雨;江中美味兮,谓之雅鱼;二八俏丽兮,谓之雅女。"依我看,还应加上一绝:雅茶。水是万物之源,雅雨滋润万物,万物健康生长:雅鱼鲜美,雅茶鲜嫩,雅女鲜艳。

对,说到茶了。雅安产茶,无疑与多雨密切相关。据说,一年365天,雅安竟有300天在下雨。雅安的雨,如丝如缕,如露如雾。茶树喜水怕旱,绵绵雅雨,滋润了千株万株茶树。雅安的高岭低坡,土壤湿润肥沃,茶树恣意生长。漫山遍野的茶树,满眼是盈盈的绿啊!

据文字记载和史迹佐证,最早的人工种茶,是公元前53年,雅安人吴理真在蒙顶山上种下七棵茶树,至今已有两千多年历史了。据南宋光宗绍熙三年(1192年)蒙顶山所立石碑"宋甘露祖师像并行状"记载:"师由西汉出现,吴氏之子,法名理真。""住锡蒙山,植茶七株。"明代熹宗天启二年(1622年),蒙顶山甘露寺重修时也立碑记:"西汉有吴氏法名理真","携灵茗之种而植之五峰"。清代嘉庆二十一年(公元1816年)《四川通志》载:"名山县治十五里有蒙山,中顶最高,即种仙茶之处,汉时甘露祖师姓吴名理真所植。"这些都说明西汉宣帝甘露年间吴理真就在蒙顶山上人工种植茶树,并成为有文献记载的最早种茶人。

据记载和传说,吴理真10岁时,家中突遭变故。吴理真之父是一药农,识辨草药、问诊看病在当地小有名气,在罗绳岗采草药时不慎坠崖殒命。父亡后,母亲积劳成疾,家里失去了依靠,生活顿显窘迫。吴理真是个孝子,遂别私塾,辍学回家,小小年纪便挑起家中大梁。每当雄鸡报晓,他便带上工具,登上蒙顶,割草拾柴,换米糊口,为母亲治病。

一日,吴理真拾好柴,口干得直冒火,顺手揪了一把"万年青"(野生茶树)叶子,放在口里慢慢咀嚼,口渴渐止,困乏渐消,精神倍增,颇感奇异。又摘了些带回家中用开水冲泡,让老母喝下,果有效果。老母连服数日,病情好转,续饮月余,身体康复。乡亲们病了,他热情地用这种叶子泡水给他们饮用,效果也很好。可惜这种树不多,所生长的叶子远远不能满足治病救人的需要,他决心培育出更多的茶树。为了选择适合茶树生长的地方,吴理真翻越蒙顶的山山岭岭,对野生茶树的生长环境进行分析研究,认定蒙顶五峰之间(今皇茶园)和菱角湾一带最适宜茶树生长。这里雨量充沛,土质肥厚,终年云遮雾绕,为茶树生长提供了得天独厚的自然条件。吴理真在这里移植种下七株茶树。清代《名山县志》记载,这七株茶树"二千年不枯不长,其茶叶细而长,味甘而清,色黄而碧,酌杯中香云蒙覆其上,凝结不散"。吴理真种植的七株茶树,被后人称作"仙茶",而他则成为世界上种植驯化茶叶的第一人,被后人称为"种茶始祖"。

吴理真为了种茶,在荒山野岭搭棚造屋,掘井取水,开垦荒地,播种茶籽,管理茶园,投入了自己的全部身心。不知经历了多少艰难困苦,经过了多少次失败,功夫不负有心人,吴理真用勤劳和智慧浇灌出了株株嫩绿茁壮的茶树,他成功了。吴理真把茶叶熬成汤,施舍邻里,普济世人,为许多人祛疾去病,让不少人健体强身。他以植茶为民的精神谱写了我国人工种茶的最早历史。

吴理真蒙顶种茶,至今尚存有蒙泉井、皇茶园、甘露石室等文物古迹。现在,蒙顶山有一口龙泉古井。古井又名蒙泉井、甘露井,石栏镌刻二龙戏珠,据说这里是甘露大师吴理真种茶时汲水处,县志载:"井内斗水,雨不盈、旱不涸,口盖之以石,取此井水烹茶则有异香。"

吴理真在蒙顶山种植茶树成功后,人工种茶范围逐渐扩大,产量也越来越多,隋唐时期扩展到以名山为中心的整个四川,并扩展传向东部、南部。其中名山茶区,主要分布于蒙顶山、总岗山和沿山麓一带的乡镇,茶园以山岗坡地为主。至唐代,饮茶习俗风靡全国,其中"雅州百丈、名山二者尤佳"。蒙顶山茶因品质优异,价格昂贵,但依然畅销市场,成为茶商和农民收入的重要来源。蒙顶山所产茶叶内含的物质极为丰富,加上精湛的制作工艺,使蒙顶山茶具有独特的品质,在我国茶叶史上独树一帜,经久不衰。

在宋代,随着国家的统一和经济的恢复发展,名山所产细茶行销各省,粗茶畅销于藏羌地区。到了北宋神宗熙宁七年(1074年),朝廷为了解决战马需求,在成都设立提举茶马司,主管以茶易马事务,又先后在名山、百丈设置"买茶场",把名山茶叶全部纳入朝廷专买专卖管理。茶叶专卖制度的实施,使茶农收入稳定,生产积极性大增,有力促进了茶叶生产,从北宋神宗元封初年(1078年)至南宋孝宗淳熙末年(1188年)间,茶叶年产量常有一百万公斤左右。元代蒙古政权实行民族压迫政策,对名山等地人民"任意杀戮",致使全县"几无噍类",茶叶生产一落千丈。明代虽然试图加速茶叶生产的恢复和发展,但由于法律严苛、税赋沉重,致名山茶叶始终未有大的发展。直到清代,朝廷几次减轻茶农赋税,并采取一些鼓励开荒政策,促使茶叶生产有了一定的恢复发展。民国时期,名山茶叶生产也有了一定起色。

改革开放以来,名山茶叶生产出现井喷式发展。到2014年底,名山区茶园面积占全国的0.78%,产量占全国的2.36%,农民人均茶叶年收入5083元,占农民人均纯收入的52%。雅安成为举足轻重的茶叶之乡。

三

开元盛世是中国唐朝文明发展的巅峰时期,唐玄宗开元十七年(729年),为庆贺唐玄宗的生日,朝廷发布了天下同庆的千秋节诏令,海内外纷纷进献奇珍异宝。名山以号为天下第一的蒙顶茶呈送,被唐玄宗道家国师司马承祯认定为仙物,受到皇室朝臣的一致推崇,从此蒙顶山茶就有了"千秋蒙顶"的名号。十三年后的唐玄宗天宝元年(742年),蒙顶山茶作为仙方正式入贡皇室。

蒙顶山贡茶品名史载有"雷鸣""雾神""石花""甘露""雀舌""白毫""米芽""芽白"等。唐代有17个郡有贡茶,蒙顶山茶名列第一。其中"石花"列入珍奇宝物,每年入贡。贡品虽不多,但采摘、制作更精细,外形、包装更讲究。进贡时,"籍以青蒻,裹以黄罗,封以朱印,外用朱漆小匣镀金锁,又以细竹丝织箧贮之"。

蒙顶山贡茶采制、运送的仪式到明清时期达到顶峰。茶祖吴理真在上清峰所植七株茶树被建石柱圈定为"皇茶园",所采茶叶在智矩寺制作成品,作为正贡。贡茶用途等级森严,正贡祭天地,副贡皇帝享用,陪贡分予受宠之人受用。贡茶采制和一应仪式也十分烦冗。清代名山知县赵懿在《蒙顶茶说》中写道:"每岁采贡三百三十五叶,天子郊天及祀太庙用之。""(皇茶)每岁以四月之吉日祷采,命僧会司领采茶僧十二人入园,官亲督而摘之。"清光绪版《名山县志》记载贡茶的运送:"每贡仙茶正片,贮两银瓶,瓶制方高四寸二分,宽四寸;陪茶两银瓶,菱角湾茶两银瓶,瓶制圆如花瓶式;颗子茶大小十八锡瓶。皆盛以木箱,黄缣丹印封之。临发,县官卜吉,朝服叩阙,先吏解赴布政使司投贡房。经过州县谨护送之。其慎重如此。"蒙顶山茶从唐代开始进贡皇室,至清代末年(1911年)止,长达一千一百六十九年,在中国茶叶贡茶史上是绝无仅有的。

同时,蒙顶山茶还作为珍贵礼品传往国外。据《日本茶业发达史》和《蒙顶山上茶》等考证:唐宣宗大中元年(847年),日本慈觉大师圆仁(794~864年)从长安回国,其友人杨鲁士赠给他的礼物中,就有"蒙顶茶二斤,团茶一串"。其时,还有从朝鲜半岛来的无相禅师在蒙顶山金花村相国寺弘扬佛法后,也将蒙顶山茶介绍到朝鲜半岛南部的新罗国等。

青藏高原藏民饮食以糌粑和牛羊肉为主,缺少蔬菜,而茶叶中含有丰富的维生素等,可以弥补其饮食结构的不足。因此,茶自唐朝文成公主带入藏区后,迅速在藏族同胞中传播,成为其日常生活中的必备之物。"宁可三日无食,不可一日无茶。"但是藏区不产茶,而与之毗邻的雅安蒙顶山却是茶叶之乡,茶商就利用双方的特产,做起以茶易马、药材、兽皮等互通有无的生意。后来朝廷因政治经济军事的需要,直接垄断了茶马交易,于是造就了中国历史上有名的"茶马互市",从而形成了川甘、川藏互利互惠的商业通道,这就是有名的"茶马古道"。至今,雅安还是藏茶主要的生产地和供应地。

四

在中国传统文化中,茶文化是一个重要而独特的组成部分。中国是茶的故乡,也是茶文化的发源地。

茶文化的精神内涵即是通过沏茶、赏茶、闻茶、饮茶、品茶等习惯,和中华的文化内涵与礼仪相结合,形成的一种具有鲜明中国文化特征的文化现象,也可以说是一种礼节现象。唐代陆羽所著《茶经》系统总结了唐代以及唐以前茶叶生产、饮用的经验,提出了精行俭德的茶道精神。陆羽、皎然等一批文化人非常重视茶的精神享受和道德规范,讲究饮茶用具、饮茶用水和煮茶艺术,并与儒、道、佛哲学思想交融,而逐渐使人们进入他们的精神领域。一些酷爱饮茶的士大夫和文人雅士还创作了很多茶诗,仅在《全唐诗》中,流传至今的就有百余位诗人的四百余首,从而奠定了中国茶文化的基础。

蒙顶山茶在中国茶叶中的影响和地位,自然也引发了诗人们的诗兴。唐代白居易《琴茶》就写道:"琴里知闻唯渌水,茶中故旧是蒙山。"这首诗是唐文宗大和三年(829年)春,诗人辞去刑部侍郎官职,赋闲东都(今洛阳)时所写。《渌水》乃古代名曲,是唐代宫廷和文人雅士中知名度很高的词牌,为诗人所钟爱。白居易精通音律,曾有《听弹古渌水》诗云:"闻君古渌水,使我心和平。欲识漫流意,为听疏泛声。西窗竹阳下,竟日有余清。"诗人将最受众人称道的蒙山茶与当时闻名全国的琴曲《渌水》相提并论,视为知己,形象地描写了诗人赋闲后把品茗听曲作为最高精神享受的惬意之状,折射出"穷则独善其身,达则兼济天下"的人生信念。

"扬子江心水,蒙山顶上茶"是公认的中国第一茶联,自古以来为世人所称道。"扬子江心水"并不是指扬子江中的水,而是指江中金山岛上的一个泉眼里的泉水。此泉名"中泠泉",又名"南泠泉",号称"天下第一泉"。在万里长江之中只有这独一无二的泉眼,所以更为奇异。南宋抗元名将文天祥于1276年与元军谈判被质,在镇江脱险,曾畅饮中泠泉水,写下了一首豪情奔放的诗篇:"扬子江心第一泉,南金来北铸文渊。男儿斩却楼兰首,闲品茶经拜羽仙。"最早将"扬子江心水"与"蒙山顶上茶"相提并论的,是南宋伟大爱国诗人陆游。他在《卜居》诗中写道:"雪山水作中泠味,蒙顶茶如正焙香。"元代李德载曾撰写过一组共10首小令的元曲《中吕·阳春曲·赠茶肆》,其中第三首小曲《蒙山顶上春光早》中称赞:"蒙山顶上春光早,扬子江心水味高。陶家学士更风骚。应笑倒,销金帐,饮羊羔。"

古今文人雅士咏蒙山茶的诗词文赋不计其数,留下了不少名篇佳构。比如宋郑谷《蜀中三首》之二:"蒙顶茶畦千点露,浣花笺纸一溪春。"文彦博《蒙顶茶》:"蒙顶绿芽春咏美,湖头月馆夜吟清。"苏辙《次韵子瞻道中见寄》:"南来应带蜀冈泉,西信近得蒙山茗。"这些诗词文辞精美,对仗工整,很有韵味,颇堪玩味。因为极度喜爱,唐代黎阳王甚至为蒙顶山茶鸣不平:"若教陆羽持公论,应是人间第一茶。"

五

第二次到雅安,我又一次沉醉于雅安的茶香。

早晨醒来,拉开窗帘,满目翠绿掺杂着温暖的春煦扑面而来。站在阳台上,环顾四周,远远近近的山坡上,满布的是高高低低的茶树。雅安人真有福,一年四季,都生活在茶园中,熏陶在茶香中。

暮春三月,春风骀荡,细雨如酥。江南草长,杂花生树,群莺乱飞。山道弯弯,溪水潺潺,鸟鸣啾啾。雅安真是一座绿城、一个绿乡。走在山上坡下,曲曲折折的山道两边,是漫山遍野的茶园。一面面山坡上,一垄一垄的茶树,构成了一层一层的梯田。

茶园的树丛叶间,勤劳的采茶女已经在忙碌着。她们在凌晨日出之前就来到茶园,赶摘带着夜露的茶叶。"须是清晨,不可见日。晨则夜露未晞,茶芽斯润,见日则为阳气所薄。"我们的先人早就知道,带有露水的茶叶质量最好。采茶女们身穿蓝花布斜襟衣,头裹蓝花面巾,腰扎土布带子,身上斜挂一个竹篓。这一身行头,不知道是否带有表演性质,反正与茶园共同构成了一道美丽的风景,给现代都市人耳目一新之感,仿佛又回到了遥远或不太遥远的农耕文明。不知为何,采茶这项活计多是由女性来完成,也许因为女性天生心细,适合干这样的细致活儿。采茶女纤细的手指,上下翻飞如蝴蝶飞舞。一片片芽头,通过她们灵巧的双手从茶树枝头跳入竹篓中。

为了让我们看得更清楚一些,一位清秀的采茶姑娘热情地为我们演示了一遍。只见她将拇指和食指分开,从芽梢顶端中心插下去,稍加扭折向上一提,就将芽梢采下了。为了保证茶叶质量,采茶的讲究很多,采摘时应注意,不带梗蒂,不带老叶,不带单叶。机采叶和手采叶分开,不同茶树品种的原料分开,晴天叶和雨天叶分开,正常叶和劣质叶分开,成年茶树叶和衰老茶树叶分开,上午采的叶和下午采的叶分开。为防止鲜叶变质,采摘时要使芽叶完整,断茶用指甲,而不得用手指,因为手指多温,茶芽受汗气熏渍不鲜洁,指甲可以速断而不揉。在手中不可紧捏,放置茶篮中不可紧压,以免芽叶破碎、叶温增高。采下的鲜叶要放置在阴凉处,并及时收青,每天至少中午、傍晚各收送一次。运青的容器要干净、透气、无异味。运送鲜叶过程中,容器堆放时不可重压。

茶叶的季节性极强。每年正月十五过后,随着气温的升高和春雨的来临,一棵棵茶树上开始钻出密密麻麻的小嫩芽,茶农们称作"春茶"。春茶中又数第一次钻出来的嫩芽最出色,好像经过漫长冬季的压抑终于可以舒展饱满而坚实的小身体,从繁密的老叶枝丫中迫不及待地探出头来,感受春天的气息。

春茶是一年四季中最好的茶叶,加上春季柔和友善的阳光,对于采茶人来说,此时也就成了一年四季中最忙碌的时候。好像与太阳赛跑般,天刚蒙蒙亮,采茶女便背上竹篓子,来到自家的茶园开始了一天的劳作。家家户户的女主人几乎都是采茶的一把好手,采起来快、准,一天最多可以采上十斤茶叶。不可思议,那么多小小的、轻飘飘的茶叶,一天下来,双手得在竹篓与茶树丛间来回多少次啊!

所以,采摘茶叶十分讲究季节,茶农和采茶女在实践中总结了采茶的最佳时间:"前三天是宝,后三天是草。""清明茶叶是个宝,立夏过后茶粗老,谷雨茶叶刚刚好。""清明早,立夏迟,谷雨前后最适时。""明前茶叶是贡品,谷雨仙茶为上等,立夏茶叶是下等。""立夏茶夜夜老,小满过后茶变草。"这些谚语都是茶农们在长期实践中总结出的经验。

春茶采摘也是最热闹的时候,有人大声吆喝,也有人小声哼唱,还有人在窃窃私语。由采茶这种富于诗意的劳动发展而成的采茶歌舞也成为我国特有的民间歌舞体裁。最有名的是产生于20世纪50年代的《采茶舞曲》,曲调欢快、跳跃,再现了采茶姑娘青春焕发的风貌,已被联合国教科文组织作为亚太地区优秀民族歌舞保存起来,并被推荐为这一地区的音乐教材。

不同的茶类,有不同的加工程序。在绿茶、黄茶、黑茶、乌龙茶等制作过程中,杀青是必不可少的一道工序,包括炒青、蒸青、烘青、泡青、辐射杀青等方式。我国明朝后普遍使用炒青法,世界各产茶国也普遍使用。采茶主要由年轻女性所为,而杀青就是男人的事了。在蒙顶山茶史博物馆,我们现场观摩了杀青以及边茶等制作工艺。几位青壮小伙子站在烧得滚烫的大铁锅旁边,以手为铲翻炒茶叶,手上已经磨出厚茧硬皮。经过翻炒后,破坏了茶叶中的氧化活性,抑制了鲜叶中茶多酚等的酶促氧化,蒸发了鲜叶中的部分水分,使茶叶变软,便于揉捻开;同时去掉茶叶中的杂味,促进良好香气的形成。

做茶如做人。一片茶叶,从茶树上的一片嫩芽,到人们杯中漂浮的爱物,要经过一道道工序,经受一次次磨难,才能去掉嫩芽中的苦涩,萃取茶叶中的清香,方为人们喜爱的杯中物。做人亦如是。谁没有过稚嫩生涩?谁没有过年少轻狂?谁没有过无知无畏,心比天高?必须经过摔打锤炼,必须经过洗濯磨淬,才能成长成人。

六

夜宿蒙顶山上,山月如钩,月光似水,蒙顶山静默如初。坐在室外露台上,泡上一杯蒙顶甘露,观茶叶在水中跳舞,看杯口水汽袅袅,邀明月对饮清茶,内心变得无比安宁。

"我道茶人胜酒人,饮中无物比茶清。"茶,是古往今来文人墨客寄托情怀之所在。品茶,作为一种较为优雅而闲适的艺术享受,向为历代文人所钟情。明代杨慎说:"君作茶歌如作史,不独品茶兼品士。"因为饮茶能够清心养性、养气颐神,故向有"茶中带禅、茶禅一味"之说,把饮茶作为修身之道。唐朝著名诗人皎然又被称作"茶僧",他对饮茶颇有心得。他在《饮茶歌诮崔石使君》中咏道:"素瓷雪色缥沫香,何似诸仙琼蕊浆。一饮涤昏寐,情来朗爽满天地。再饮清我神,忽如飞雨洒轻尘。三饮便得道,何须苦心破烦恼。此物清高世莫知,世人饮酒多自欺。"唐朝卢仝也有一首著名的《七碗茶》,诗中写道:"一碗喉吻润,两碗破孤闷。三碗搜枯肠,唯有文字五千卷。四碗发轻汗,平生不平事,尽向毛孔散。五碗肌骨清,六碗通仙灵。七碗吃不得也,唯觉两腋习习清风生。"

我辈凡夫俗子,自然参不透茶中的禅意,但这一点也不影响我们对茶的喜爱,爱喝茶,喜爱与茶有关的物件、故事与诗文。像今天晚上,远离嘈杂的市声,忘掉白天的烦忧,泡上一杯清茶,心里似乎什么都没有想,又似乎在漫无边际地胡思乱想。得半日之闲,不是可抵十年的尘梦吗?这样想来,我也等于修行了。

云上雪峰

第一次到溆浦,我就迈进了《楚辞》的世界。

这样的开头似乎有点文艺腔,但我难以抑制内心的喜悦,说的是真实感受。

当地的朋友问我:"来过溆浦吗?"我说:"没来过,但向往已久。"

并非客套。很久之前,应该是中学时代吧,就知道"溆浦"这个地名,是从屈原的作品中。屈原在《涉江》中慨叹:"入溆浦余儃佪兮,迷不知吾所如。"屈原晚年被流放到江南,进入溆浦境内,他内心极其痛苦,但仍坚持自己的政治主张,毫不犹豫地遵循正道,绝不去随俗浮沉,同流合污。"余将董道而不豫兮,固将重昏而终身!"从此就记住了这个美丽的地名。第一次来溆浦,仿佛追寻着屈原的足迹而来,心中不免有点兴奋。

从芷江机场下了飞机,向溆浦进发,一路时而艳阳高照,时而风雨大作,时而白云簇簇,时而细雨霏霏。我们要去的目的地是雪峰山,这是湘西的一座名山,溆浦就位于雪峰山下。雪峰山素以"天险"闻名于世,剑峰千仞,群山巍峨,原始森林如同仙境,春夏秋冬景观分明。登上顶峰,云海、瑞雪、雾凇、朝日、晚霞,尽收眼底。山路曲曲弯弯、起起伏伏。路的右侧,是一条不宽不窄的河流,也是曲曲弯弯、起起伏伏,始终伴随着我们,不知道流向何方。虽然刚刚下过大雨,但是河水清澈碧蓝,一点也没有雨后的浑浊,令我们惊叹不已。当地的朋友告诉我,这条河名为诗溪江,是长江流域最基层的一条河。这么诗意的名字,不知是何人所起。以后的几天我才知道,在溆浦,在雪峰山,这样的河流太多太多了,多得当地人都顾不上给它们起名字了。山蓄着水,水润着山,溆浦人就在山水中间诗意地栖居着。

我们来溆浦,当然不是游山玩水的。为了庆祝建党百年,全国各地的作家艺术家来到这里参加"红色雪峰山"采风,力图从雪峰山的红色文化中汲取养分,创作出传承红色基因的作品。雪峰山是一座绿色之山,也是一座红色之山,红色资源非常丰富。我们参观了向警予纪念馆,观看了战争年代的资料片,在茶马古道上重走红军走过的路,在瑶族村寨分享村民们脱贫后的喜悦……

向警予是我从小就敬仰的一位革命烈士。向警予是溆浦人,出生于商人家庭,家庭条件优渥。但她自小接受先进思想影响,是中国共产党早期领导人和创始人之一。1928年5月1日英勇牺牲,年仅33岁。在向警予纪念馆,人们在烈士学生时代的作文前发出惊叹:字迹娟秀工整,文章立意高远,文风优美流畅,一篇作文被老师密密麻麻地画满了双圈。原来女英雄也是一位女学霸呀!当地的公安作家小申告诉我,她小时候就读的警予学校,前身就是向警予创办的溆浦女校。每年五一节,学校都会组织各种纪念活动,他们从小就会唱向警予为溆浦女校创作的校歌:

美哉,卢峰之下溆水滨,

我校巍巍矗立当其前。

看呀,现在正是男女平等,

天然的淘汰,触目惊心,

愿我同学做好准备

为我女界啊,大放光明。

所以警予精神早就融注在她的血液里,受益终生。

参观向警予纪念馆那天,恰逢电视连续剧《向警予》开播。而《向警予》的编剧,正是她的老乡、溆浦作家舒新宇。舒新宇幼时家贫,上山放牛时不慎摔断右臂,因医疗条件落后只能截肢,导致终生残疾。但他身残志坚,不仅潜心创作,而且几十年坚持不懈研究向警予,以向警予为题材创作了大量的文学作品。"警予精神鼓舞、激励着我几十年来不停地研究、宣传向警予。"舒新宇认为,警予短暂的一生是为中国无产阶级和劳苦大众奉献的一生,是湖湘文化精神的完美体现,对实现伟大的中国梦具有激励作用,作为警予故乡的文学工作者,有责任和义务向全世界宣传警予精神。

湖南的"父亲山"雪峰山脉,主峰就在怀化市。溆浦境内的茶马古道隐匿于雪峰山下二都河沿线密林里,悬于峭壁上,盘在山腹中,古往今来,不但是商贸通道,也是重要的军事通道。1935年11月,贺龙、任弼时、萧克、王震等率领的红二、红六方面军长征,走过茶马古道,在溆浦驻扎休整,扩充队伍。红军在溆浦境内停留27天,军纪严明,秋毫无犯,广泛开展革命工作,积极开展"扩红运动",深受当地群众拥护,3000溆浦儿女踊跃报名参加了红军。红军撤离后,腥风血雨接踵而至,据不完全统计,有1700多名红军和军属被杀害。抗日战争期间的雪峰山会战,参战的中国军人马不停蹄地从这里赶赴前线,溆浦当地数万百姓肩挑手提运送弹药,3万日寇命丧雪峰山。如今,雪峰山葱绿如初,二都河涛声依旧。驻足二都河上的铁索桥,峡谷、河流、古道、长亭尽收眼底,遥想当年,军旗猎猎,军号嘹亮,无数先烈浴血奋战,才有了今天的和平生活。今天的红军路,路面平坦,绝非当年的红军路所能比拟。我们是要以此致敬先烈,重温先辈精神。

沿着二都河旁蜿蜒的山路而上,草木碧绿连天,仿佛要穿入云间,一个云端上的古村落映入眼帘,指示牌上大书"雁鹅界"三字。相传当地人在这里开荒辟田,筑屋安家,因见秋时南飞的大雁在此栖息,故取名雁鹅界。站在村口放眼望去,映入眼帘的是一座座古色古香、斜檐翘角的古老木板房,村子依山而建,两边都是青山蔽日,天空中弥漫着柔和的、清亮的、潮乎乎的空气。更让人惊奇的是,村里沟水相连,环绕村中,潺潺泉水,从山上流下来,绕屋而过。风车、磨盘、石臼,墙上挂的腊肉、香肠,竹筛里晒的萝卜干,无不透露着浓浓的农家生活气息,一派祥和,岁月安好。

如今,村民们也懂得了一个道理:绿水青山就是金山银山。在传统农作之外,村里也开发起了旅游,吸引游客纷至沓来,村民的日子越过越红火。山顶上有一栋别致的客栈,名为"雁栖山庄",它充满了农家气息,原汁原味,有一种返璞归真的感觉,成为网红打卡地。登上客栈的小阁楼,能观赏方圆几十里的风景。雨后的雁鹅界在一团团云雾笼罩下,犹如人间仙境。

崇木凼村花瑶古寨与雁鹅界村一样,也是靠着旅游摆脱贫困的。花瑶是瑶族的一个分支,在雪峰山深处、海拔 1300 米左右的崇山峻岭之中,如今人口不足 2 万人,有着自己的语言,但没有自己的文字。崇木凼村被称为"中国花瑶第一村",顾名思义,有着崇拜树木的传统,对古树的崇拜,是贯穿于整个花瑶民族宗教观念中的重要内容。千百年来,这里的百姓视古树为生命,继承着"砍树宁肯砍人"的护树传统,使这片土地上的树木经千百年风霜雨雪依然沐浴着今日的阳光雨露,形成了崇木凼古树林这片花瑶山寨里亮丽的文化景观。在花瑶山寨,有古树的地方就有人家,有人家的地方必有古树。山脚下,有一块光绪九年(1883年)腊月二十八日立的石碑,岁月的风雨已经磨灭了碑上的其他文字,但"永远蓄禁"四个大字分明可见。古寨到处古木参天,怪石嶙峋,重峦叠嶂,沟壑幽深,云雾缭绕,景色绝佳,堪称现实版的"世外桃源"。但是,千百年来,刀耕火耨的花瑶同胞守着绿水青山却始终摆脱不了"贫困"二字。是脱贫攻坚,开发旅游,让他们找到了一条走向富裕的道路。我们观看的沉浸式花瑶婚俗体验剧《花瑶喜宴》,就是由村里的青年男女表演的。"婚礼"的高潮是"蹾屁股",热情的演员邀请观众坐到连成一条线的一张张长条凳上,花瑶阿妹们一个一个排成串走过来,边走边在观众的腿上使劲地蹾屁股,婚礼现场的气氛热烈而粗犷。各种风俗表演在带给游客欢乐的同时,也给花瑶同胞带去不菲的收入。我们开心,他们也开心,我们为他们的开心而更开心。他们的笑容,是最美的风景,那不就是我们的先贤、我们的前辈所期盼的吗?

云 和 看 云

云是属于天空的,也是属于云和的。

名字中顶了个"云"字,"云和"与"云"有了天然的联系。"云"这个飘浮不定的物质(要不怎么说"云游四海"呢),竟然在云和有了常住户口。

于是,"到云和来看云",几乎成了云和的一句广告语。

云和地处浙西南,是丽水市下属的一个县,始建于明景泰三年(1452年)。据《浙江通志》记载:"景泰三年,析丽水之浮云、元和二乡,县名曰云和。"从县名的由来看得出来,确实与浮云有关联。我去云和的时候,正是江南梅雨季节。在从温州机场去云和的路上,就感受到了天气的变幻无常。刚刚山这边还是艳阳高照万里无云,穿过一条隧道,竟然狂风大作暴雨如注,以至于雨刮器都闹起了罢工,车窗外一片雾茫茫。不一会儿,倾盆大雨又变成霏霏细雨,大哭大闹讨人嫌的熊孩子瞬间变成了梨花带雨惹人怜爱的娇弱女子。

在天为云,在地为水。云是水做的,雨水多,云也多。

云和多山,素有"九山半水半分田"之称。山不在高,有水则灵。没有水的山是枯山,有了水的山才是活山。云和的山水系发达,水源充足,溪流潺潺,水质甘甜,自上而下地汇入崇头溪。勤劳智慧的云和人利用这山这水,开垦出一小块一小块梯田,解决了温饱,也造就了一道道风景。从深深的山谷到云雾缭绕的峰峦,从平缓的坡地到陡峭的山崖,都开凿了长短不一、或宽或窄的梯田,层层叠叠,高低错落,从唐朝开发至今,已有一千多年历史,这些梯田成为闻名遐迩的"中国最美梯田"之一。梯田海拔较高,田中的水和河谷中的水蒸发而上,受气流影响而形成云海,化为云雾烟雨,飘浮于高山丛林,山巅与田间时常白云缭绕。"云雾奇观,浮云世界"是云和梯田的一大亮点。

梯田依山势而开,根据山势走向递级而上,从山脚盘绕到山顶,层层叠叠,错落有致,尽得壮美山势。站在山上观景台放眼看去,远处近处,梯田蜿蜒迂回,形态多样,曲线优美,如行云流水,潇洒流畅。漫山遍野的梯田,宛如一条条翠绿的彩带,给山峦束了腰带;又如美丽的少女,手持七彩绣缎,在山峦间飞舞。清澈见底的山溪,从山顶顺流而下,在大山与稻田之间欢快地吟唱。这里是宁静的,能听到的只有鸟鸣和潺潺的溪水声;空气中没有任何杂质,只有淡淡的稻香和花草的味道。那连绵的苍翠山峦,那层层叠叠的梯田,那高低错落犹如穿着蓑衣的房舍,让人平和而安详。满谷烟云,缭绕着江南的春夏秋冬。

云和的天气是多变的,这让我们在半天之内看到了云和梯田的不同面孔。阳光明媚的时候,山上的空气都是透亮的,用手机拍出的照片都特别明亮,根本不用开什么美颜。天空瓦蓝瓦蓝的,阳光为白色的云黑色的云镶上了一道道金边。远处近处的梯田层次分明,一畦畦整齐的绿色水稻与一道道不规则的褐色土垄相映成趣,远处农家的炊烟袅袅升起。田地里,水满田畴,平静的水面被微风吹得微皱,蓝天、白云、绿树倒映其中,反射着金黄色的阳光,动静成趣。

一阵风吹过,一片云飘来,天空星星点点落下小雨点。雨并不大,用不着打伞,在蒙蒙细雨中观赏雨中梯田,那是一种别样的美。想起古人的诗句:"青箬笠,绿蓑衣,斜风细雨不须归。"就是这种意境吧?细雨中的梯田,是最美的时候。带着浓郁的江南风味,蒙蒙细雨中混着点烟雨的雾气迷茫,空气中夹杂着清新泥土的芬芳,这正是云和梯田迷人的模样。山间有雾升腾起来,薄雾缭绕,或厚或薄,云和的梯田若隐若现。小雨时,烟雨朦胧,云雾随风飘动,变幻莫测,犹如仙境。雨雾中的梯田最富诗情画意,走在山中就如身处水墨山水画中,又仿佛置身于神秘的童话世界,若隐若现的梯田露出梦幻般的轮廓,梯田的曲线显得更加柔美。更远处的山峦树木则完全湮没在云海雾障之中,视野的尽头除了云雾还是云雾。

　　望着眼前一坡坡、一湾湾的梯田，一望无际地向远方扩展开去，烟雨朦胧之中犹如波浪起伏的海洋，我们不禁啧啧赞叹。不过心里还是隐隐地觉得少了点什么，转念一想：少了云呀，我们不是来看云的吗？刚才所见的云，美则美矣，但感觉还不过瘾。云和的云呢？我们正这么想着呢，突然有人喊："快看快看，云！"顺着他的手势，所有的目光都转向了山下，所有的嘴里都发出哇的惊叫：我们看到了最壮观的云。只见远远的深深的山谷中，一团团白色的云迅速聚集、升起，越聚越多，越升越高，好像有一位将军在调兵遣将，一团团云从四面八方向这里急急赶来。转眼间，整个山谷被云笼罩了，成了云的世界；如果不是亲眼所见，我们完全想象不出，那里是深深的山谷。山坡被云缠绕着，那是新娘洁白的婚纱；山头飘着缕缕白云，仿佛披上了洁白的纱巾。看空中，白云变幻出种种图案，我竟然拍到了白云的眼睛。那是一双修长的丹凤眼，不知是哪位仙子的美目。不久，白茫茫的云海填平了沟壑，隐藏了高低，将山峦幻化成云雾世界，美轮美奂的天堂。大家都说，云和人真厚道，生怕我们留下遗憾，临别时还额外赠送我们满天的白云。

　　古人咏月诗很多，专门咏云的似乎不多，但是写到云的诗句不计其数。在关于云的诗句中，我最喜欢的是王维的"行到水穷处,坐看云起时",还有贾岛的"松下问童子,言师采药去。只在此山中,云深不知处"。那份悠闲自在,那份达观洒脱,那份超尘绝俗,真是羡煞人也!我辈凡夫俗子,在劳劳碌碌中,抽出半天的时间来云和看看云,放松一下疲惫的身心,庶几可以荡涤心中的尘埃吧?

第三辑　秉烛夜话

不恨古人吾不见，恨古人不见吾狂耳！

——漫话古代文人之一

一

谈论中国古代文人的狂，是一个很有意思的题目。翻开中国文学史，可以说群星璀璨，也可以说狂人无数。狂，大抵是跟才联系在一起的。中国自古多才子，也多狂人。如果把古代文人中的狂人罗列出来，那会是一个很长很长的名单；如果把古代狂人的事迹编写成书，那将是卷帙浩繁的皇皇巨著。

我们今天所说的"狂"，其实在古人那里是分为"狂"和"狷"两类的。何谓狂？何谓狷？孔子曰："狂者进取，狷者有所不为也。"《集解》注："包（咸）曰：狂者进取于善道，狷者守节无为。"朱熹曰："狂者，志极高而行不掩；狷者，知未及而守有余。"可见，狂者性格外向，志向高远，勇于进取，明知不可为而为之；而狷者性格内敛，清高自守，独善其身，明知可为而有所不为。

长久以来，有一个现象令我困惑不解：中国的文化传统是内向的,提倡"克己复礼",提倡"非礼勿视,非礼勿听,非礼勿言,非礼勿动",提倡"温良恭俭让",提倡"吾日三省吾身";可是在这种文化传统中,偏偏出现了那么多狂狷之士,在中国文学史上留下大名的,也大多是狂狷之士。李白诗云:"古来圣贤皆寂寞,惟有饮者留其名。"如果稍稍改动一下:"古来君子皆寂寞,惟有狂者留其名。"我看也无不可。

虽然孔老夫子提倡"温良恭俭让",可依我看,他真正喜欢的并非谦谦君子,而是狂狷之士。中国儒家把中庸视为最高道德标准,不偏叫中,不变叫庸。狂狷明显不符合中庸之道,但为什么受到孔子欣赏?《论语·子路》曰:"不得中行而与之,必也狂狷乎!"孟子曰:"孔子岂不欲中道哉?不可必得,故思其次也。如琴张、曾晳、牧皮者,孔子之所谓狂也。其志嘐嘐然,曰:'古之人!古之人!'夷考其行而不掩焉者也。狂者又不可得,欲得不屑不洁之士而与之,是狷也,是又其次也。'"朱熹曰:"盖圣人本欲得中道之人而教之,然既不得,而徒得谨厚之人,则未必能自振拔而有为也。故不若得此狂狷之人,犹可因其志节而激厉裁抑之,以进于道,非与其终于此而已也。"(朱熹《四书章句集注》)孟子、朱子都看得很清楚:孔子难道不想结交中庸之士吗?中庸之士既不可得,退而思其次,结交狂者;狂者又不可得,要想找到不屑于不洁之行的人士,那就只有狷者了。不管是狂者还是狷者,都是有原则坚守、不肯随波逐流的人。这一张一弛的儒家风范也成为历代文人的追求,以至于到了现代,新文化运动的先驱鲁迅也要把他的第一篇白话小说命名为《狂人日记》。

二

在历代狂狷之士中,我心目中排在第一位的是李白。按照儒家的标准,李白应该算是狂者的代表人物。他的狂是外向型的、进取型的,一点也不收敛。李白堪称古今第一诗人,他的狂妄指数也高得爆表。"昔年有狂客,号尔谪仙人。笔落惊风雨,诗成泣鬼神。"(杜甫《寄李十二白二十韵》)这是他的好友杜甫对他的描述,真是再生动不过。杜甫给李白写过好多首诗,在《赠李白》中,他这样写道:"秋来相顾尚飘蓬,未就丹砂愧葛洪。痛饮狂歌空度日,飞扬跋扈为谁雄?"一个"狂"字,可谓全诗的诗眼和精髓。傲骨嶙峋,狂荡不羁,这就是杜甫对李白的真实写照。

李白的性格特点,如果可以用一个字来概括的话,我看就是"狂"。李白的一生就是狂傲的一生,这个"狂"字从没离开过他半步。他在得意时狂:"仰天大笑出门去,吾辈岂是蓬蒿人?"(李白《南陵别儿童入京》)"天生我材必有用,千金散尽还复来。"(李白《将进酒》)皇帝的恩宠令他极度膨胀,竟然"天子呼来不上船,自称臣是酒中仙"(杜甫《饮中八仙歌》),令力士为他脱靴、贵妃为他研墨,可谓狂妄至极!他在失意时依然狂,不肯低下那高傲的头颅;"我本楚狂人,凤歌笑孔丘。"(李白《庐山谣寄卢侍御虚舟》)可谓出亦狂、入亦狂,顺亦狂、逆亦狂,心态好得不得了。

狂成这样,你在江湖上还怎么混?于是,"不见李生久,佯狂真可哀。世人皆欲杀,吾意独怜才。"(杜甫《不见》)注意:不是人人喊打,而是人人欲杀,只有他的老友杜甫对他不离不弃,这个问题就相当地严重了,可见世人讨厌他到何等地步!后世的读书人没有几个不喜欢李白的,不过他在世时的人缘却并不怎么样。梁实秋有言:"有人说:'在历史里,一个诗人似乎是神圣的,但是一个诗人住在隔壁便是个笑话。'"李大师这个例子真是再典型不过了,他不但是个笑话,简直就是个疯子,能不讨人嫌吗?

跟李大师相比,其他文人的狂虽然没有这么"高大上",但是也各有千秋,各领风骚。比如屈原,公然宣称"举世皆浊我独清,众人皆醉我独醒",这是把自己跟整个世界对立起来了!魏晋时期的"竹林七贤",也是一个比一个狂,一个比一个傲。嵇康仅仅因为朋友劝他当官,就写了封信与人家绝交:"又纵逸来久,情意傲散,简与礼相背,懒与慢相成……若趣欲共登王途,期于相致,时为欢益。一旦迫之,必发狂疾。"(《与山巨源绝交书》)这段话翻译成白话文就是:我这人懒散惯了,受不了官场中的规矩,如果意趣相投,我们还能好好做朋友;如果你非要逼我做官,那对不起,我会发疯的!而那位阮籍也是"旷达不羁,不拘礼俗,纵酒昏酣,遗落人事""嗜酒荒放,露头散发,裸袒箕踞",动不动就拿白眼看人。刘伶呢?则纵酒放达,时常在家中脱衣裸体,自称:"我以天地为宇,屋室为裈衣,诸君何为入我裈中?"

"狂狷"之气,其实是一种真性情,不虚伪,不矫饰。所以,在中国古代漫长的历史中,"狂狷"作为一种生活态度和生活方式,一直为广大文人士大夫所竞相追逐。他们纷纷自我标榜为"狂狷之士",仿佛身上没有一点狂狷之气都不好意思在社会上混似的。就连杜甫这样的老实人,竟也"自笑狂夫老更狂"(杜甫《狂夫》)。苏轼一生命运多舛,却偏要"老夫聊发少年狂"(苏轼《江城子》)。历代受人尊崇的文人,多属狂狷之士,他们或者狂,或者狷,或者二者兼而有之。他们"宁为狂狷,勿为乡愿",追求的就是一种真实的生活态度和生活方式。

三

民间俗语云:"只见贼吃肉,不见贼挨打。"我们今天遥看古人，一个个狂放不羁，那样洒脱，那样逍遥，令人艳羡不已。但是翻开他们狂狷的面子看里子，其实并非那么惬意。他们大多怀才不遇，身世坎坷，甚至不得善终。屈原狂傲，最后沉江自尽了；李白狂放，弄得天人共怒，几无容身之地；嵇康狂狷，最后被司马昭给杀了；倪瓒狂狷，吃了官司挨了打，最后活活气死了……历数历朝历代狂文人，几乎没有一个好下场的。

我还想特别说说我的本家，明代徐渭徐文长。这位本家前辈可能是明代最不幸的文人了，说起来让人心酸。徐文长是著名的诗人、戏曲家，又是一流的书画家，在文学史和美术史里，都有他崇高的地位。他学富五车，才高八斗，可一生坎坷，郁郁不得志，便游走四方，寄情山水。"文长既已不得志于有司，遂乃放浪曲糵，恣情山水，走齐、鲁、燕、赵之地，穷览朔漠。其所见山奔海立、沙起云行、雨鸣树偃、幽谷大都、人物鱼鸟，一切可惊可愕之状，一一皆达之于诗。其胸中又有勃然不可磨灭之气，英雄失路、托足无门之悲，故其为诗，如嗔如笑，如水鸣峡，如种出土，如寡妇之夜哭、羁人之寒起。""文长既雅不与时调合，当时所谓骚坛主盟者，文长皆叱而奴之"。

长期的抑郁，使他的精神受到极大损伤。他疑心夫人出轨而杀之，被判了死刑，赖友人力救才得以出狱。到得晚年，精神几近失常，"晚年愤益甚，佯狂益甚，显者至门，或拒不纳。时携钱至酒肆,呼下隶与饮。或自持斧击破其头,血流被面,头骨皆折,揉之有声。或以利锥锥其两耳,深入寸余,竟不得死。"这段文字,是明代著名文人袁宏道(中郎)写的,是他的名篇《徐文长传》中的,读之令人毛骨悚然。袁中郎慨然叹曰:"先生数奇不已,遂为狂疾,狂疾不已,遂为囹圄。古今文人牢骚困苦,未有若先生者也。"(《袁中郎全集》卷四)

"不恨古人吾不见,恨古人不见吾狂耳!"(辛弃疾《贺新郎·甚矣吾衰矣》)这样的诗句出自南宋诗人辛弃疾之手,是不是有点让人跌破眼镜?稼轩词向来被人们称为"英雄之词",他的词表现了词人以恢复中原为己任的壮志豪情,情感激昂悲壮,风格沉郁雄放。"壮岁旌旗拥万夫,锦襜突骑渡江初。燕兵夜娖银胡䩮,汉箭朝飞金仆姑。"(辛弃疾《鹧鸪天·有客慨然谈功名因追念少年时事戏作》)这才是稼轩的风格。在人们的印象里,"狂"字跟他是怎么都挨不上边的,其实一点也不奇怪。辛弃疾有壮怀激烈、铁马金戈的豪放,也有壮志难酬、报国无路的悲愤和失落。"追往事,叹今吾,春风不染白髭须。却将万字平戎策,换得东家种树书。""把吴钩看了,栏杆拍遍,无人会,登临意。"(辛弃疾《水龙吟·登建康赏心亭》)所以他在把栏杆拍烂了都无人理会的时候,在极度寂寞与苦闷的心情之下,也会发出这样的悲鸣!

牟宗三有个观点,他认为儒家的狂狷之气,用今天的话来说,就是一种浪漫精神。这一点在他们对待生死的态度上表现得尤为突出。屈原面对故都陷落、理想无法实现的现实,不惜以生命来殉其"美政"的理想,将清白的身体和高洁的灵魂埋葬在洁净的汨罗江中。嵇康受戮前,从容弹奏《广陵散》,曲罢叹曰:"《广陵散》于今绝矣!"金圣叹临刑不忘幽默:"腌菜与黄豆同吃,有胡桃的味道;花生米与豆腐干同嚼,有火腿滋味。"李卓吾在牢里趁剃头匠不注意,夺剃刀自刎;由于割得不够深,流血两日不死。狱卒问他:"老和尚,疼不?"李卓吾答曰:"不疼。"狱卒又问:"老和尚为什么要自杀呢?"李贽答曰:"七十老翁何所求。"说完气绝而亡。面对生死,能做到如此超然,可谓人生的最高境界了。

四

古代文人们狂,的确有狂的资本。大凡狂狷之士,都是不世之才。他们天分极高,造诣极深,睥睨千古,不可一世,狂得让人服气。而且他们大多不甚得意,抱负不得实现,便牢骚满腹,表现得狂放不羁,狂得让人同情和理解。也有的久不得志,忽然受到官府召见,便得意忘形,口出狂言,大有挽狂澜于既倒舍我其谁的气概,狂得有那么一点可爱,比如李白先生。社会的容忍度也是他们能够狂、敢于狂的重要保证。魏晋南北朝是一个个性大解放的时代,以"竹林七贤"为代表的文人雅士,聚啸山林,袒胸露乳,时人不以为怪,反而视之为美谈,郑重地把他们写进各种笔记小说,追逐效仿,说明当时社会风气宽松,对每个人的个性有充分的容忍和尊重。

过去,我们常说封建礼教束缚人的天性、扼杀人的个性,恐怕并非完全如此。古代文人的狂,不少固然是因怀才不遇、郁郁不得志而起;但是当他们用狂狷之态表达心中的不满时,社会并没有更多地苛责他们,反而给予了极大的宽容甚至欣赏。假如没有宽松的社会环境,几千年的封建社会不会出现那么多狂狷之士;如果唐玄宗龙颜大怒,恐怕李白有几个脑袋都搬家了,我们后人不但无由欣赏他的诗歌,更无从得知他醉卧长安、力士脱靴、贵妃研墨的"光荣事迹"。可见从前的社会并非我们过去所想象的那么阴森恐怖,当然也并非如一些人士所津津乐道的"某某盛世"。设若有心有志,认真研究研究古代的狂狷现象和狂狷文化,倒是一件很有趣也有益的事情。

莫说相公痴，更有痴似相公者！
——漫话古代文人之二

崇祯五年十二月，余住西湖。大雪三日，湖中人鸟声俱绝。是日更定矣，余挐（一作"拏"）一小舟，拥毳衣炉火，独往湖心亭看雪。雾凇沆砀，天与云与山与水，上下一白。湖上影子，唯长堤一痕、湖心亭一点，与余舟一芥、舟中人两三粒而已。

到亭上，有两人铺毡对坐，一童子烧酒炉正沸。见余，大喜曰："湖中焉得更有此人？"拉余同饮。余强饮三大白而别。问其姓氏，是金陵人，客此。及下船，舟子喃喃曰："莫说相公痴，更有痴似相公者！"（张岱《湖心亭看雪》）

这位舟子说得对。张岱先生可谓一大痴人，大晚上跑到湖心亭去看雪，这样的痴人不多；可是没想到还有比他更痴的，大雪之夜竟然在湖心亭对饮，令张先生自愧不如。

我国古代文人中不乏痴人，留下了很多趣话、佳话。所谓痴，《现代汉语词典》给出了三种解释。第一种是"傻；愚笨"，这显然不是我们所要说的。第二种是"极度迷恋某人或某种事物",第三种是"极度迷恋某人或某种事物而不能自拔的人"。这才是我们所要讨论的古代文人的"痴"和古代文人中的"痴人"。而这些痴人所迷恋的,多半是琴棋书画、笔墨纸砚、花鸟虫鱼、烟酒茶食、古董文玩、风花雪月之类,属于文人雅趣。所以所谓痴人,也就是雅人。因为爱得深了,所以才有异于常人的举动,为人们所传颂。

古代文人雅好很多,无法尽述,这里单拣几个"砚痴"的故事,读来颇有兴味。

俗话说,武士爱剑,文人爱砚。石砚,恐怕是古代文人最痴迷的一样物件了。砚石古称"研山",属文房石类,用以研墨,是古代读书人必不可少的一样东西。古代文人不但把它作为读书写字的实用工具,而且搜集古砚、名砚加以收藏,成为雅赏之物,认为"文人之有砚,犹美人之有镜也,一生之中最相亲傍"。苏东坡就曾亲切地称砚台为"石君""石友";米芾把心爱的砚台呼为"兄";陶渊明曾说:"笔砚精良,人生一乐。"我国古代有四大名砚,即端砚、歙砚、洮河砚和澄泥砚,都是文人们喜欢使用和收藏的。

宋代是中国砚文化的华彩时期,宋代爱砚的文人也特别多。"宋人爱砚之痴、藏砚之富、知砚之深,空前绝后。"

说起砚痴,著名书法家米芾恐怕是天下第一痴。米芾藏有多方名砚,其中一方是南唐李后主的歙砚,有大小山峰三十六座,层峦叠嶂,明暗相间,砚池中有天然水波纹,砚堂中金光闪闪。米芾得此砚,喜不自禁,拜之为"兄",抱着它共眠数日,并作长卷《研山铭》:"五色水,浮昆仑,潭在顶,出黑云,挂龙怪,烁电痕,下震霆,泽厚坤,极变化,阖道门。"然而,不幸的是,这块砚石在后来米芾四处调任的途中丢失了。痛惜之余,他还特意作了一首诗,留作念想,诗云:"砚山不可见,我诗徒叹息。唯有玉蟾蜍,向予频泪滴。"

为了得到宝砚,米芾竟敢公然"敲诈"皇上。宋人何薳《春渚纪闻》载:"上(徽宗)与蔡京论书艮岳,复召芾至,令书一大屏,顾左右宣取笔研,而上指御案间端研,使就用之。芾书成,即奉砚跪请曰:'此研经臣芾濡染,不堪复以进御,取进止。'上大笑,因以赐之,芾蹈舞以谢,即抱负趋出,余墨沾渍袍袖而喜见颜色。"宋徽宗对蔡京评论说:"米癫之名名不虚传。"徽宗可谓解人,懂得体贴文人的这一点小心思。换成别的皇帝,米芾有一百个脑袋也搬家了。

长米芾 14 岁的苏轼,一生爱砚、访砚、藏砚、刻砚、赏砚,终生乐之不疲,自称"我生无田食破砚",笔耕砚食,也是文人本色。他多方藏砚,宝有许多砚台精品;他好作砚铭,平生所作砚铭近三十篇,几占其所作铭文的一半。为得到一方心仪的佳砚,不惜以传家宝剑相易。曾赞美洮河砚:"缥缈神仙栖到山,幻出一掬生云烟。"东坡对砚石颇有研究,他咏端砚:"千夫挽绠,百夫运斤。篝火下缒,以出斯珍。一嘘而泫,岁久愈新。谁其似之,我怀斯人。"咏歙砚:"涩不留笔,滑不拒墨。瓜肤而縠理,金声而玉德。厚而坚,足以阅人于古今。朴而重,不能随人以南北。"寥寥几句,道尽端、歙两种砚的美妙和珍贵。

庆历年间,欧阳修为范仲淹被贬至滁州当太守。当时琅琊山僧智仙和尚跟一家茶馆的老板欧阳徽都是徽州人,平时都喜爱书法,也非常同情欧阳修,他们经常一起饮酒、品茶。智仙和尚在半山腰建了一座亭子,供欧阳修歇脚和饮酒、品茶之用。欧阳修为此亭命名,并作《醉翁亭记》一文传世。传说,欧阳修平时写字用的砚台是端溪砚,自从结识欧阳徽后,用的都是歙砚。欧阳徽送给他的"双龙戏珠金星砚",星光闪闪,柔嫩润滑,用手托空,轻击之,发出清脆的"铛、铛、铛"之声。因此,欧阳修爱不释手,赞道:"宝砚也!宝砚也!"并写诗一首,诗曰:"徽州砚石润无声,巧施雕琢鬼神惊。老夫喜得金星砚,云山万里未虚行。"

宋代大学士黄庭坚与砚有着不解之缘,他对洮河砚十分喜爱,曾在《以团茶、洮州绿石砚赠无咎、文潜》中赞叹洮河砚:"张文潜,赠君洮州绿石含风漪,能淬笔锋利如锥。""风漪"指的是洮砚石材的天然水纹,纹路变化丰富,造型奇特,成景成画,给予创作者和使用者无限的遐想空间;又反映出洮砚发墨细腻、下笔如锋的特点。他曾为了得到一方龙尾砚,不畏艰险,翻山越岭,"步步穿云到龙尾",亲临山中对砚石进行调查,并写下了长诗《砚山行》。诗中写道:"其间有石产罗纹,眉子金星相间起。居民上下百余家,鲍戴与王相邻里。凿砺砻形为日生,刻骨镂金寻石髓。选堪去杂用精奇,往往百中三四耳。磨方剪锐熟端相,审样状名随手是。不轻不燥禀天然,重实温润如君子。日辉灿灿飞金星,碧云色夺端州紫。……不知造化有何心,融结之功存妙理。不为金玉资天功,时与文章成里美。自从天祐献朝贡,至今人求终不止。研工得此瞻朝夕,寒谷欣欣生暗喜。愿从此砚镇相随,带入朝廷扬大义。梦开胸臆化为霖,还与空山救枯死。"整首诗写得明白如话,生动形象,将龙尾山砚坑的方位、地形、交通、地理环境,以及砚石品种、石质的品位以及砚石开采状况,写得一清二楚。

蒲松龄《聊斋志异》曰:"书痴者文必工,艺痴者技必良。"古代文人不仅收藏赏玩各种天然奇石和石砚,还研究砚石,成为砚石专家。米芾编著的《砚史》,记述了26种砚台,对端砚、歙砚详加品评,在阐述历代砚台形制的同时,还对石质进行探讨,认为发墨性能优劣是石品的关键所在,为后人留下了宝贵的经验,纪晓岚在《四库全书提要》中对此书给予很高的评价。欧阳修在《砚谱》中对端砚和龙尾砚的优劣做了比较研究,认为"端溪以北岩为上,龙尾以深溪为上。较其优劣,龙尾远出端溪上,而端溪以后出见贵尔",他的评价是非常内行而专业的。

在中华文化的历史长河中,类似砚痴不可计数。"匪以玩物,维以养德。"古代文人痴砚,并非看中它的物质价值,而是因为这小小一方砚里蕴含着极高的文化内涵。古人讲砚有八德:一德历寒不冰,质之强;二德贮水不耗,质之润;三德研墨无泡,质之柔;四德发墨无声,质之嫩;五德停墨浮艳,质之细;六德护毫加秀,质之腻;七德起墨不滞,质之嫩;八德经久不泛,质之美。小小的一方砚台,寄托着古代文人的人文情怀。当代著名书法家启功先生也喜欢收藏砚石,其中一方古砚上面刻着铭文:"一拳之石取其坚,一勺之水取其净。""坚、净"二字可谓是文人们志之所在。

古代的痴人,他们有一个共同的特点,就是喜欢某种事物达到了痴迷的程度,甚至让世人觉得迂腐可笑。而他们的可爱之处,也正是这种痴迷精神。古人之所痴,无非是景、是情、是物。无论所痴何在,他们均专注其中,寄予深情。正如汤显祖在《牡丹亭记题词》中所说:"情不知所起,一往而深。"无论时世如何混乱,无论环境如何恶劣,他们不乱于心,不困于情,不畏将来,不念过往。他们的心灵是自由的,他们的志趣是高雅的,他们的追求是执着的。而这种痴迷精神,恰恰是当代人所缺乏的。

闲敲棋子落灯花

——漫话古代文人之三

这是江南五月的一天。

梅子已经黄了,家家户户都笼罩在迷蒙的烟雨中。远远近近的池塘里长满青草,阵阵蛙鸣让清寂的乡村更显幽静。这样的天气,最宜文人雅集,或品茗聊天,或抚琴奏乐,或饮酒欢歌,或吟诗作赋。

这一天,诗人已约了好友前来饮酒、品茗、谈诗、下棋。他早早温上好酒,沏上好茶,备好棋具,只待客人上门。然而他几次三番倚门翘望,却一次次失望。眼看天已黑了,夜已深了,也没见到客人的影子。他长叹一声,摇一摇头,回到案前,拿起棋子跟自己对弈。听着棋子敲击棋枰的声音,看着灯花一次次落下,诗人诗兴勃发,一首题为《约客》的七绝跃然纸上:

　　黄梅时节家家雨,
　　青草池塘处处蛙。
　　有约不来过夜半,

闲敲棋子落灯花。

这是南宋诗人赵师秀为我们描绘的一幅诗意盎然而又闲适恬淡的水墨画。最后一句"闲敲棋子落灯花"更是为历代所传诵,一个"闲"字,如下棋时的"棋眼"一样,使全诗都灵动起来。

"闲"是与"忙"相对的。人来到这个世界上必须奋斗,才能创造价值。所以我们都很忙,为各种不得不做的事情忙。我们的生活往往为各种琐事占得满满的,难得有空闲、放松的时候。可是忙碌的生命必须用休闲作调剂。再劳作的人生,也可以"偷得浮生半日闲",让疲惫的身心得到短暂的休息和片刻的欢愉。"为名忙,为利忙,忙里偷闲,饮杯茶去;劳心苦,劳力苦,苦中作乐,拿壶酒来。"这副对联说的就是这个道理。

现代人为紧张的工作、生活节奏所累,对古人那样闲适的生活状态艳羡不已。的确,中国几千年的农耕社会,一切都那么静、那么慢,静得像缓缓流淌的小河一样,慢得像吱吱嘎嘎的水车一样,时间仿佛凝固了一般。兴许是受这种生活节奏的影响,中国古代文人多追求诗意闲适的生活方式,隐形瓜棚豆架、置身琴房画室、登临山水名胜、侍弄花鸟鱼虫。这些看似无用的事情,把他们的人生装点得充实而趣味盎然。

庄子是中国古代闲适思想的建立者,开创了中国古代文人追求闲适生活的传统。一部《庄子》可以说是庄子闲适思想最集中的体现。他主张"无为",认为追求名利的劳碌是无意义的。"终身役役而不见其成功,苶然疲役而不知其所归,可不哀邪!人谓之不死,奚益!"他主张"无用","有用"是对自身的摧残,"无用"是对自身的保护。"山木,自寇也;膏火,自煎也。桂可食,故伐之;漆可用,故割之。人皆知有用之用,而莫知无用之用也。"他主张"养生","养生"的关键是"养精神","养精神"的途径莫过于顺任自然,安心适时。"吾生也有涯,而知也无涯。以有涯随无涯,殆已!已而为知者,殆而已矣!为善无近名,为恶无近刑,缘督以为经,可以保身,可以全生,可以养亲,可以尽年。"庄子的闲适是对世俗世界的绝对超越。他神驰宇宙,魂游六合,御风而行,衣袂飘飘,体现了悠闲散淡的生活态度和自由超越的人生境界,成为中国古代文人闲适情趣的源头。

"绿蚁新醅酒,红泥小火炉。晚来天欲雪,能饮一杯无?"想必不少朋友对白居易的这首诗不陌生,全诗语浅情深,空灵摇曳,表现出作者浓浓的情谊和悠闲自适的心态。白居易首先提出了"闲适诗"这一概念,又从闲适的外在现象、深层内蕴及其创作特性等方面诠释了闲适诗,认为"或公退独处,或移病闲居,知足保和,吟玩情性者",谓之闲适诗。其《闲行》诗曰:"五十年来思虑熟,忙人应未胜闲人。"并自嘲"世间好物黄醅酒,天下闲人白侍郎"(《尝黄醅新酎忆微之》)。他晚年把诗集分成讽喻、闲适、感伤、杂律等类,且说:"时之所重,仆之所轻。"他所重视的就是讽喻诗和闲适诗。可以说,在中国古代,白居易的闲适思想很有代表性,对闲适诗的创作有直接的作用。

陶渊明和苏东坡都是深受人们喜爱的诗人,又是深谙闲适之道的有趣之人。陶渊明的闲适是远离世俗,走进田园。他所处的东晋是一个政治昏暗的时代,混战不断,矛盾重重。陶渊明不满官场黑暗,愤然辞去彭泽县令之职,过起了躬耕隐居的生活。从此,他"结庐在人境,而无车马喧",他"采菊东篱下,悠然见南山",他"种豆南山下,草盛豆苗稀"。生活虽然清贫,但他的内心闲适恬静,生活是诗意的、惬意的。他更用生花妙笔为我们构造了一个"芳草鲜美,落英缤纷""黄发垂髫,并怡然自乐"的"桃花源",引得世世代代的人们向往不已。

与陶渊明相比,苏东坡的闲适又另有特点。陶渊明不为五斗米折腰,毅然挂冠,归隐田园;而苏东坡虽然屡受小人围攻迫害,但他始终没有迈出归隐的一步。如果说陶渊明是消极的出世者,那么苏东坡就是一个积极的入世者。但是在闲适乐观这一点上,他们又是高度一致的。苏东坡一生虽然屡遭贬谪,但他所作诗文,多闲适之乐。他所体认的闲适之乐,表现为旷达心境,忘身化外。他那篇有名的《记承天寺夜游》,就是一篇典型的闲适小品,充分表达了他的这种旷达心态。"元丰六年十月十二日夜,解衣欲睡,月色入户,欣然起行。念无与为乐者,遂至承天寺寻张怀民。怀民亦未寝,相与步于中庭。庭下如积水空明,水中藻荇交横,盖竹柏影也。何夜无月?何处无竹柏?但少闲人如吾两人者耳。"从文中表现出的旷达乐观,根本看不出他是一个刚刚遭受贬谪之人。"闲倚胡床,庾公楼外峰千朵。与谁同坐?明月清风我。"这是苏东坡闲适心境的写照,闲得有趣而潇洒,这是古代文人的传统。

所谓闲适,并不是在优裕的物质条件下恣意享受生活,更不是游手好闲无所事事虚度光阴,而是内心的祥和与安宁,是精神上的自由不羁。古代文人的闲适,无论是贫穷还是富有,更多的是精神上的闲适自由。不少文人,在物质条件优渥时享受闲适,在遭遇变故、生活艰难时依然能够保持闲适之心。这是内心强大使然。陶渊明生活困顿,不忘闲适;苏东坡屡遭打击,不忘闲适。明末文人张岱出身于钟鸣鼎食的簪缨世家,早年过着锦衣玉食的奢靡生活;后来国破家亡,无所归止,他依然不肯低下高傲的头颅,"披发入山,骇骇为野人",在极其艰苦的条件下,以极大的毅力完成了明史著作《石匮书》。他的《陶庵梦忆》《西湖梦寻》《夜航船》等,繁华落尽,雅致平淡,其中表现出来的闲适境界,让人感觉惬意,神往。

达观的人,哪怕物质上极其匮乏,也依然能保持闲适的生活态度。古代文人非常喜爱"负暄"这个词。所谓"负暄",即冬天晒太阳取暖之意,为什么会受到文人们的喜爱呢?我想一定是契合了古代文人那种闲适、达观的脾性吧?"山居之士,负暄而坐,顿觉化日舒长,为人生一快耳。""春日踏青远足,夏日陶醉江湖,秋日登高望远,冬日光浴负暄。""负暄"取暖,竟然成了文人冬日独乐之趣,足见他们知足常乐。因为喜爱,许多文人把"负暄"用在书名中。比如宋陈槱的《负暄野录》、宋顾文荐的《负暄杂录》、明顾荐的《负暄录》、清周馥的《负暄闲语》。当代学者张中行有《负暄琐话》《负暄续话》《负暄三话》《负暄絮语》。至于把"负暄"写入诗文中的更是不计其数。

1924年,周作人在《北京的茶食》中写道:"我们于日用必需的东西以外,必须还有一点无用的游戏与享乐,生活才觉得有意思。我们看夕阳,看秋河,看花,听雨,闻香,喝不求解渴的酒,吃不求饱的点心,都是生活上必要的——虽然是无用的装点,而且是愈精炼愈好。"这一段话,可以说道破了"闲适"的要义。"闲适"可以说正是一种"无用的游戏与享乐",唯其无用,生活才有意思。我们在"人闲桂花落,夜静春山空"里体验寂无人声的空灵清韵,在"寒波澹澹起,白鸟悠悠下"里体验无我之境、以物观物的宁静致远,在"只在此山中,云深不知处"里体验高洁超俗的世外生活……这些体验于我们的物质生活是完全无用的,可是它们却给我们带来了极大的审美享受,让我们的生命因此变得绚烂多彩。

闲适,是一种态度,是一种品质;闲适,是一种情趣,是一种境界;闲适,更是一门艺术,是一种生活的姿态和品位。现代化的巨轮滚滚向前,我们不可能再回到缓慢悠闲的农耕时代。然而,我们依然可以保持内心的祥和与宁静,用内心的祥和与宁静化解生活中的焦虑与烦扰。"结庐在人境,而无车马喧。问君何能尔?心远地自偏。"不管外面的世界如何喧闹嘈杂,只要保持内心的澄净与安宁,滚滚红尘就能成为世外桃源。

花月还同赏,琴诗雅自操

——漫话古代文人之四

《红楼梦》第三十七回《秋爽斋偶结海棠社 蘅芜苑夜拟菊花题》中,贾探春给宝玉等人写信,提议结社作诗,得到众人热烈响应。探春说:"我不算俗,偶然起个念头,写了几个帖儿试一试,谁知一招皆到。"李纨说:"雅的紧!要起诗社,我自荐我掌坛。"黛玉说:"既然定要起诗社,咱们都是诗翁了,先把这些姐妹叔嫂的字样改了才不俗。"李纨说:"极是。何不大家起个别号,彼此称呼则雅。"恰好贾芸孝敬宝玉两盆珍贵的白海棠,他们便以此命名"海棠诗社"。

在这段对话中,出现频率最高的就是两个字:"雅"与"俗"。这也是这段对话的关键词。探春首先表白:"我"提议结社作诗,"不算俗"。得到李纨的肯定:"雅的紧!"黛玉又进一步提议众人把"姐妹叔嫂"的称呼改了,这样"才不俗",又得到李纨"雅"的肯定。可以看出,众人都一心向"雅",唯恐落入"俗套",被人视作俗人。宝钗拿宝玉开玩笑,也是在"俗"字上做文章:"有最俗的一个号,却于你最当……就叫你'富贵闲人'也罢了。"李纨虽嘴上自谦为"俗客",其实内心自诩的是"清雅"。可见这个"雅"字在古人心目中的分量。

何谓雅？雅,从造字方法上看,其实并不雅。雅,从隹,牙音,与鸟有关,据说是乌鸦的一种。《说文解字》曰:"楚乌也。""雅"最初的含义是"尖锐的牙齿",后被引申为"基准、标准、合乎规范"。《毛诗序》中说:"雅者,正也。言王政之所由废兴也。"再后来,一切高尚美好的东西,都与"雅"字攀上了亲戚,如雅道、雅算、雅集、雅音、雅量、雅学、雅操、雅篇等。

正因为"雅"代表正确、高尚、美好,所以受到古人尤其是古代文人的追捧,人人争做雅事,追求雅趣,争当雅人。如果有谁不幸被人视为俗人,那无异于奇耻大辱。黄山谷有言:"人胸中久不用古今浇灌之,则尘俗生其间,照镜觉面目可憎,对人亦语言无味也。"(黄庭坚:《答宋殿直书》)换句话说,一个人如果不读书,就俗得无法交往了。

的确,在古代文人心中,"雅"字分量极重。文人一向被称作雅士,可见"文"和"雅"是连在一起的——不知"文雅"这个词是否与此有关？也许因为饱读诗书、受到书香熏染,文人墨客的情趣大多卓尔不群,不同流俗。

雅作为一种评判标准,是看不见摸不着的,必须附着在某种具体的事物或行为上面。所以,清初文人施清在《芸窗雅事》中就列举了当时文人喜爱的种种雅事,包括:"溪下操琴。听松涛鸟韵。法名人书片。调鹤。临《十七帖》数行。矶头把钓。水边林下得佳句。与英雄评较古今人物。试泉茶。泛舟梅竹屿。卧听钟磬声。注《黄庭》《楞严》《参同解》。焚香著书。栽兰菊蒲芝数本。醉穿花影月影。坐子午。啸弈。载酒问奇字。放生。同佳客理管弦。试骑射剑术。"(王晫、张潮编纂:《檀几丛书》)真正的雅,并非刻意为之,而是融化在血液里,体现在生活的方方面面。

谈到古代文人的雅,元末明初著名画家倪瓒(云林)是一个绕不开的人物。倪云林最经典的名言是:"一说便俗。"那是在他被军阀张士信无故鞭打,受到屈辱之后。别人问他何以不申解,他说:"一说便俗。""张士诚弟士信,闻倪善画,使人持绢,侑以重币,欲及其笔。倪怒曰:'倪瓒不能为王门画师!'即裂去其绢。士信深衔之。一日,士信与诸文士游太湖,闻小舟中有异香。士信曰:'此必一胜流。'急傍舟近之,乃倪也。士信大怒,即欲手刃之。诸人力为营救,然犹鞭倪数十。倪竟不吐一语。后有人问之,曰:'君被窘辱而一语不发,何也?'倪曰:'一说便俗。'"(冯梦龙《古今谈概》卷七)从这句话就可以看出,倪云林绝对不是一个俗人。

倪云林的确是一个大雅之人。他的画雅。云林擅画山水、竹石、枯木等，早年画风清润，晚年变法，平淡天真。疏林坡岸，幽秀旷逸，笔简意远，惜墨如金。以侧锋干笔作皴，名为"折带皴"。墨竹偃仰有姿，寥寥数笔，逸气横生。云林与黄公望、王蒙、吴镇合称"元四家"，明代江南人以有无收藏他的画而分雅俗。他的人雅。云林清高孤傲，洁身自好，不问政治，不事俗务，自称"懒瓒"，亦号"倪迂"，常年浸习于诗文书画之中，和儒家的入世理想迥异其趣。云林性好洁。"每盥头，易水数次，冠服著时，数十次振拂。"（蒋一葵《尧山堂外纪》卷七十七）"文房什物，两童轮转拂尘，须臾弗停。庭有梧桐树，旦夕汲水揩洗，竟至槁死。"他还亲自设计了别具一格的"香厕"："其溷厕，以高楼为之，下设木格，中实鹅毛。凡便下，则鹅毛起覆之，一童子俟其旁，辄易去，不闻有秽气也。"（顾元庆《云林遗事》）倪瓒的诗文造语自然秀拔，清隽淡雅，不事雕琢。"照夜风灯人独宿，打窗江雨鹤相依。"这是他的生活的真实写照。倪瓒曾作一诗以述其怀："白眼视俗物，清言屈时英。富贵乌足道，所思垂令名。"

文人雅集是中国古代文人以文会友、切磋文艺、娱乐性灵的重要活动，是中国文化艺术史上的独特景观。传统的文人雅集，其主要形式是游山玩水、诗酒唱和、书画遣兴与艺文品鉴，带有很强的游艺功能与娱乐性质。诸如兰亭雅集、西园雅集、玉山雅集、滕王阁雅集等,更是被引为历代文坛佳话。东晋"书圣"王羲之在《兰亭集序》中这样描写:"永和九年,岁在癸丑,暮春之初,会于会稽山阴之兰亭,修禊事也。群贤毕至,少长咸集。此地有崇山峻岭,茂林修竹;又有清流激湍,映带左右,引以为流觞曲水,列坐其次。虽无丝竹管弦之盛,一觞一咏,亦足以畅叙幽情。"兰亭雅集借"书圣"之笔流芳千古,令人心驰神往。

中国文人雅趣很多,琴、棋、书、画、诗、酒、花、香、茶等,都深受中国传统文人喜爱。据说北宋诗人苏舜钦喜欢以《汉书》下酒,每到兴会处则拍案叫绝,满饮一大杯。一个晚上下来,竟能饮酒一斗。著名女词人李清照最感兴趣的乐事,是在饭后与丈夫赌书饮茶,赢家可以品茶一小杯,输家只能闻闻茶香。李清照才思敏捷,赢多输少。清代词人纳兰性德也曾经在词中写过赌书饮茶乐事:"被酒莫惊春睡重,赌书消得泼茶香。当时只道是寻常。"(《浣溪沙·谁念西风独自凉》)

书斋是文人雅士精神的圣地,历来文人对此更是用心。朱熹云:"出则有山水之兴,居则有卜筑之趣。"明人高濂《遵生八笺》写道:"书斋宜明净,不可太敞。明净可爽心神,宏敞则伤目力。窗外四壁,薜萝满墙,中列松桧盆景,或建兰一二,绕砌种以翠云草令遍,茂则青葱郁然。"书斋的理想布置为:"长桌一,古砚一,旧古铜水注一,旧窑笔格一,斑竹笔筒一,旧窑笔洗一,糊斗一,水中丞一,铜石镇纸一。左置榻床一,榻下滚脚凳一,床头小几一,上置古铜花尊,或哥窑定瓶一,花时则插花盈瓶,以集香气;闲时置蒲石于上,收朝露以清目。或置鼎炉一,用烧印篆清香。冬置暖砚炉一,壁间挂古琴一,中置几一,如吴中云林几式佳。壁间悬画一。书室中画惟二品,山水为上,花木次之,禽鸟人物不与也……"

白居易的"庐山草堂"就是这样的理想书斋:"三间两柱,二室四牖,广袤丰杀,一称心力。洞开北户,来阴风,防徂暑也。敞南甍,纳阳日,虞祁寒也。木,斫而已,不加丹。墙,圬而已,不加白。墄阶用石,幂窗用纸,竹帘纻帏,率称是焉。堂中设木榻四,素屏二,漆琴一张,儒道佛书,各两三卷。"(《庐山草堂记》)明末文人张岱的书房"不二斋"则是:"不二斋,高梧三丈,翠樾千重,墙西稍空,蜡梅补之,但有绿天,暑气不到。后窗墙高于槛,方竹数竿,潇潇洒洒,郑子昭'满耳秋声'横披一幅。天光下射,望空视之,晶沁如玻璃、云母,坐者恒在清凉世界。图书四壁,充栋连床;鼎彝尊罍,不移而具。余于左设石床竹几,帷之纱幕,以障蚊虻;绿暗侵纱,照面成碧。夏日,建兰、茉莉,芗泽浸人,沁入衣裾。重阳前后,移菊北窗下,菊盆五层,高下列之,颜色空明,天光晶映,如沉秋水。冬则梧叶落,蜡梅开,暖日晒窗,红炉毹氍。以昆山石种水仙。列阶趾。春时,四壁下皆山兰,槛前芍药半亩,多有异本。余解衣盘礴,寒暑未尝轻出,思之如在隔世。"(《陶庵梦忆》卷二)有书斋若此,不亦雅乎?数百年之后,民国文人梁实秋,还要把他抗战期间在重庆北碚的几间漏风漏雨、老鼠肆虐、蚊子猖獗的陋室命名为"雅舍",可见雅文化对中国文人影响之深。正是:"室雅何须大,花香不在多。"

"花月还同赏,琴诗雅自操。朱弦拂宫徵,洪笔振风骚。"(白居易《寄献北都留守裴令公》)古代文人雅趣多矣,无法备述。时至今日,"雅""俗"仍然是评判一个人品位高下的标准。然而,时移势迁,"风流总被,雨打风吹去"。古人悠闲的生活态度、高雅的生活情趣已经离我们远去。我们只能从前人留下的典籍中,领略先人们的俊逸儒雅,追慕先人们的文采风流,给我们尘俗的心灵一点点慰藉。

人无疵不可与交，以其无真气也

——漫话古代文人之五

追求完美是所有人的本能，人人都希望成为一个完美的人。孔子曰："君子有九思：视思明，听思聪，色思温，貌思恭，言思忠，事思敬，疑思问，忿思难，见得思义。"(《论语·季氏》)这是他对君子提出的九条要求，也是衡量一个人是不是君子的九个依据。所谓"九思"，实际上是一个人不断追求完美的过程。如果能做到这些的话，那就是一名君子，是一名"完人"。

《论语》中对"君子"有很多论述，如："君子道者三，我无能焉：仁者不忧，知者不惑，勇者不惧。"(《论语·宪问》)"君子义以为质，礼以行之，孙以出之，信以成之，君子哉！"(《论语·卫灵公》)"君子和而不同，小人同而不和。""君子坦荡荡，小人长戚戚。""君子泰而不骄，小人骄而不泰。""君子以文会友，以友辅仁。""君子上达，小人下达。""君子喻于义，小人喻于利。""君子成人之美，不成人之恶。小人反是。""君子矜而不争，群而不党。""质胜文则野，文胜质则史，文质彬彬，然后君子"。君子"修己以敬"，"修己以安人"，"修己以安百姓"(《论语·宪问》)

等等。

"君子"是孔子的理想的人格。在孔子看来,"君子"是做人的最高境界,他希望他的弟子们都努力修炼自己,成为一名君子,一个完美的人。

孔子极力劝人向上,做一名完美的君子,可是明末文人张岱却说:"人无癖不可与交,以其无深情也;人无疵不可与交,以其无真气也。"清代的张潮在《幽梦影》里也说:"花不可以无蝶,山不可以无泉,石不可以无苔,水不可以无藻,乔木不可以无藤萝,人不可以无癖。"明代袁宏道说得更绝对:"余观世上语言无味、面目可憎之人,皆无癖之人耳!"(袁宏道《瓶史·好事》)按照他们的观点,人不能太完美,必须有点小毛病、小瑕疵,否则就"语言无味、面目可憎",都不值得交往了。这跟圣人的教诲岂不是背道而驰吗?

其实不然。孔子所谈,是他心目中理想的"君子"形象。可是这些标准实在难以企及,所以数千年来能够被称为"君子"的屈指可数。反过来讲,一个人如果真的十全十美,毫无瑕疵,用庄子的话说,"畸于人而侔于天",这样的人也有点可怕了。如果所有人都成了"君子",恐怕这个世界也少了好多乐趣。

"癖"也好,"疵"也好,大抵是指无伤大雅的小毛病。前者是指积久成瘾的喜好,后者多指缺点和毛病。癖和疵分别意味着执着,意味着真实。张岱认为,一个人如果没有一点癖好,没有一点瑕疵,那么是不可交往的,因为他没有深情,没有真气。细细想来,确有几分道理。君子固然可敬,却不可亲。

中国历代知识分子,深受儒家思想影响,多有"修身齐家治国平天下"的远大抱负,十分重视个人修为;但是也有不少较有个性的文人,不愿受礼教束缚,成心要做出一些惊世骇俗的行为。这些文人的行为,往往不为当世所理解,甚至遭到排斥和非议。但是隔着千百年的历史尘埃看过去,正是他们身上的那些小瑕疵、小缺点,使他们具有特别的可爱之处。

比如洁癖。元代画家倪瓒(云林)的"性好洁"已广为人知,最近翻了一些闲书,才知道原来古代以"好洁"闻名的并非只有云林一个人,很多文人都因好洁而"青史留名"。比如唐代大诗人王维,周勋初主编的《唐人轶事汇编·卷十三》记载:"王维居辋川,宅宇既广,山林亦远,而性好温洁,地不容浮尘。有十数扫饰者,使两童专掌缚帚,而有时不给。"王维的辋川别业当时就是一处名胜,他在此作了不少好诗。比如那首有名的《终南别业》:"中岁颇好道,晚家南山陲。兴来每独往,胜事空自知。行到水穷处,坐看云起时。偶然值林叟,谈笑无还期。"诗人在这所别业中雇用了多名园丁负责洒扫,并由两个童子专司做扫帚,居然都时常来不及。南朝宋时期的画家宗炳好洁,家里来客人的话,都等不到人家告辞离开,就开始擦拭人家坐过的椅子。同样是南朝人王思微,他家仆人伺候他穿衣服的时候手上必须裹上白纸。有狗在他家柱子旁撒了泡尿,他就让仆人不停地洗柱子。洗完用刀反复刮,还嫌不干净,干脆砍了换新柱子。宋代书法家米芾,每天要洗几十次手。他最喜欢砚台,一次皇上赐他一方瑶池砚,他请苏东坡观赏。东坡曰:"此砚虽好,未知发墨何如?"就蘸着口水磨墨。米芾当场变脸大骂:"胡子坏吾砚矣!"干脆把砚台送给了东坡。清朝人邵僧弥,每天擦帽子、擦鞋子、擦砚台,不厌其烦,"虽僮仆患苦,妻子窃骂,不为意也"。清中期雍正时代文人汪积山,文采斐然,诗写得很好,但他因为嫌考场脏,宁可舍弃功名也不去考试。

有以"好洁"闻名的,也有"不洁"到极点的。魏晋的嵇康是个公认的美男子,却从不讲究个人卫生,因此身上生出许多虱子。王安石不拘小节,衣着邋遢,《宋史》称其"衣垢不浣,面垢不洗"。《石林燕语》载:"王荆公不喜修饰,经岁不洗沐,衣服虽敝,亦不浣洗。"一次上朝,身上的虱子从衣服里爬出来,顺着胡须往上爬,把皇上逗得哈哈大笑。因为脸黑,仆人以为其患病,请来医生,医生看了说:"此垢污,非疾也。"近代学人章太炎也以不讲卫生而出名,三个月不洗澡,衣服也不换,身上生有虱子,指甲里污迹斑斑。章太炎还爱骂人,别人只能听之任之,不能搭之,更不能附和,否则章就要打人。

在各种牲畜中,驴叫的声音算是比较难听的,可是偏偏有人喜欢听,喜欢学。比如"建安七子"之一的王粲,平生喜欢听驴叫,时常以学驴叫自娱自乐。所以,王粲去世之后,曹丕在他的葬礼上提议大家一起学驴叫为他送行。《世说新语》中是这样记载的:"王仲宣好驴鸣。既葬,文帝临其丧,顾语同游曰:'王好驴鸣,可各作一声以送之。'赴客皆一作驴鸣。"这一历史上最滑稽最搞笑的驴叫送葬礼,成为中国文学史上的千古绝唱。

西晋诗人孙楚(字子荆),也是一个喜欢学驴叫的人。"武子丧时,名士无不至者,子荆后来,临尸恸哭,宾客莫不垂涕。哭毕,向床曰:'卿常好我作驴鸣,今我为卿作。'体似真声,宾客皆笑。孙举头曰:'使君辈存,令此人死!'"(《世说新语·伤逝》)孙楚和王济(字武子)是好朋友。王济死后,孙楚前去吊唁,当着众多名士的面抚尸痛哭,引得大家都跟着落泪。孙楚悲伤地说:"你生前不是喜欢听我学驴叫吗?我再给你学一次。"说罢,他真的学起了驴叫,引得众宾客破涕为笑。谁知孙楚却一板脸,说:"竟然让这样的人死了,而你们却还活着!"

魏晋时期的文人大都很有个性,而王粲、孙楚二人性格孤傲、狂放、怪诞、不羁,喜欢学驴叫,一点也不奇怪。他们借学驴叫显示自己的卓尔不群,排遣内心怀才不遇的悲凉;他们以驴鸣代替悲歌,表达失侣丧友之痛。王安石在《驴二首》中曾说,驴鸣声正音纯、坦率无邪,"临路长鸣有真意"。王粲与孙楚模仿驴叫,倒是让我们感受到了魏晋文人率真的一面。

一些文人写作时还有一些怪毛病。有的文人喜静,连一根针掉到地上的声音都受不了。比如隋文帝时的内书侍郎薛道衡,是一个极度要求环境安静的人,每当受命写公文,他立刻收拾纸笔,躲到空房子里,一言不发,脚顶墙壁,躺着构思。倘若外面传来一丝声响,他必定暴跳如雷,怒发冲冠,大加斥骂。而有些文人则喜闹,越是吵闹越是文思如泉涌,比如宋真宗时的秘书杨亿。《宋史·杨亿传》记载,他"才思敏捷,略不凝滞,对客谈笑,挥翰不辍","每欲作文,则与门人宾客饮博、投壶、弈棋,谈笑喧哗"。

袁宏道说:"嵇康之锻也,武子之马也,陆羽之茶也,米颠之石也,倪云林之洁也,皆以僻而寄其块垒俊逸之气者也。"林散之也说:"一个人要有癖好,古人云,不要友无癖者。因有癖,才有真性情,真心得。一个人一生要有一好,如书、画、琴、棋、诗文等。人生多苦难,有点艺术是安慰。"癖好为人生深情之所注、寄托之所在。按照梁启超先生的说法是:"凡人必常常生活于趣味之中,生活才有价值。"(梁启超《饮冰室合集》)所以,人有点癖好或者小毛病并不可怕。唐代诗人卢仝干脆自号"癖王",其

《自咏》诗之三云:"物外无知己,人间一癖王。"

当然,所谓的"癖"或"疵",只是指习性上的小毛病、小瑕疵而已,绝对不是人格缺陷或道德缺失。古代文人之"癖"、之"疵",不但无损于他们的道德操守,相反往往还是人格坚守的一种手段、一个托词,否则也不会流传千古,为人们所津津乐道。比如以"好洁"闻名的倪云林,就誓死"不为王者师";"建安七子"之一的王粲,怀才不遇,只能以学驴叫自遣;宣称"人无疵不可与交"的张岱,明朝亡后,披发入山,隐居不仕,坚决不与清廷合作。他们不但艺文成就出众,而且道德操守令人尊敬。所以说,"人无癖不可与交""人无疵不可与交",与孔子提倡的"见贤思齐焉,见不贤而内自省也""无友不如己者"是不矛盾的。

其实,世间并没有绝对的完美,所谓的完美不过是人们的一种美好愿望罢了。俗话说:"金无足赤,人无完人。"天底下没有十全十美的人,任何人都或多或少地有一些这样那样的缺点。也没有完美无缺的事,总是多多少少会有些小遗憾。正如苏东坡在《水调歌头·明月几时有》中所说:"人有悲欢离合,月有阴晴圆缺,此事古难全。"可是这并不妨碍我们每天快快乐乐地活着。我们努力追求完美,并不是为了让我们生活得更累、更痛苦,而是为了让我们能够生活得更好、更快乐。

情不知所起，一往而深

——漫话古代文人之六

"十年生死两茫茫。不思量，自难忘。千里孤坟，无处话凄凉。纵使相逢应不识，尘满面，鬓如霜。夜来幽梦忽还乡。小轩窗，正梳妆。相顾无言，惟有泪千行，料得年年断肠处，明月夜，短松冈。"（苏轼《江城子》）

这首词，记不清读过多少遍了，可是每次读起来，仍会感到胸口尖锐刺痛，眼泪潸然而下。词中所表达的那种阴阳两隔的无奈、深情难忘的沉痛、无人可诉的凄凉，穿越千年的时光，仍然敲击着一代又一代读者心中最柔软的部分，催人泪下。

爱情，是人类最美好的感情，也是古今中外文学作品永恒的主题。在中国最早的诗歌总集《诗经》中，就有大量以爱情为主题的作品。既有两情相悦、男欢女爱的喜悦："关关雎鸠，在河之洲。窈窕淑女，君子好逑。"（《关雎》）又有生死相依、携手到老的庄重承诺："死生契阔，与子成说。执子之手，与子偕老。"（《伯兮》）更有坚贞相爱、永不分离的誓言："上邪！我欲与君相知，长命无绝衰。山无陵，江水为竭。冬雷震震，夏雨雪，天地

合,乃敢与君绝。"(在中国最早的诗歌总集《诗经》以及后来的汉乐府中)

坚贞不渝的爱情总是如此美好,引来一代代的文人竞相书写、颂扬。几千年来,以爱情为主题的作品汗牛充栋,留下了诸多名篇佳作。那些有关爱情的诗句,什么时候读起来都是那么温馨、感人。这里,有刻骨铭心的追念:"曾经沧海难为水,除却巫山不是云。"(元稹《离思》)有对爱人的思念之情:"我住长江头,君住长江尾。日日思君不见君,共饮长江水。"(李之仪《卜算子·我住长江头》)有对美好爱情的渴望:"愿得一人心,白首不相离。"(卓文君《白头吟》)有对圣洁爱情的歌颂:"两情若是久长时,又岂在朝朝暮暮。"(秦观《鹊桥仙》)有重寻不遇的惆怅:"去年今日此门中,人面桃花相映红。人面不知何处去,桃花依旧笑春风。"(崔护《题都城南庄》)有意外相逢的喜悦:"众里寻他千百度,蓦然回首,那人却在、灯火阑珊处。"(辛弃疾《青玉案·元夕》)有恋人幽会的欢愉与佳人难觅的伤感:"去年元夜时,花市灯如昼。月上柳梢头,人约黄昏后。今年元夜时,月与灯依旧。不见去年人,泪湿春衫袖。"(欧阳修《生查子·元夕》)读着这些优美的诗句,我们或会心微笑,或扼腕叹息,或潸然泪下,为那美好的爱情而感动。

美满的爱情固然令人羡慕、向往,然而,"人有悲欢离合,月有阴晴圆缺,此事古难全"。美满的爱情可遇而不可求,更多的是爱而不能、爱而不得、生离死别的悲剧,也正是这样的爱情悲剧,更有打动人心的力量。

白居易的《长恨歌》叙述的就是唐玄宗与杨贵妃的爱情悲剧,也是千古传诵的爱情名篇。

《长恨歌》,作于元和元年(806年),当时诗人正在盩厔县(今陕西周至)任县尉。在这首长篇叙事诗里,作者以精练的语言、优美的形象、叙事和抒情结合的手法,叙述了唐玄宗、杨贵妃在"安史之乱"中的爱情悲剧。诗人借助历史的影子,根据当时人们的传说、街坊的歌唱,从中演义出一个回旋曲折、婉转动人的故事,用回环往复、缠绵悱恻的艺术形式,描摹、歌咏出来,在历代读者的心中漾起阵阵涟漪。诗的最后四句"在天愿作比翼鸟,在地愿为连理枝。天长地久有时尽,此恨绵绵无绝期"已经成为脍炙人口的名句。

文人天生感情丰富、多愁善感,在对待爱情的态度上,他们比常人更加敏感,也更加执着、更加虔诚。爱情是他们生命中不可或缺的一部分,也是他们创作的源泉。他们,有的多情,如柳永,"多情自古伤离别,更那堪、冷落清秋节";有的深情,如苏轼,"十年生死两茫茫。不思量,自难忘";有的痴情,如陆游,"春如旧,人空瘦,泪痕红浥鲛绡透"。他们的悲欢离合令人唏嘘,他们的诗篇感人肺腑。当然也不乏见异思迁、始乱终弃之徒,他们的行径令人不齿。

苏东坡的《江城子·乙卯正月二十日夜记梦》,是最令我感动的悼亡之作,词中凝结着东坡对亡妻王弗深沉的思念。

王弗(1039~1065年),苏轼的结发之妻,眉州青神(今四川眉山青神)人,乡贡进士王方之女,聪明沉静,知书达理,16岁时即与19岁的苏轼成婚。婚后,每当苏轼读书时,王弗总是陪伴在侧,为其研墨。苏轼偶有遗忘,她便从旁提醒。对于苏轼的问题,她也能轻松回答,令其满意。二人情投意合,恩爱有加。可惜天命无常,宋英宗治平二年(1065年),王弗不幸早逝,年方27岁。王弗去世后,苏轼对她依旧一往情深,哀思深挚。熙宁八年(1075年)正月二十日,苏轼梦见爱妻王弗,便写下了那首有名的悼亡词《江城子》。

全词满含对亡妻浓浓的怀念之情。首句便直接倾诉了作者对亡妻十年来的深挚怀念和伤悼。阴阳两世,生死相隔了茫茫十年,作者对妻子的怀念始终没有淡化。即使不去思量,过去的一切自会浮漾心头,难以忘怀。虽时光易逝,但真情难忘。追念之情,不能自已。孤坟远在千里,无处可诉衷肠。一句"无处话凄凉"写尽作者孤寂悲郁的心境,令人为之心酸。虽然在梦中相逢,却"相顾无言","惟有泪千行",不胜悲凉。全词语言朴素自然,纯用白描,不事雕琢,具有令人荡气回肠的艺术魅力,堪称悼词之绝唱,使人读后无不为之动情而感叹哀婉。

堪与东坡媲美的,还有陆游。他同样遭遇了与爱妻的生离死别,也同样写下了感人至深的怀人之作。不同的是,苏轼的悲剧是天命,不可违;而陆游的悲剧是人祸,不得已。

1144年,陆游与舅父唐仲俊之女唐琬结婚,结婚以后,他们"伉俪相得""琴瑟甚和"。不料,陆母却对儿媳产生了厌恶感,以婚后三年没有生育为由逼迫陆游休妻。陆游百般劝谏、哀求无效,二人最终被迫分离,唐氏改嫁"同郡宗子"赵士程。十年以后的一个春日,陆游回到家乡山阴(今浙江绍兴)城南禹迹寺附近的沈园,与偕夫同游的唐氏邂逅。唐琬征得赵士程同意后,派人给陆游送去菜肴,聊表抚慰之情。陆游感念旧情,怅恨不已,写了著名的《钗头凤》:

红酥手,黄縢酒,满城春色宫墙柳。东风恶,欢情薄,一怀愁绪,几年离索。错!错!错! 春如旧,人空瘦,泪痕红浥鲛绡透。桃花落,闲池阁,山盟虽在,锦书难托。莫!莫!莫!

相传,唐琬看后失声痛哭,回家后也写下了一首《钗头凤》,

不久就郁郁而终了。

世情薄,人情恶,雨送黄昏花易落。晓风干,泪痕残,欲笺心事,独倚斜栏。难,难,难! 人成各,今非昨,病魂常似秋千索。角声寒,夜阑珊,怕人寻问,咽泪装欢。瞒,瞒,瞒!

此后,陆游北上抗金,又转川蜀任职,几十年的风雨生涯,依然无法排遣诗人心中的眷恋。他多次作诗,怀念唐琬。75岁那年,陆游倦游归来,唐琬早已香消玉殒,然而他对旧事、对沈园依然怀着深切的眷恋,他住在沈园附近,"每入城,必登寺眺望,不能胜情",写下绝句两首,即《沈园》诗二首:

其一

城上斜阳画角哀,沈园非复旧池台。
伤心桥下春波绿,曾是惊鸿照影来。

其二

梦断香消四十年,沈园柳老不吹绵。

此身行在稽山土,犹吊遗踪一泫然。

沈园是陆游怀旧场所,也是令他伤心的地方。他想着沈园,但又怕到沈园。春天再来,撩人的桃红柳绿,恼人的鸟语花香,风烛残年的陆游虽然不能再亲至沈园寻觅往日的踪影,然而那次与唐琬的相遇,伊人那哀怨的眼神、羞怯的情态、无可奈何的步履、欲言又止的模样,使陆游牢记不忘。81岁那年,他又赋《梦游沈园》诗:

其一

路近城南已怕行,沈家园里更伤情。
香穿客袖梅花在,绿蘸寺桥春水生。

其二

城南小陌又逢春,只见梅花不见人。
玉骨久沉泉下土,墨痕独锁壁间尘。

陆游临终前一年,也就是85岁那年春日的一天,再游沈园,满怀深情地写下了最后一首思念唐琬的诗《春游》：

> 沈家园里花如锦，半是当年识放翁。
> 也信美人终作土，不堪幽梦太匆匆。

放翁是著名的爱国诗人，他曾经写下许多慷慨悲歌、铁马金戈的爱国诗篇。同时他又是一位重情之人，他和唐琬的爱情故事流传千古。终其一生，陆游都活在对唐琬的思念之中。这段刻骨铭心的爱情深深地埋在他的心底，陪伴他走完波澜壮阔的人生，其可谓古今第一痴情之人。

汤显祖在《牡丹亭记题词》中叹道："情不知所起，一往而深，生者可以死，死者可以生。"元好问也深有感慨地发问："问世间，情为何物，直教生死相许？"（《摸鱼儿·雁丘词》）的确，爱情是那么神奇，也许就是一面之缘，也许只是惊鸿一瞥，如电光石火，心有灵犀，从此念念不忘，生死相依。"衣带渐宽终不悔，为伊消得人憔悴。"（柳永《蝶恋花·伫倚危楼风细细》）爱情是不死的，也是不朽的。天地玄黄，世易时移，沧海桑田，一代代文人早已化作一抔黄土，而他们的爱情故事却永远活在他们的诗词歌赋中，活在后人的心中。

第四辑　夜读漫笔

絮　　语

"欧阳子方夜读书,闻有声自西南来者,悚然而听之,曰:'异哉!'初淅沥以萧飒,忽奔腾而砰湃,如波涛夜惊,风雨骤至。其触于物也,鏦鏦铮铮,金铁皆鸣;又如赴敌之兵,衔枚疾走,不闻号令,但闻人马之行声。予谓童子:'此何声也?汝出视之。'童子曰:'星月皎洁,明河在天,四无人声,声在树间。'"(欧阳修《秋声赋》)

欧阳修此文,旨在借秋声之凄切写秋天之悲凉,而劈头一句却令无数读书人神往。数百年之后的文人周作人犹念念不忘:"幼时读古文,见《秋声赋》第一句云:'欧阳子方夜读书',辄涉幻想,仿佛觉得有此一境,瓦屋纸窗,灯檠茗碗,窗外有竹有棕榈,后来虽见'红袖添香夜读书'之句,觉得也有趣味,却总不能改变我当初的空想。"(周作人《夜读抄·小引》)对传统文人而言,"夜读"是一件赏心乐事。漫漫长夜,青灯黄卷,一册在手,其乐无穷。无论是"红袖添香夜读书",还是"雪夜闭门读禁书",

其乐总在"夜读"二字上。

在如今这个新媒体高度发达、交际繁多、人心浮躁的时代,静下心来闭门夜读已经成了一种奢侈,而我总舍不得放弃夜读的乐趣。正如知堂老人所说:"因为觉得夜读有趣味,所以就题作《夜读抄》,其实并不夜读已如上述,而今还说逛称之曰夜读者,此无他,亦只是表示我对于夜读之爱好与憧憬而已。"知堂此言,甚获我心。吾自大学时代起遍读知堂散文,喜其隽永冲淡。与知堂老人一样,吾亦喜读古人笔记,偶有所得,随手记之。今不避嫌,将这组读书笔记名之曰"夜读抄"①,实乃追慕知堂风范,冀以此向其致敬也。

---

① 2018年,我在《大公报》副刊开设专栏《夜读抄》,收入本书时易名为《夜读漫笔》。

言为士则,行为世范

"陈仲举言为士则,行为世范,登车揽辔,有澄清天下之志。为豫章太守,至,便问徐孺子所在,欲先看之。主簿白:'群情欲府君先入廨。'陈曰:'武王式商容之闾,席不暇暖。吾之礼贤,有何不可?'"(刘义庆《世说新语·德行·一》)

评价一个人的品行,需从其言、行两个方面予以考察。《周易·系辞上》:"言行,君子之枢机。"《荀子》说得更清楚:"口能言之,身能行之,国宝也;口不能言,身能行之,国器也;口能言之,身不能行,国用也;口言善,身行恶,国妖也。"

《世说新语》开篇即讲陈蕃(东汉人,字仲举)礼贤故事,并以"言为士则,行为世范"八字品评他的品行,可见对他的推重。"言为士则,行为世范"也成为后世文人尊奉的标准。当代著名学者启功先生为北京师范大学撰定的校训"学为人师,行为世范",与此极为相似,后四字则完全相同,不排除受此影响。

"言为士则,行为世范",从"言""行"两个方面对天下读书人提出要求。一个优秀的士人,一定要谨言慎行。其言谈应该成为读书人的准则,其行为应该成为世人的典范。在两者之间,"行"的分量显然远大于"言"。孔子说:"听其言而观其行。"就是说,不光要听他怎么说,还要看他怎么做。与"言"相比,人们显然更重视"行"。谢安夫人有一次问他:"怎么从来没见到你教育孩子啊?"谢安回答道:"我总是用身教来教育孩子。"("谢公夫人教儿,问太傅:'那得初不见君教儿?'答曰:'我常自教儿。'"《世说新语·德行·三十六》)

做人应该言行一致,表里如一。但在现实生活中,口是心非、言行不一的现象不在少数。当面一套背后一套,台上一套台下一套,说得道貌岸然,做得禽兽不如,这种"两面人"尤需警惕。

且待小僧伸伸脚

"昔有一僧人,与一士子同宿夜航船。士子高谈阔论,僧畏慑,拳足而寝。僧人听其语有破绽,乃曰:'请问相公,澹台灭明是一个人、两个人?'士子曰:'是两个人。'僧曰:'这等尧舜是一个人、两个人?'士子曰:'自然是一个人!'僧乃笑曰:'这等说起来,且待小僧伸伸脚。'"(张岱《夜航船·序》)

这位僧人是值得佩服的。他在高谈阔论的读书人面前"畏慑"以至"拳足而寝",这是绝大多数普通人面对名人的正常表现。可贵的是,他对士子并没有一味崇拜,也没有一味自卑。当他听出士子的话有破绽时,他没有想当然地怀疑自己的智商和学识,而是勇敢地对士子的水平产生了怀疑,并且勇敢地提出问题,从而让士子露出了马脚。这就不是所有人都能做到的了。假如换一个人,也许首先怀疑的是自己,而不是士子。士子满腹经纶,才高八斗,他怎么会错呢?错的肯定是自己!

对于高于自己、强于自己的人,产生信任以至崇拜,这是人之常情。但是如果将这种信任发展到绝对、崇拜发展到无限,以为凡是专家、权威说的都是对的,那就可怕了。人类思想的进步,总是从怀疑、否定前人开始的。没有怀疑、没有否定,人类文明不知道还停留在哪个年代。

专家、权威当然比常人知道得多些,读他们的文章、听他们讲话总能有所收获。但是如果学问做得不够扎实,也难免闹出笑话。如今凡论坛必定"高端",凡会议定是"峰会",出席者当然也是高端人士。聆听专家演讲,当然获益匪浅。但也有那么几次,让我听出破绽,心底不禁"呵呵"两声,挺直的腰板也放松下来了。想起那僧人如果再世,恐怕也不必"拳足而寝"了。呵呵。

子非吾友也

管宁、华歆共园中锄菜,见地有片金,管挥锄与瓦石不异,华捉而掷去之。又尝同席读书,有乘轩冕过门者,宁读如故,歆废书出看。宁割席分坐,曰:"子非吾友也!"(刘义庆《世说新语·德行·十一》)

这则故事就是成语"管宁割席"的来源。管宁、华歆都是汉末人。有一天,两人同在园中锄草。看见地上有一片金子,管宁依旧挥动锄头,视之如同瓦片石头一样;而华歆却高兴地捡起来,大概是看到管宁的神色不对才扔了它。又有一次,他们同坐在一张席子上读书,有人穿着华服、乘着豪车从门前经过,管宁还像原来一样读书,华歆却放下书出去观看。这两次举动让管宁看清了华歆爱慕金钱、贪图享受的品行。于是,管宁割断席子,与他绝交。最后撂下一句话:"你不是我的朋友!"换言之,"你和我不是同道中人!"

"子非吾友也!"这句话的分量很重。结交朋友,首重品行。

品行端正,可以容忍小的缺点;品行不正,有再大的本领也要敬而远之。孔子曰:"益者三友,损者三友。友直,友谅,友多闻,益矣。友便辟,友善柔,有便佞,损矣。"与三种人交朋友对自己有益,即正直、诚实、见多识广的人;与三种人交朋友对自己有害,即阿谀奉承、当面恭维背后诽谤、花言巧语的人。益友,是人生的财富;损友,是进步的羁绊。对于损友,我们要向管宁学习,毫不犹豫地与其切割清楚:"子非吾友也。"

不欲虚此清供也

旬日晴煦，小盆水仙梅花盛开，香气郁勃，终日在氤氲中。有招者，俱不赴，不欲虚此清供也。（李日华《味水轩日记》卷一）

最近李日华好生奇怪，朋友们几次餐聚都不参加。问他为何，支支吾吾的也不肯说，可别是出了什么事吧？大伙不放心，这天相约了一起去看他。进得门来，水仙梅花盛开，满室清香。这位李先生手捧清茶，面色红润，气定神闲。"李兄，你怎么了？""我没事啊。""没事？你一个人躲在家里？""哦，各位兄台请看，我家花儿开得正好，香气郁勃，我舍不得离开它们啊！""李兄是雅人，我等凡夫俗子不配为伍，告辞！""各位，别，别呀……"

这当然是虚构了，不过这位李先生的确是雅人、痴人，令人羡慕。你看，他为了一室的清香，拒绝了所有的邀约，终日与水仙梅花为伴。事实上，李日华也正是一位散淡之人。他厌倦官场，曾辞官归家奉养老父，乡居长二十余年，或读书作文吟咏诗词,或与亲朋同好煮茶品茗鉴赏书画,或徜徉浪迹于湖光山色之间。这样的清雅之士,就算在古代也不多,现代社会当然更是绝迹了。套用现在的一句流行语"帅到没朋友",这位李先生恐怕也是"雅到没朋友"了。

人生在世,要做的事很多。"天下熙熙,皆为利来;天下攘攘,皆为利往。"普天之下,芸芸众生,为了利益而劳累奔波。按照现代的观点看来,其实也无可厚非。但是在追逐利益的过程中,也要经常给自己的心灵一点空闲,让劳碌的心灵得到一点休息。正所谓:"为名忙,为利忙,忙里偷闲,喝杯茶去;劳力苦,劳心苦,苦中作乐,拿壶酒来。"

此间有甚么歇不得处

余尝寓居惠州嘉祐寺,纵步松风亭下。足力疲乏,思欲就亭止息。望亭宇尚在木末,意谓是如何得到?良久,忽曰:"此间有甚么歇不得处?"由是如挂钩之鱼,忽得解脱。若人悟此,虽兵阵相接,鼓声如雷霆,进则死敌,退则死法,当怎么时也不妨熟歇。(苏轼《东坡志林·卷一·记游松风亭》)

东坡先生住在惠州嘉祐寺的时候,有一天信步走到松风亭下,感到腿酸疲乏,很想到亭子里去休息一会儿。可是抬头一看,松风亭还在高处,心想,这可如何爬得上去呢?苦思良久,忽然想到:干吗非要到亭子里才休息啊?难道这里就不能休息吗?这么一想,心情一下子就放松了,就像已经挂在鱼钩上的鱼儿忽然得到了解脱。

东坡不愧为旷达之士,一件本来令人沮丧的遭遇,换个角度想想,立马豁然开朗,"由是如挂钩之鱼,忽得解脱"。这种思考方式,在后来贬谪过程中不断从苏轼笔下表现出来,这既是苏轼对自己生活困境的一种积极反抗——以乐处哀,又是苏轼在具体现实中始终不堕其精神品格、自我提升到一种旷远开阔境地的呈示。

从"意谓是如何得到",悟出世间"有甚么歇不得处"的道理,这种即时放下,随遇而安,"当恁么时也不妨熟歇"的旷达态度,正是苏轼从自己丰富的人生磨砺中而来的。这在当代著名学者启功身上也有鲜明体现。启功曾被打成右派,这当然是人生中的大不幸,可他却说:"当'右派',不许我教书,我因祸得福,写了许多文章。幸亏有那么些曲折,让我受到了锻炼。"面对无法避免的灾难,与其消极等待怨天尤人,不如振作精神积极应对,把灾难所造成的伤害降到最低。就算"兵阵相接,鼓声如雷霆,进则死敌,退则死法",也"不妨熟歇",先睡个好觉再说。

唯丘壑独存

庾太尉在武昌,秋夜气佳景清,使吏殷浩、王胡之之徒登南楼理咏。音调始遒,闻函道中有屐声甚厉,定是庾公。俄而率左右十许人步来,诸贤欲起避之,公徐云:"诸君少住,老子于此处兴复不浅。"因便据胡床与诸人咏谑,竟坐甚得任乐。后王逸少下,与丞相言及此事,丞相曰:"元规尔时风范不得不小颓。"右军答曰:"唯丘壑独存。"(刘义庆《世说新语·容止篇·第二十四》)

庾太尉就是东晋权臣庾亮,字元规,精玄学,擅清谈,《晋书》称其坦率行己、"性好老庄"、"风格峻整"。这里有对他的两句评价,也就是丞相王导和王羲之的对话:"元规尔时风范不得不小颓。""唯丘壑独存。"——"元规那时候的风度气派不得不说已稍稍减弱。""唯有高雅超脱的情趣依然保存着"。

"丘壑"一词,本指山水幽深之处,亦指隐者所居之处;后来多用它来比喻深远的意境、高雅的情趣、旷达的襟怀。初唐诗人王勃《上明员外启》云："一丘一壑,同阮籍于西山;一啸一歌,列嵇康于北面。"黄庭坚《题子瞻枯木》有句："胸中元自有丘壑,故作老木蟠风霜。"陆游《木山》诗中云："一丘一壑吾所许,不须更慕明堂材。"这些句子都表达了对阮籍、嵇康、苏轼等前贤的仰慕之情。王逸少标高独具,能入他法眼者凤毛麟角,"丘壑独存"是对庾亮极高的评价。庾亮坐在小马扎上,和下属一起吟咏、谈笑,在外人看来风度稍减,但骨子里的神韵是掩饰不了的,明袁中道就称其为"韵事"。如今,还有谁能当得起"丘壑独具"这样的评语?

兰之味非可逼而取也

兰之味,非可逼而取也。盖在有无近远续断之间,纯以情韵胜,氤氲无所,故称瑞耳。体兼众彩,而不极于色,令人览之有余,而名之不可,即善绘者以意取似,莫能肖也。其真文王、孔子、屈原之徒,不可得而亲,不可得而疏者耶?(张大复《梅花草堂笔谈·卷八·兰》)

兰花的香气,悠远而绵长,弥漫而飘忽,不需逼近闻嗅,纯以情韵取胜。兰花的色彩,素淡清纯,含蓄温润,给人无穷的视觉和心灵愉悦,却又难以用语言来表达。兰花的形态意趣,即使是善于绘画的人,也不能画出它的神韵。兰花恐怕就是周文王、孔夫子、屈原大夫的同类,不可以亵玩,但又不可一日无此君吧?

张大复的这篇《兰》,与周敦颐的《爱莲说》有异曲同工之妙。兰花清雅高洁,卓尔不群,被誉为"花中君子""王者之香",象征了一个知识分子的气质,以及一个民族的内敛风华。对于兰花,中国人可以说有着根深蒂固的民族感情与性格认同。在中国传统文化中,养兰、赏兰、绘兰、写兰,一直是人们陶冶情操、修身养性的重要途径,中国兰花成了高雅文化的代表。

张大复是明代戏曲作家、声律家。他博学多识,为人旷达,兴趣独特,偏又贫穷多病,至40岁完全失明,家产也因治病而变卖殆尽。但他坚持著述不辍,以口述的方式创作了名著《梅花草堂笔谈》,以及《嘘云轩文字》《昆山人物传》《昆山名宦传》《张氏先世纪略》等著作。张大复写《兰》,是否以兰花自况自勉呢?有意思的是,周作人对他评价不高,而钱锺书则认为他可与张岱媲美,两人曾为此打过笔墨官司。

一 说 便 俗

倪元镇为张士信所辱,绝口不言。或问之,元镇曰:"一说便俗。"(余澹心《东山谈苑》卷七)

倪元镇(名瓒,号云林)是元末著名画家、诗人,其画淡远简古、不同流俗,其人也高洁无尘。吴王张士诚的弟弟张士信让人带着重金,拿着画绢向他求画,他勃然大怒:"倪瓒不能为王门画师!"扔掉金币,撕裂画绢。张士信对他怀恨在心,找了个借口要杀死他,幸亏众人极力营救才免于一死,然而仍被施以鞭刑,倪云林始终一声不吭。后来有人问他:"先生您遭受如此凌辱竟一语不发,这是为什么呢?"云林说:"一说便俗。"此事在明人冯梦龙《古今谭概》及其他笔记中多有记载。

"一说便俗",是周作人喜欢的一句话,他曾在文章中多次引用。受知堂老人影响,我也喜欢,并一再引用引申。寥寥四个字,真是越品越有味。

说话是人的本能,是人与人之间交流、交际的一种方式。但不是话越多越好，也不是所有的话都能讲。世间好多事，原本是不好说、说不得的，有的时候、有的场合、面对有的人，还是少说或不说为佳。面对窘辱，倪云林绝口不言，此正是他的不俗之处。如果开口求饶，那就不是倪云林了。《水浒传》第七回，林冲中了高太尉的圈套，被刺配至沧州。两个公人董超、薛霸被高太尉的心腹陆虞候买通，将林冲诓进野猪林绑在树上，就要对他下毒手。这时林冲泪如雨下，哀求饶命。董超喝道："说什么闲话？救你不得！""闲话"二字真是用绝了。金圣叹在闲话句下批曰："临死求救，谓之闲话，为之绝倒。"这一段可与倪云林故事对照着看。大祸临头，一个绝口不言，一个哀求饶命，人格高下，判若云泥。林冲一介武夫，毕竟不如云林看得通透，以致留下千古的笑柄。

卿喜传人语，不能复语卿

有人问谢安石、王坦之优劣于桓公，桓公停欲言，中悔曰："卿喜传人语，不能复语卿。"（刘义庆《世说新语·品藻·五二》）

生活中有一种人，专喜传话，摇唇鼓舌，添油加醋，飞短流长，搬弄是非，今天东家长，明天西家短，唯恐天下不乱。这位先生看来就是这样的"长舌妇"，好在桓温（东晋政治家）及时醒悟，及时打住，没有中他的圈套。

余素不喜背后说人闲话，但是也曾险些中招。还是大学刚刚毕业后不久，有一位年长几岁的朋友跟我特别亲近，经常跟我发布各种内部消息，臧否各色人等。我向来不爱打听别人的事情，也不爱背后议论别人，但是碍于情面，有时也不得不点个头，应承一下。没想到这一点头、一应承，也给了他传话的资源。直到有一天，一位长者提醒我，我才知道，原来他把自己的话都安到我头上并散布出去了。从此，我对此君多加小心，无论他说什么,我都一概不予理会。时间久了,他大概也觉得无趣,终于不再找我了。

俗语说:"谁人背后无人说,哪个人前不说人?"人作为社会成员,难免不被人议论,也不可能不议论别人,这是很正常的现象。议论,实际上是一种评价,是对一个人的言行举止给予肯定性或否定性意见。但是,这种议论,要客观公正,而不编造诬陷;要出以公心,而不为泄私愤;要与人为善,而不恶意攻击。最重要的是,不能当面一套背后一套,当面说人话背后说鬼话。本来很单纯的人际关系,往往因为几个"搅屎棍"而变得复杂起来。作为领导者,尤其要善于辨别真伪,不能被一些不负责任的议论牵着鼻子走。对于爱打小报告、搬弄是非的人要保持警惕,直至坚决制止:"卿喜传人语,不能复语卿!"

但少闲人如吾两人耳

元丰六年十月十二日夜,解衣欲睡,月色入户,欣然起行。念无与为乐者,遂至承天寺寻张怀民。怀民亦未寝,相与步于中庭。庭下如积水空明,水中藻荇交横,盖竹柏影也。何夜无月?何处无竹柏?但少闲人如吾两人耳。(苏轼《东坡志林·卷一·记承天寺夜游》)

《记承天寺夜游》是苏东坡的散文名篇。全文短短八十四字,有叙事,有写景,有抒情,从容不迫,游刃有余。最为人称道的是,文中表现出来的那种潇洒自然、清奇空灵、质朴恬淡。其实,此文写于苏轼因"乌台诗案"被贬谪黄州之后,作者在政治上有远大抱负,却报国无门,心情之忧郁苦闷可想而知。但是,我们从文章中看不出一点点消沉低落之情。这正是苏东坡的旷达之处。苏轼一生,仕途坎坷,三次被贬,而他始终能随缘自适,自我排遣,保持乐观旷达的心态。苏轼曾写过一首《自题金山画像》,用自我调侃对自己一生的遭遇做了总结:"心似已灰之木,身如不系之舟。问汝平生功业，黄州、惠州、儋州。"黄州、惠州、儋州正是他三次被贬之地。

　　人的一生如坐过山车，有起必有伏，有升必有降，有得必有失。重要的是保持一颗平常心，得之不喜，失之不悲，笑看得失荣辱。如果做不到的话，那么不妨找点有益或有趣的事情来转移心思，排解忧郁。哪一个夜晚没有月亮？哪个地方没有竹子和柏树呢？只是我们很多人没有这样闲适的心情罢了。当代著名学者启功半生坎坷，历经不幸，幼年丧父，中年丧母，晚年丧妻，自己曾被打成右派，遭遇"文革"。有人问他，经历这么多磨难为何还这么乐观？他的回答十分简练，又极富哲理："我从不温习烦恼。"

小人都不可与作缘

刘真长、王仲祖共行,日旰未食。有相识小人贻其餐,肴案甚盛,真长辞焉。仲祖曰:"聊以充虚,何苦辞?"真长曰:"小人都不可与作缘。"(刘义庆《世说新语·方正·五一》)

在中国语言系统里,"君子""小人"分别是有德者与无德者的专用称谓名词。古人关于"君子"与"小人"有过很多论述,光是在一部《论语》中就有好几十处。比如,"君子怀德,小人怀土。君子怀刑,小人怀惠。""君子坦荡荡,小人长戚戚。""君子泰而不骄,小人骄而不泰。""君子和而不同,小人同而不和。""君子周而不比,小人比而不周。""君子喻于义,小人喻于利。""君子之交淡若水,小人之交甘若醴。""君子成人之美,不成人之恶;小人反是。"等等,这些论述从多个方面说明了君子与小人的区别,已经成为人们耳熟能详的警句。

正因为如此,人们常说:"宁可得罪君子,不可得罪小人。"此话初听有道理。君子胸怀坦荡,待人宽厚,即使得罪了他们也不必担心受到报复。而小人呢,心胸狭隘,睚眦必报,千万不可得罪。可是往深里想,又不对了。君子好脾气、有胸怀、好说话,大家都去欺负他,好事轮不着他,累活重活脏活都是他的;小人得罪不起,于是大家都哄着他、让着他,有缺点有错误不敢批评,有好处先让给他。这样岂不是让君子吃亏,小人得势?现实中确实不乏这样的例子。

所以还是刘琰(真长)说得对:"小人都不可与作缘。"凡是小人,都不可以跟他们有关系、打交道,要跟他们保持距离,让他们没有作恶的机会和借口。今天你得了他一分好处,明天他会连本带利地要回去,所以要"近君子,远小人"。

第五辑　豆棚闲话

爱

这是真的。

她是我的一位朋友的姑姑。出身书香门第，家境优裕，人美且知书达礼，追求者众，可是竟无一人得她青眼。30 已过尚未嫁人，在她那个年代，这是很大的年龄了，家人都为她的终身大事着急，唯有她自己不急。

她是一位医生，医术高明，医德也好，对病人耐心、温柔，有爱心。

有一次，她收治了一位病人，是一位 30 多岁的单身男士，绝症，晚期，只有一个月的生命了。她竭尽所能地照顾他，为他减轻病痛。

谁也没有想到的是，她竟然爱上了这位病人，而且要嫁给他！

几乎所有人都认为她疯了，没有人能够理解这么一种感情。家人和同事、朋友都坚决反对。但她同样很坚决，不顾所有人的反对，在病房里与这位病人举行了简朴而庄重的婚礼。

婚后,他仍是病人,躺在医院的病床上等待着末日来临;她仍是医生,无微不至地照料着他,尽力减轻他的痛苦。

不同的是,他们已成为彼此的爱人。他们所做的一切都有了爱的意味。

一个月后,他的生命走到了终点。

一个月后,她成了寡妇,从此终生未嫁,却收养了几个孤儿,直到 86 岁,她走到生命的终点。

当我听到她的故事的时候,正是她去世不久。如今,六年过去了,她的坟上,早已是青草萋萋了吧?

白　菜

白菜有大小之分,我这里专指的是大白菜。提起大白菜,大家再熟悉不过了,这是最为常见、最为普通的一种蔬菜,不管南方北方,估计没吃过的人很少。俗语曰:"萝卜白菜,各有所爱。"可见白菜和萝卜是老百姓最常吃的两种蔬菜。

我到北京上大学之后才认识白菜。第一次见到它,我马上想到了我们老家的一种蔬菜,也是这样大棵、大叶、壮硕。不过大白菜的叶子是以白为主,自下而上由白变绿,叶片硬一些;而我们老家的那种叶子是白中带黄,相对柔软一些,炖得烂烂的,我很喜欢吃,方言里读如"黄缨菜"。那时我就疑心它们有亲戚关系,后来才知道大白菜中果然有一种就叫"黄芽菜",想来就是我们所说的黄缨菜。最近查了一下,原来白菜种类很多,居然有1000余种,而且又有开发培育的新品种不断涌现,不能一一赘述。我们常见的有白口菜、青口菜、青白口菜三大类;根据生长期不同,分为春大白菜、夏大白菜、秋大白菜,即早、中、晚熟三类。

在相当长一个时期，白菜在我国冬季蔬菜供应中发挥了重要作用。在大棚种植技术发明之前，由于天气寒冷，冬季能够存活并生长的蔬菜很少很少。白菜喜冷凉气候，在-2℃~3℃的气候下能够安全越冬，所以成为很多地方尤其是北方地区冬季当家菜。每年冬天到来之际，政府就号召居民踊跃购买、储存大白菜。白菜是百姓冬季必备蔬菜，多买大白菜又能帮助农民增加收入，为政府分了忧，所以大白菜就得了一个雅号，叫作"爱国菜"。我参加工作之后，还购买和储存了好几年"爱国菜"。那时住集体宿舍，家家户户就在楼道里用一个小煤油炉点火做饭，各家的大白菜也堆在楼道里。到了做饭时间，随手从白菜堆里揪几片叶子，冲洗干净就可以炒菜了。有时候不小心拿错了别人家的，也没人跟你急。大白菜耐储存，存放久了，最外面一层会渐渐干枯脱水，成为一层保护膜，为内部保温保湿。冬季在最低气温为-5℃左右时，大白菜完全可以在室外堆储安全过冬。如果温度再低，则需要窖藏，还可以腌制成酸菜、咸菜。所以中国的老百姓特别是中国北方老百姓对白菜有特殊的感情。在经济困难的时期，大白菜几乎是整个冬季唯一可吃的蔬菜，一户人家往往需要储存数百斤白菜以应付过冬。

从屈原开始，中国古代诗人喜欢以"香草美人"互喻。《离骚》整篇可见香草美人的诗句，如"惟草木之零落兮，恐美人之迟暮",又如"芳与泽其杂糅兮,唯昭质其犹未亏",再如"何所独无芳草兮,尔何怀乎故宇"。如果附庸风雅,把蔬菜比作女人的话,那么白菜肯定不是绝大多数男人喜欢的那一类。身材曼妙,婀娜多姿,亭亭玉立,娇小玲珑,风情万种……这些美妙的词语都跟它无缘。它五短身材,体态臃肿,叶片阔大,毫无曲线,浑身上下圆滚滚的,像个水桶一样,无论怎么看也不是大家闺秀或者小家碧玉,顶多也就是个粗使丫头或者村姑,只配做些"洒扫房屋来往使役"的粗活儿,身份低贱得很。所幸皮肤还不错,水分也丰富,细嫩甘脆,汁白如乳,总算挽回了点面子。天生的缺陷决定了它是上不得台面的,永远只能做做家常菜。人们形容某样物件卖亏了,往往会说"卖了个白菜的价儿"。那话里透着可惜。

别看大白菜现在身份低贱,其实人家"祖上也曾阔过"。白菜古代叫菘。这个名字一看就很不寻常,意即白菜像松柏一样凌冬不凋,四时常有。白菜原产于中国南方,由于在隋唐、宋元前,中国的政治经济文化重心在北方,所以在汉代以前似无记载,只是到了三国以后,白菜才见于记录,如《吴录》载:"陆逊催人种豆、菘。"但是隋唐之前白菜种植还不是很普及。古代人能吃到的蔬菜品种少,对白菜十分喜欢。南宋诗人杨万里就曾写过《进贤初食白菜,因名之以水精菜云二首》,其中一首曰:"新春云子滑流匙,更嚼冰蔬与雪蕴(蕴,捣碎的菜)。灵隐山前水精菜,近来种子到江西。"前面提到的黄芽菜,又称黄芽白菜、黄芽白,有南北两种。清朝光绪二十四年(1898年),《津门纪略》中记有"黄芽白菜,胜于江南冬笋者,以其百吃不厌也",以至其又有"北笋"之称。

白菜的做法很多,无论是炒、熘、烧、煎、烩、扒、涮、凉拌、腌制,都可做成美味佳肴,特别是同鲜菇、冬菇、火腿、虾米、肉、栗子等烧,可以做出很多具有特色风味的菜肴。我在北师大读书的时候,最喜欢吃的一道菜就是醋熘白菜。工作以后,家离北师大近,有时懒得做饭了,就溜达到北师大去点几样家常菜,其中多半就有醋熘白菜。

更为重要的是,大白菜具有较高的营养价值,白菜中含有维生素B、维生素C、钙、铁、磷,含有丰富的粗纤维,微量元素锌的含量也非常高。中医认为白菜性微寒无毒,经常食用具有养胃生津、除烦解渴、利尿通便、清热解毒之功效,能够防治多种疾病,比如肠癌、乳腺癌,能够养颜护肤,故有"百菜不如白菜"的说法。

白菜吃完了,剩下的菜心,我们也舍不得扔掉。盛一碗清水,把白菜心养在里面,放在窗台上,过不几日,一枝细茎就从菜心中冒出,茎上又生出新芽,长满了细小的花苞,嫩嫩的、绿绿的,煞是可爱。等得花苞开放,黄花绿叶,清新纯正,花蕊中散发出的清香,浓郁而绵长。旁边配以一盘清碧蒜苗,一室清芬。

因此,大白菜虽然品相粗鄙、价格低廉,可人们并不因此而小瞧它。它顽强,健康,壮硕,生命力强,全身有用,富于营养。大观园里的千金小姐固然金贵,可是她们一刻也离不开那些粗使丫头。试想,如果人人都去吟诗作赋,家务活儿谁来干?那些千金小姐又怎么能过上"衣来伸手,饭来张口"的自在生活?同样,大白菜固然平常,可是在经济困难时期是它保证了百姓的生活所需,即使在生活富足之后人们仍然喜欢这一口儿。吃多了鸡鸭鱼肉,吃多了山珍海味,人们往往需要大白菜来解解腻、爽爽口、清清肠道。所以人们常说:"鱼生火,肉生痰,白菜豆腐保平安。"

萝　卜

曾经写过一篇随笔《白菜》,现在谈谈它的"难兄难弟"萝卜。

在正式开谈之前,我要郑重向萝卜道个歉:"对不起,萝卜先生,误会你了!"

此话怎讲?

长期以来,我对萝卜的印象并不好。不好的原因,是我一直把"胡萝卜"当成"萝卜"。胡萝卜,无论是生吃还是熟食,都不好吃。生吃还好点,有点甜味,可当水果,可是吃多了烧心反胃。煮熟了吃呢,有一股说不出的难闻的味道。虽然明知道胡萝卜营养很丰富,可是那股味道还是让我难以忍受。所以我一直都不喜欢它。直到写这篇文章之前,我查了一下才发现:天哪!原来胡萝卜不是萝卜!这是什么道理?难道"白马不是马"?可是千真万确,胡萝卜不是萝卜。我竟然误会它几十年!

好吧,现在说萝卜。

与白菜一样,萝卜的档次也不高,属于蔬菜中的"下里巴人"。老百姓喜欢把萝卜和白菜相提并论,有句俗话说:"萝卜白菜,各有所爱。"这是说各人喜好不同,不可强求。在现实中,有人喜欢萝卜,有人喜欢白菜,有人既喜欢萝卜又喜欢白菜,有人既不喜欢萝卜又不喜欢白菜,你还真管不着。

"十月萝卜赛人参。""冬吃萝卜夏吃姜,不用医生开药方。"这都是说萝卜的好,虽然是民间谚语,但是有科学依据的。萝卜主要有白萝卜、红萝卜、青萝卜、水萝卜,各有各的功能。现代营养学研究表明,萝卜营养丰富,含有丰富的碳水化合物和多种维生素,其中维生素C的含量比梨高8~10倍。再说药用价值。从中医上讲,白萝卜可以止咳化痰,促进消化,适合"老慢支";红萝卜可以清热解毒,生津止渴,适合心脑血管病患者;青萝卜消积祛痰,清热舒肝;水萝卜滋阴降火,消肿解毒。小儿食积也可煮萝卜水,消积理气。明代著名的医学家李时珍对萝卜也极力推崇,主张每餐必食,他在《本草纲目》中提到,萝卜能"大下气,消谷和中,去邪热气"。

萝卜的做法很多。著名作家汪曾祺曾经写过一篇《萝卜》。汪曾祺先生是美食家,也是吃货,他喜欢吃萝卜,也会做萝卜。他在文章中介绍了各地的多种萝卜,也介绍了萝卜的种种做法。他说,将扬花萝卜(即北京的小水萝卜)斜切成薄片,再切为细丝,加酱油、醋、香油略拌,撒一点青蒜,极开胃。若与细切的海蜇皮同拌则尤佳,在他的家乡是上酒席的。我对萝卜的感情还没到那么深,不过也不反感。我的厨艺也不佳,做不出那么多花样来。做得最多的是牛腩炖萝卜,据说可以去腥。有时也凉拌着吃。

萝卜身份卑微,但也能做出名菜。著名的"牡丹燕菜"就是用萝卜烹制的。牡丹燕菜是洛阳水席24道名菜的首席菜,犹如盛唐时期艳装而出的妇人,甫一出场便吸引所有人的目光,一朵洁白如玉、色泽夺目的牡丹花浮于汤面上,花艳、菜香、汤鲜味美,酸辣香郁,爽滑适口。据传,一千三百多年以前,武周年间,女皇武则天为视察龙门卢舍那大佛的凿刻,驾临洛阳仙居宫。适逢城东关下园村长出一棵特大白萝卜,长有三尺,上青下白,重三十多斤,菜农视为奇物,敬献进宫。女皇见了,圣心大悦,传旨厨师做菜。厨师深知用萝卜做不出什么好菜,经过一番苦思,使出百般技艺,对萝卜进行了多道精细加工,切成均匀细丝,并配以山珍海味,制成羹汤。女皇品尝之后,赞其清醇爽口,沁人心脾,观其形态酷似燕窝丝,当即赐名为"假燕菜"。从此,王公大臣、皇亲国戚设宴均以萝卜为料,"假燕菜"登上了大雅之堂,成为洛阳传统名菜,流传至今。1973年,周恩来总理陪同加拿大总理特鲁多到洛阳访问。厨师在烹调此菜时,取牡丹花入肴,使之浮于汤面,使"洛阳燕菜"更加鲜艳夺目,深得贵宾们的称赞。

周总理见菜后说道:"洛阳牡丹甲天下,菜中也能生出牡丹花。应该叫'牡丹燕菜'。"可见,只要用心,就能化腐朽为神奇。

我吃过的印象最深的是一道萝卜红烧五花肉,那味道香极了。这道菜里面,萝卜的好吃程度超过了肉,萝卜是主角,肉反而成了配菜。我们请教厨师,他给我们介绍了制作过程。一个白萝卜切滚刀块备用;五花肉切块,凉水下锅;水煮沸,把肉煮出沫,捞出用凉水洗去沫,沥干水。凉锅凉油放冰糖,把冰糖炒化,炒出糖色,放入肉,翻炒均匀,放入生抽、老抽、花雕酒调味,再放入萝卜,还有各种香料。把肉与萝卜从炒锅中倒入高压锅,加水,大概和食材相同即可。高压锅大火煮20分钟,转小火煮15分钟即可。说起来很简单,真要做出这个味道,谈何容易?肉烂,萝卜香,肉味都进萝卜里了。萝卜咬开,外红内白,味道超好。最后萝卜都被挑光了,剩下来的都是肉。

我的家乡盛产萝卜,至今已有千年种植历史。清乾隆庚午年(1750年)编修的《如皋县志》载:"萝卜,一名莱菔,有红、白二种,四时皆可栽,唯末伏初为善,破甲即可供食,生沙壤者甘而脆,生瘠土者坚而辣。"如皋萝卜皮薄、肉嫩、汁多,味甘不辣,木质素少,远近闻名。"熟食甘似芋,生荐脆如梨。"有这么一句谚语:"萝卜响,咯嘣脆,吃了能活百来岁。"清初大戏曲家李渔就出生于如皋,他也特别喜食萝卜,他认为萝卜"初见似小人,而卒为君子"；他喜欢把萝卜切丝做小菜，伴以醋及他物，用之下粥。家乡特产腌制萝卜皮至今仍是我喜爱的下粥小菜。

萝卜、白菜，似乎都代表了一种平民生活的烟火气和简单的幸福。清代著名植物学家吴其濬在《植物名实考》中，极其生动地描绘过北京人争购水萝卜的情景："冬飙撼壁，围炉永夜，煤焰烛窗，口鼻戺黑。忽闻门外有卖水萝卜赛如梨者，无论贫富髦雅，奔走购之，唯恐其过街越巷也。"他对水萝卜的评价是："琼瑶一片，嚼如冷雪，齿鸣未已，众热俱平。"

别看萝卜不上档次，您可千万别慢待了它。为什么？"萝卜不大长陂（辈）上"！

书卷多情似故人

"书卷多情似故人,晨昏忧乐每相亲。""三更有梦书当枕,千里怀人月在峰。"把书卷比作故人,将读书与怀人并列,这是爱书人的痴语。"万般皆下品,唯有读书高。"这是对知识的敬重、对读书的尊崇。所以,古人把读书这件事看得特别郑重,对读书的环境格外挑剔,对书卷的态度格外恭敬。春晨秋暮,花朝月夕;明窗净几,沐浴更衣;净手焚香,正襟危坐;轻捧书卷,虔敬诵读。读书,不仅仅是为了获取知识,其行为本身就是一种净化灵魂的修行,一种向书籍致敬的庄严仪式。

书籍既为故人,那么读书即是与故人促膝长谈,倾心交流。青灯黄卷,如对故人;悲喜与共,款曲相通;思接千载,神游万里。书籍是温暖的,它能够滋润你枯竭的心田,慰藉你孤独的灵魂;书籍是热情的,它邀李白与你对酌,请杜甫为你放歌;书籍是神奇的,它能够提升你的"颜值",增添你的气质,让你"腹有诗书气自华";书籍是忠诚的,无论你是贫穷还是富有,是健康还是残疾,是得意还是失意,它总是不离不弃,忠诚相伴……书籍的可爱、读书的乐趣真是不可尽述。南宋诗人郑思肖写自己在报国寺的隐居生活,只用了寥寥十一个字:"布衣暖,菜羹香,诗书滋味长。"一个"长"字,让人回味无穷。

我们今天遥想古人的风范,仍然艳羡不已。不过时代已经发展到了21世纪,如果我们照搬古人的程式,附庸古人的风雅,把每一次读书都做成一个庄严的仪式,未免矫情而可笑。在私人空间里,站读,坐读,卧读,怎么舒服怎么读,绝对不会再有教书先生拿着戒尺打你的手心。而且,随着新媒体的发展,纸质图书不再是获取知识的唯一途径,读书已经衍变成更广义的"阅读"。一部小小的手机,一个神奇的微信,可以随时随地让你实现阅读,完成阅读。有人抱怨新媒体影响了人们的阅读,我的看法正好相反,新媒体让阅读变得更加快捷而方便,是对传统阅读方式的拓展和延伸。

我是一个比较守旧的人,我还是比较喜欢纸质书籍那淡淡的墨香,喜欢纸张在手中翻动的感觉;但我也不拒绝接受新鲜事物,微信等新媒介已经成为我阅读的一个重要途径和有益补充。当然,遇见特别喜欢的书,我是一定要买来放在家里的。看着实实在在的书静静地卧在我的书柜里,我的心感觉特别踏实而充实。

我至今仍算是一个爱书之人,可是我爱的大多是无用的闲书,"经世济国"之类的有用之书委实读得不多。清人张潮在《幽梦影》里说:"少年读书,如隙中窥月;中年读书,如庭中望月;老年读书,如台上玩月。"我的年龄早已过了少年阶段,可是仍然只会"隙中窥月",未得其精髓和要义,可见不会读书。

[本文系《三更有梦书当枕》(之二)序言,收入本书时有删节]

取法自然　真诚剀切

——略谈《三更有梦书当枕》(之二)与我的散文观

在文学的诸般样式中,散文是我最喜欢的一种。在我看来,散文是一种最直接表现自我、离心灵最近的文学样式,她最适合表达真情实感,她最打动人的也是其中蕴含的真挚感情。好的散文,是从作者的心里流淌出来的,直抵人心。

真情实感是散文最优秀的品质。白居易说:"感人心者,莫先乎情。"冰心也说过:"你的感情只要有一点儿不真实,读者一下子就会念得出来。所以要对自己真实,要把自己的真情实感写出来。"有的研究者把真情实感视为散文创作的基石,甚至提升到本体论的地位,是不无道理的。真实是散文的生命,感情是散文的灵魂。一篇散文如果没有真情实感,那就如周作人所说,"好像是出了气的烧酒,一点味道都没有"了。如果一个作家在散文中弄虚作假,欺骗读者的感情,一经发现,必将为读者所唾弃。当然,强调真实,不是说散文必须亦步亦趋地描摹生活原貌,而是说作品中的事实和感情必须是真实的,不能虚构;至于对一些细节和心理活动进行合理想象,则是完全允许的。

所以在写作中,我最重视的就是作品的感情。我的每篇散文都是用心写出来的。所谓"用心",第一,当然是指态度认真,不马虎,不将就;第二,更是指感情真挚,发自内心。

《三更有梦书当枕》(之二)就是我交给读者朋友的一部心血之作。书中所收的是我过去若干年中所写散文的一部分,分为"秉烛谈""怀人篇""寸心集"三辑。无论是读书随笔,还是忆人散文,或是随想随感,我都是有感而发,绝不无病呻吟,"为赋新词强说愁"。

读书随笔几占全书一半篇幅,是全书的重头部分。从小到大,我都算一个爱书之人,至今虽然受到互联网和手机微信的冲击,但我依然每天手不释卷,枕书而眠。"书卷多情似故人,晨昏忧乐每相亲。""三更有梦书当枕,千里怀人月在峰。"书籍带给我无穷的乐趣。

有所读必有所思、所感、所悟。我上大学的时候,受到周作人、曹聚仁、唐弢的影响,喜欢上了书评、书话,我最推崇的是那种"言在书中,意在书外"的读书随笔,多年来断断续续写过不少。我的第一部散文集《三更有梦书当枕》即是30岁之前所写这类文字的合集。即便后来写评论文章,我也喜欢用随笔的笔法来写,尽量写得轻松一点、优美一点、柔和一点、活泼一点,读起来不致令人生厌。

忆人散文是本书第二个重点,是我用情最深的部分,也是最为评论家所推重的部分。我写人,绝不为写而写,而是确实有所感受、有所触动,他(她)的形象已经在我脑海中完整呈现,呼之欲出,我才动笔记录下来。比如,关于文化名人。文化名人往往是一些作者爱写的题材。由于工作关系,我曾经接触过不少文化名人,但是我所写不多,因为多数只是泛泛之交,没有触动我的神经。只有启功先生是个例外,因为我对他怀有极深的感情,不但写了大量文章,还写了中篇纪实文学《启功:文衡史鉴总菁华》,还出过一本《三读启功》。这本书中所收散文《站在启功先生墓前》已经广为人知。在我心目中,启功先生已经不是一个万人景仰的文化名人,而是一位品格高洁的忠厚长者,是我的亲人,他的高尚品德已经融入我的血液,成为我精神力量的一部分。

散文要有真情实感,但是有了真情实感,不一定能写出好的散文。首先,这种感情应该是独有的,不是所有的感情都值得写出来。其次,感情的表达,一定要内敛、节制、含蕴,切忌煽情、滥情、矫情,要达到"此时无声胜有声"的效果。比如关于亲情。亲情也是很多散文作者爱写的题材之一,有关亲情的散文书籍简直汗牛充栋,但是能给我们留下印象的是凤毛麟角。我们在绝大多数亲情散文中,读不出他们的感情和别人的有什么区别,无非都是歌颂父爱母爱的伟大,没有什么独特之处。这样的散文读得多了,难免给人审美疲劳之感。而我笔下的父亲,是一个有着缺陷、有着不足、我从小并不亲近的父亲,我写的时候并没有为尊者讳,把他写得十全十美,而是如实地把他的这些缺点、不足都写了出来。这是一个真实的父亲形象,他的缺点一点也不影响他对儿女的亲情,所以他的形象具有一种感人的力量,这篇散文被不少读者誉为"当代的《背影》"。

再如关于友情。不少读者(包括作品主人公邢爷的夫人)都说,我的散文《好汉邢爷》写得很生动,塑造了一个鲜活有趣、充满激情、可亲可敬的邢爷形象,他们边看边笑边流泪。我写这篇散文时,邢爷已经进入弥留状态,不久即去世了。按照常规,我应该写得很正式、很庄重、很严肃,甚至很沉痛。但是我想,这跟邢爷的个性完全不符,他本就是一个乐观开朗的"活宝",就算他进了天堂,他也不希望读到一篇凄凄惨惨戚戚的文章,不希望看到一个一本正经没有生气的邢爷。所以我在下笔时,完全不按常规,而是用带着调侃的笔调回忆他的旧事,达观开朗的邢爷形象跃然纸上。我相信这是唯一的邢爷,而不会与别人雷同。

我对散文的语言也非常讲究。汪曾祺说:"写小说就是写语言。"散文更是如此。好的散文,既要典雅精致,又要明白如话。我喜欢冲淡平和、含蓄隽永、言浅情深的文字,在不动声色中蕴含着极深的感情。很多人都喜欢汪曾祺的作品,说他的语言精致,有音乐美、绘画美、建筑美,值得回味。其实汪曾祺很少用华丽的辞藻,他的语言都很平实,却能营造出无穷的韵味,这完全是炼词造句的功夫。再往前看,唐宋明清的很多散文经典,虽是文言文,但是我们几百年以后的今人读起来却一点困难都没有,而且回味绵长。我喜欢这样的文字,也在努力追求这样的境界。我在写作中,特别注重语言的锤炼。我的每一篇文章,哪怕是几百字、千把字的短文,都要仔细推敲,字斟句酌,反复修改。很多作品我还要读一遍,通过阅读来体会每一个字眼是否熨帖。著名作家贾平凹说:"徐可的文字,取法自然,明净无尘,真诚剀切,是至高的书写,也是人生的法度。"也有评论家说我"语感好"。这都是对我的肯定和鼓励。语言典雅精致又明白如话,这是对祖国语言的尊重,也是对读者的尊重。我们提倡有难度的写作,但绝不要制造"有难度的阅读"。作家应该想方设法把作品写得让人能读爱读,而不是云山雾罩,故弄玄虚,不知所云。

中国是散文大国,有着辉煌的历史和优秀的传统,我们当学习继承,从中汲取营养,进而开拓创新。我热爱中国传统散文,从中受益匪浅。在五四以来的前辈散文作家中,周作人、孙犁、董桥、汪曾祺等人的作品对我的散文写作影响很大。董桥说:"散文须学、须识、须情,合之乃得 Alfred North Whitehead(阿尔佛雷德·诺思·怀特海德)所谓'深远如哲学之天地,高华如艺术之境界'。"学、识、情是优秀散文的三大要素,以此标准衡量,合格的散文不多,我们需要努力的空间很大。

背着故乡去远行

1984年9月初,我第一次离开家乡到外地上大学。在此之前,我的活动范围小得可怜,初中之前基本就在本村(那时叫"大队")。人民公社时期,每个大队都办有学校,从幼儿园到小学再到初中。一般而言,每个孩子都可以完成初中教育。能否考上高中,大体取决于两个因素:一是学习成绩,二是经济条件。二者缺一不可。为了孩子的前途,大多数的家庭哪怕砸锅卖铁,也要供孩子上学,以便跳离农门。我们大队的那个学校叫"阔东河学校"。每天早晨,我沿着门前小河边的土路,迎着朝霞上学去;每天傍晚,依然沿着这条土路,顶着夕阳回家来。多年以后,当我回想起这所早已不存在的学校时,我才想到一个问题:阔东河是什么河?故乡的小河极多,大多是无名的,从来没有听说过哪条河叫阔东河。如同里下河不是河一样,阔东河也不是河。也许只是一个记忆吧。

家门前的小河、河边的土路和阔东河学校,都给我留下了深刻的记忆。河边的土路,路面铺着一层薄薄的细沙,在太阳的照耀下金光闪烁,令我遐想人生美好的前程,十几岁的我曾为此写下过一篇稚嫩的散文《闪光的路》。我在阔东河学校完成了幼儿园到初中教育,历时九年半,其中经历了两次学制改革(小学时由春季入学改为秋季入学,初中时由两年制改为三年制)。这里留下了我的很多回忆,辛酸的、甜蜜的,可是我没有为她写下过一个字。

这几乎就是我每天的行动路线。高中进了位于县城的省级重点中学,寄宿制,离家又远,除了隔一两个月回一趟家之外,更没机会外出。若不是因为几乎所有的亲戚家都在邻县,恐怕连离开本县的机会都没有。我家和邻县只隔一条小河,生活习惯、方言风俗几乎完全一样,而且属于同一个市(专区、地区),所以实际上从来没有离开过家乡。

家乡所在地是江海平原,位于江苏省东部。从江海平原这个名字就可以看出,家乡的地貌有三大要素:江、海和平原。江是长江,海是黄海,大江大海相冲击,形成这片大平原,故名江海平原,又叫南通平原或如皋平原。江海平原,东临黄海,南濒长江,北接里下河平原,这片一望无际的广袤土地上,曾经演绎过许多或凄美或悲壮的故事。然而在我生活于斯的那个年代,这里太平静了,平静得连风吹过时都不好意思发出大声。阡陌相通,鸡犬相闻,邻人友善,岁月安宁。

于是我决定出去走一走,离开家乡去看看外面的世界。第一次离开家乡,我没想到这第一步就迈得很大,一步就跨到了远在千里之外的首都北京,那所著名的高等学府为我打开了别一个天地。而且,这一离开,就再也回不去了。客居京城三十多年,也走南闯北、东奔西走三十多年,"流水它带走光阴的故事,改变了一个人"。岁月,它改变的岂止是一个人的容貌?举个小小的例子,从小吃惯米饭的我,不知从何时开始,对面食的兴趣竟超过了米饭;曾经被我视为懒人食物的饺子,现在却成了我最爱的食物之一(北谚有云:"好吃不过饺子,舒服不过倒着。"又云:"谁家过年还不吃顿饺子?"可见在北人眼里,饺子是最好吃的美食);曾经闻不得羊肉的膻味,现在涮羊肉、烤羊肉串却吃得满嘴流油……胃是最不会伪装、最不会骗人的,喜欢就是喜欢,不喜欢就是不喜欢。你让它装,一时半刻可以,时间稍长它就会抗议。如果从文化学角度来研究,饮食习惯的改变,恐怕包含了很多内容和意义,我只知道,我离故乡越来越远了……

的确,在很长时间内,我以为我已经远离故乡了。从地理距离上,这是不消说的;从心理上来说,似乎在有意无意之间,我也在远离着故乡……

人都说童年美好,可是我的童年、少年留给我的,却是饥饿和贫穷的记忆。这是我们那个年代的人共同的记忆。这些年不少朋友出差或旅游到我家乡,都由衷赞叹:你们老家真富啊!是的,现在的家乡几乎是全中国最富庶的地区了,老家人住的房子比我在北京的都好,侄辈们开的车几年就要换一辆新的。家乡变化之大,用小时候常用的成语"翻天覆地"来形容,一点都不为过。可奇怪的是,如此沃野千里、河流密布、风调雨顺、物产丰阜之乡,为何在那么多年里却穷成那样,穷得让它的子民屋不遮漏、食不果腹、衣不蔽体?过去家乡流传一首歌,其中有一句"小六子,吃供应",说的是在地区所属六县里,家乡所在县排名第六,每年都要靠国家"供应"(救济)。原来总觉得穷是件怪丢人的事情,后来才明白,家家贫穷,人人挨饿,那就不是个人的问题了。

所以,在很长时间里,我是不愿意回想故乡、不愿意回想童年生活的。每一次回望,带来的只是辛酸。

奇怪的是,随着时间的推移、年龄的增长,故乡,在我心目中的分量却越来越重,一些以为早已忘却的记忆却越来越清晰。这些年来,故乡的人、物、事经常在我脑海中浮现。一些之前觉得很无聊的童年游戏,现在想起来却充满童趣;一些以前觉得苦涩的往事,现在想起来却那么温馨。比如,我们那个年代的小孩大多玩过同样的游戏,跳格子、打弹子、推铁环、"绷大河"等,但是像"锹儿站"这样的游戏,几乎就是我们当地独有的了。再比如堂姑家失窃事件,在我的记忆里深藏多年了,但我也仅仅把它视为一件小小的盗窃案而已;时隔多年,我才从队长劈手打掉二爹爹手中的臿子这一举动中体味出人性的善良。还有电影场上发生的那个故事,多年来我一直羞于说出口,现在想来,那其实是在那个特殊的年代,在封闭的乡村,一名年轻女子对爱情的饥渴和大胆的追求(当然追求的方式未必妥当)。拨开三十多年的迷雾回望故乡,我读出了过去很多年读不出的东西。于是,我极吝啬地、零零星星地写了几篇回忆故乡的短文。我始终认为,亲情散文、乡情散文,都要慎重,既不要刻意地美化故乡、诗化故乡,也不要一味展示过去的苦难以赚取同情的眼泪。所以,我总是写得很克制、很冷静,尽量不让内心的感情左右我的文笔。

由于工作的缘故,这些年来,我走过了很多地方,到过高度发达的东部沿海城市,也去过经济落后的西部地区;看过繁花似锦、丽山秀水,也见过莽莽荒原、茫茫大漠。在大地上行走,我不仅用脚,也用心。古人云:"读万卷书,行万里路。"我喜欢读书,也喜欢旅行。在我看来,读书与旅行,不但能增长学识、见识,也是了解社会、认识人生的重要途径。每到一地,我都用心观察、用心体会,力图发掘人所未见、未闻、未思。每一个地方都能给我别样的感受,让我有所思有所悟有所得。我把这些所见所思所悟所得记录下来,试图端出一盘有点独特风味的"私家菜"。

于是,有了本书中第二、第三辑那些文字。大地之大,山川之美,无可想象,前人所述备矣,到此一游式的游记只能是拾人牙慧。如果没有自己独到的感受,那么还是请"惜字如金"吧。我就像一只踽踽独行的蚂蚁,试图留下一点与众不同的小小印记而已。

在大地上行走,故乡离得越来越远,变得越来越小,小到了只剩下地图上一个小小的黑点。见过了太多的风景,家乡的风景变得越来越平淡无奇。本县南濒长江,可是我在家乡长到了十几岁却从来没有见过长江;直到离开家乡三十年之后,才有机会第一次站在家乡的江边看长江,却早已没有了第一次看到长江时的兴奋。看缓缓流淌的浑浊而浩渺的江水,看巍峨的巨轮和大桥,心情竟无比平静。

然而正是这样的平淡,才是故乡在游子心中应有的形象。苦难也好,幸福也罢,都被雨打风吹去;贫穷也好,富裕也罢,故乡始终是生你养你的地方。历经岁月的风风雨雨,故乡早就洗净铅华,平淡是真。乡愁既不是"牧歌",也不是"挽歌",而是平平常常一首老歌。

其实,我知道,无论我走得多远,也无论我走得多久,故乡都如影随形,紧紧地跟着我,一刻都不分离。故乡是人生的起点,也必将是人生的终点。无论最后叶落何方,你的心肯定会回到故乡的。就像当年那首校园歌曲里唱的:"蜗牛背着那重重的壳呀,一步一步地往上爬。"小小的蜗牛,无论走得多远,永远背负着重重的壳。那是它的家,是它安身立命之所在,也是它的家乡。

感谢里下河文学研究中心垂青,将我这部不成熟的集子纳入"里下河文学流派作家·星书系",让我得以有机会再次回望故乡。如前所述,我家就在江海平原和里下河平原接壤地带,无论是地理条件、气候条件、生活习惯、风俗人情、方言口音还是文化传统,两地都高度一致,几无区别。相同文化传统的熏陶,使我们的审美趣味也高度接近。里下河文学旗帜性人物汪曾祺先生是我最喜爱的现代作家之一,汪先生的冲淡平和、隽永多姿令我着迷。从中学起我就爱读汪先生的作品,几十年里诵读不辍,越读越有味。

(本文系散文集《背着故乡去远行》代序,收入本书时有删节)

月是故乡明

每个人都有一个故乡。故乡哺育了我们的生命,也涵养了我们的精神,所以一个人的性格、气质都与所处地域有一定关联,正所谓"一方水土养一方人"。自古以来,故乡、乡愁始终是文学创作的一个重要主题,故乡是文学的起点,更是创作的富矿。美国作家福克纳终其一生都在书写他的家乡,"那块邮票般大小"的奥克斯福;中国作家莫言笔下的"高密东北乡"也扬名天下。我国古代的诗人们,不惜用最美丽的语言赞美自己的家乡,倾诉思乡之苦、思乡之情。"露从今夜白,月是故乡明。""忽闻歌古调,归思欲沾巾。""此身如传舍,何处是吾乡。""行人无限秋风思,隔水青山似故乡。""宦情不独今年薄,游子从来念故乡。""望极天涯不见家,家在梦中何日到。""洛阳城里见秋风,欲作家书意万重。复恐匆匆说不尽,行人临发又开封。"关山万里,何日归故乡?鸿雁声断,难诉思乡情。这种有家归不得的煎熬,令游子对故乡的思念尤其浓厚,牵挂更加强烈。古人留下的优美篇章汗牛充栋,成为我国古代文学宝库中的宝贵财富,至今仍令我们感动不已。西晋文学家张翰,就因为思念故乡的美食,连官儿也不当了,驾起车子就回去了,给我们留下了一个美好的成语——"莼鲈之思"。

在当下的散文创作中,故乡、乡愁也是作家们偏爱的一个主题。交通工具的便利和通信手段的发达,使故乡变得不再遥远,免去了人们的归乡之难与思乡之苦;然而,时代的飞速发展、社会的快速转型、故乡的巨大变化,令人眼花缭乱,心情复杂,尤其是日益衰落、不断消失的乡村,更是令作家们倍感惆怅、失落。他们无限怀念记忆中的那个故乡,那也许只是一个贫穷、落后、闭塞甚至愚昧的小山村,可是在他们的笔下却都美好如世外桃源一般,岁月静好,民风淳朴,山清水秀,草木葳蕤。于是,怀旧成了当代乡情散文的主题。这种感情无可厚非。中国有句古话:"儿不嫌母丑,狗不嫌家贫。"这本是一个值得称道的美德,但是如果无限放大记忆中故乡的好而不加分析地排斥它的变化,这就失之偏颇了。

在涉及故乡、乡情题材散文的写作上,我始终秉持谨慎、克制的态度。我认为,既不要刻意美化故乡、诗化故乡,也不要一味展示过去的苦难以赚取同情的眼泪;同样,对于新农村建设过程中出现的问题,要本着科学、客观、理性的态度进行观察、思考、分析。因此,在三十余年的散文写作中,关于故乡的散文不过十余篇。这些散文集中在新近出版的《背着故乡去远行》(作家出版社2018年10月第1版)一书中。在这本书里,我深情回忆了故乡的人:我的慈祥的外婆(《外婆家》)、我的淳朴的父亲(《父啊,我的父啊》);故乡的事:童年时代的游戏(《"锹儿站,家里喊"》)、露天电影场上的奇遇(《昨晚你到哪去了》)、邻家失窃的往事(《贼子》);故乡的景:夜晚的美(《夜行》)、刺槐树的美(《故乡的刺槐树》)。我还抒写了离别故乡的不舍之情(《别情》)。我用最质朴的语言,表达了我对故乡、对亲人最深沉的感情。故乡的人、故乡的事、故乡的景,什么时候想起来心里都是暖暖的、温馨的。

然而,当我回望故乡时,我并没有回避它曾经的贫困、落后,我没有一丝一毫地美化它。时光长河的冲刷,并没有淡化过去贫穷生活留下的记忆;相反,拨开时间迷雾再去打量故乡,我的眼光更加客观、科学、冷静,我更多地思考"为什么"和"怎么办"。《日暮乡关何处是》就是我经过深入观察、思考写下的一篇散文。春节返乡,踏访已经消失的村庄,我的心中难免有一丝惆怅,然而我并没有"为赋新词强说愁",相反,我由衷地为故乡的巨变而高兴。曾经熟悉的村庄,留给我的记忆是温暖的、温馨的、温情的,但也是贫穷的、饥饿的、愚昧的。那样的"乡愁"不应该是我们所要的。如今,经过家乡人民的努力,家乡发生了天翻地覆的变化,乡亲们终于过上了幸福、温饱的生活,难道这还不值得我们为之庆幸吗?

当然,在新农村建设的过程中,也出现了一些问题,主要体现在两个方面:一是物质的,环境污染;一是精神的,道德滑坡。这些问题都很重要,我在写作中也做了认真思考。我认为,它们是发展中的问题,还是要在发展中解决。万万不能因噎废食,更不能抱残守缺,回到过去那种状态中去。所以我说:"我们呼唤乡愁,绝对不是要再回到过去那种贫穷的生活中去。与保护古村落同等重要或者比前者更重要的,是涵养乡村文化、培育乡村精神,让乡愁'诗意地栖居'。我们不能死守着历史抱残守缺,而是要从现实中寻找答案,让乡愁长驻在我们的心灵深处。""乡愁既不是'牧歌',也不是'挽歌',而是平平常常一首老歌。"

所以,我们书写故乡、抒写乡愁,不能仅仅停留于缅怀"过去的好时光",不能总是唱着"昨日的歌谣",而是要和着故乡发展的步伐,一同前行,让乡愁滋养我们的文学,让我们今天的书写,成为故乡发展的见证,成为后来者的历史。

更有清流是汨罗

2018年端午节过后,我和一批作家、诗人专程去湖南汨罗叩拜中华民族的诗祖屈原,我们在屈子祠举行了隆重的祭屈大典。虽然一直就景仰屈原高尚的人格,但我起初并没有打算写他。原因很简单,千百年来,有关屈原的诗文汗牛充栋,几乎所有能写的都被前人写遍了。我并没有找到一个合适的切入点,能够恰当地表达我的感情。

忽然,我听说这里有一座杜甫墓。原来,杜甫在他人生的最后岁月也流落于此,去世于此,葬身于此。我的心灵突然被触动了。两位爱国主义大诗人居然有着同样的命运遭际,最后又长眠于同一条江边,难道仅仅是一种巧合吗?在简陋、寒碜的杜甫墓前,我百感交集。人们在阅读前人的文学作品时,常常有一种奇妙的感觉,仿佛作家文中所写的,句句都是我心中所想的,那是一种心灵相通的感觉。来到汨罗江,我相信杜甫的心与屈原的心也是相通的。之后的阅读证明了我的判断是准确的。屈原与杜甫,同样胸怀政治理想,同样具备高尚人格,同样遭到小人谗言,同样罢官去职,同样流落湖湘,最后又同样葬身于汨罗江畔。更更重要的是,杜甫对屈原非常景仰,在心灵上与屈原有着共鸣,他几乎是追随着屈原的脚步而来。这在他的诗文中多有表现。这一发现,令我激动也令我感动,我立即决定,我要写下我的发现、我的感动,写下两颗伟大心灵的遥相呼应,于是就有了这篇《汨罗江畔,屈原与杜甫的相会》。

近年来,我致力于历史文化散文的写作。我发愿选择一批对中华文明有着杰出贡献的历史文化名人,用散文的笔调,发掘他们灵魂深处的高贵品质,探寻其对当下文化建设的意义。这些年来,一些历史文化散文受到人们的诟病,这一现象值得深思。历史文化散文比一般题材散文对作者有更高的要求。董桥说,散文须学、须识、须情。我认为,历史文化散文更应如此。学是基础,识是根本,情是灵魂,三者缺一不可。或有新的视角,或有新的发现,或有新的感悟,或有新的笔墨,方可落笔为文。切忌拾人牙慧,炒人冷饭,绝不能成为史料的"搬运工"。唯有如此,才能重新建立起人们对历史文化散文的信任。我一直在朝着这个目标努力。是否及格,尚需高明的读者评判。

我们为什么怀念启功

著名学者启功先生,是一位"不世出"的文化大家。他博学多才,在书画创作、书画理论、诗词创作、诗词理论、文物鉴定、学术研究等诸多领域都卓有建树,成就斐然。他博师古人,自成体格,开创了中国书法的新境界,成为彪炳书史的书坛领袖;他的书学思想被学术界命名为"启功书法学",成为泽被后人的权威理论。更重要的是,他是一位旷达乐观、淡泊名利的忠厚长者,坚忍弘毅、刚柔相济的聪慧智者,重情守诺、悲天悯人的博爱仁者。中国儒家的传统美德——仁、义、礼、智、信,他无不具备。无论是为人还是为学、为艺,都堪称楷模,深得世人爱戴和敬仰。凡是与启功先生有过接触或是对先生有所了解的人,无不为他渊博的学识、高超的艺术成就和高尚的人格魅力所折服。

20世纪80年代中叶,我考入北京师范大学中文系,有幸得识启功先生。当时先生虽然年事已高,但还带着研究生,有时会给全校学生举办讲座,也曾专门给我们讲授过书法课(他的两位学生,一位是我们的古典文学老师,一位是我们的书法老师),所以我们不仅有幸经常一睹先生丰采,更幸福的是能够亲耳聆听先生(以及其他老先生,如钟敬文先生等)的教诲。这样的荣幸是我们的学弟学妹们所不曾有的,现在回想起来,仍然感觉很幸运。

也许上天对我格外眷顾吧,不知道是不是我与先生有特别的缘分,在大学毕业离开校园之后不久,我竟有幸与先生"重续前缘",并受到先生信任和爱护,成为先生晚年的一位"忘年交",追随先生十几年之久。最初是因为工作关系,后来完全演变成私人感情。从20世纪90年代初直到2005年6月30日先生去世,在将近十五年的时间里,我经常去先生家,听先生谈天说地,欣赏先生的诗书画作品,充分感受到先生温润如玉的人格魅力。这种交往不是泛泛之交,而是掏心窝子的深入交流。先生视我为憨厚老实的晚辈,我视先生为和蔼可亲的长辈。在我出生之前,我的爷爷就饿死于饥荒年代;我的奶奶也去世得早,几乎没有给我留下什么印象,记忆中只是小时候看到的她的黑白遗照,一身黑衣,一张模糊的严肃的脸。所以,我从来没有感受过爷爷奶奶的爱,当然也谈不上什么感情。而对先生,我内心是把他老人家视为亲人、视为爷爷的,我也确实从他老人家身上感受到这种祖辈的关爱。先生终其一生,都感激陈垣先生的知遇之恩、再造之恩,感慨"信有师生同父子""师生之情有逾父子"。我对启功先生的感情,也是晚辈对祖父的那种感情。所以,我常套用先生的话,自述"情逾祖孙"。这种深厚的感情,恐怕外人是难以理解或相信的。先生逝世已经十五年了,而我对先生的思念、爱戴与崇敬从未中断或减弱。

因此之故,在先生生前、身后,我写下了大量文章,这些作品当然不可能反映先生的全貌,更无法传达出先生博大精深的学问、高尚伟岸的人格于万一,我只能从我的视角去写先生,写我眼中的先生、我心中的先生、我理解的先生。文章无论长短、水平无论高下,我所写内容是真实的——很多是我亲见亲闻的,有的还是我的独家"秘闻",也有一些是从先生的著作中或其他可靠渠道了解到的;写作态度是真诚的,我是"为情而造文",绝非"为文而造情";所抒感情是真挚的、深沉的、发自肺腑的,没有半点虚情假意。

我将这些文章整理成书,名为《仁者启功》,全书分为四辑。前三辑按时间顺序排列。甲辑写于先生生前,主要是出于一名记者的敏感和晚辈的感情,为了介绍先生、宣传先生而写。乙辑写于先生去世后一段时间之内。遽失亲人的巨大悲痛,令我一口气写下好几篇怀念文章,最早的一篇写于先生逝世当天(2005年6月30日),发表于先生逝世次日(2005年7月1日《光明日报·文荟》副刊),应该是于先生逝世后写得最早、发表最快的一篇悼念文章。我深深沉浸在巨大的悲痛之中,很长时间都走不出来。这一时期的文章以怀念为主,特点是感情浓郁,直抒胸臆,毫不掩饰心中的悲痛和思念,几乎每个字都是蘸着泪水写下的。丙辑是于先生逝世几年之后直到现在所写的文章,这一时期文章的特点是感情内敛,相对平静、理性,不再只是单纯地抒发怀念之情,也不再是简单地介绍我跟先生交往的往事,而是侧重于介绍先生的生平事迹和人格魅力、艺术与学术成就,并尝试研究先生的思想和精神,实际上是自觉地承担起宣传与研究启功先生的任务。丁辑是一部中篇纪实文学,采用"条块写作法",以先生的治学成就和独特品质为线索,分专题对先生一生的经历、成就和高尚品格进行了系统深入的介绍。这部作品我从先生在世时就开始动笔,但真正完成是在先生逝世两年之后。近年来,随着研究启功的深入和研究成果的不断丰富,我又对这部作品进行了较大幅度的修订。从乙、丙、丁三辑文章中可以看出,我已从"怀念启功"向"研究启功""宣传启功"转变,我已经不满足于抒发对先生的爱戴与怀念之情,而是把对先生的深厚感情转化为研究先生的动力和行动。宣传启功事迹、研究启功成就、弘扬启功精神,已经成为我的文化自觉,我用这种方式来纪念先生。所以,在2016年6月23日,当一个由同人自发组织的非牟利性民间学术团体——启功研究会成立的时候,我在事先毫不知情的情况下,被"缺席审判"选举为研究会理事。

著名作家张胜友先生生前在评论我的作品时指出:"撰者之所以能够如此精准把握启功先生生平业绩和精神内涵,首先来自他对先生的真切了解和深厚感情。作者曾就读于北师大,或直接受教于先生的耳提面命,或间接感悟于先生的高风亮节。此后更有幸追随先生十数载,不但对先生有全面而深入的了解,更与先生结下了深厚感情。以这样的身份来写启功,自然笔下始终带有温度,带着真情。这样的作品读来让人温暖,让人感动。这也正符合孟老夫子'知人论世'的主张。阅读文学作品需要了解作者的思想、经历,写作人物传记更应如此,否则写出的人物就是冷冰冰的。"张先生所言,可谓的论。我一向认为,真情实感是散文的灵魂与生命,如果没有真情实感,就不要下笔为文。我很反感虚情假意的无病呻吟。我写启功先生,都是真情的自然流露和汹涌勃发。如果没有这么真挚而深厚的感情,就没有这些文章,也就没有这本小书。

(本文系《仁者启功》序言,黄山书社 2021 年 4 月版,收入本书时略有删节)

《井冈山》的"绿"

第一次到井冈山,我就惊叹于她的绿。无论是高山还是平川,触目之处,满眼都是绿油油的绿啊:漫山遍野的翠竹、树木、野草,挺拔,坚韧,劲健,郁郁葱葱,苍翠欲滴。"咬定青山不放松,立根原在破岩中。千磨万击还坚劲,任尔东西南北风。"这是地理意义上的井冈山,这是坚韧不拔的井冈山精神。

而今,我登上另一座"井冈山"——文学的井冈山,举目四望,分明看到了又一片葱茏的绿色,那是一篇篇文学力作迸发出的生命的颜色。散文、诗歌、随笔、报告文学、文艺评论,配以精美的插图,如同满山遍野的苍松、翠竹、青草、鲜花,枝叶葳蕤,花团锦簇,美不胜收,令人沉醉不知归路。捧读入选第七届井冈山文学奖终评的30篇作品,我仿佛细细欣赏着"井冈山"的一草一木、一枝一叶,感动于每一片嫩芽的勃发、每一朵花蕊的绽放、每一颗露珠的滴落。《血色血脉》追怀战火纷飞中诞生的红军医院,传承的是英勇不屈的红军精神;《青山着意化为桥》回望六十年血防事业,传播的是血吸虫病防治的"江西经验";《风正一帆悬》深情书写水利人的奉献;《月满大江》展现的是江西水利改革发展的新成就;而《辙印》则从春运的变化透视铁路运输业的巨大发展……历史与现实、昨天与今天,在作家们的笔下成为一篇篇优美精致的佳作,传达出撼动人心的巨大力量。

《井冈山副刊》,从诞生之日起,就承继了不屈不挠、勇于创新的井冈山精神。四十多年来,她筚路蓝缕,砥砺前行,坚守"与时代同行、以文学为魂、与读者连心"的文学定位,坚持"文新结合、丰富多样"的办刊理念,打造了一座文学的高峰,成为"文学的摇篮,作家的朋友"。她根深叶茂,绿荫如盖,在传统媒体不断衰落、报纸副刊日渐萎缩的今天,逆势飞扬,不衰反盛,绿意盎然,生机勃勃,保持着旺盛的生命力,在全国副刊界、文学界享有盛名。尤其是以"盲评、高规格"为特点的年度井冈山文学奖评选,至2018年已成功举办六届,在全国文学界、副刊界产生了广泛的影响。

从报纸诞生起,副刊就成为它的一个重要组成部分,成为一份报纸文化品位的重要标志。副刊的品位,决定着报纸的品位;副刊的品格,代表了报纸的品格。不少报纸往往因副刊而闻名。在中国现代文学史上,北京的《晨报副刊》(原名《晨报副镌》)、上海的《申报副刊》等在当时的文坛都发挥了重要作用,具有举足轻重的影响,并在中国现代文学史、现代报刊史上留下重重一笔。《晨报副刊》就因为刊登鲁迅的《阿Q正传》而载入史册。而这部经典作品得以产生(不只是问世),很大程度应归功于《晨报副刊》编辑孙伏园的"善于催稿"(鲁迅语)。这也正是好编辑与好作家、好作品的关系。有了好的办刊理念,还要有好的副刊编辑。很多优秀的文艺作品,都是编辑与作者共同智慧的结晶。在中外文坛,这样的佳话不胜枚举。

《井冈山》的成功,离不开一支高水平、专业化、勤勉敬业的编辑队伍,是他们独到的审美眼光、深沉的文化情怀、厚重的文学功力,成就了《井冈山》高蹈的文化品位,是他们的脚踏实地,不辞劳苦,成就了《井冈山》的优雅崇高。四年五获中国新闻奖,其中两次摘得"皇冠上的明珠"一等奖。如此不俗的业绩,创造了中国报纸副刊史上很难超越的历史纪录,这是对《井冈山》人辛勤付出的最好回报。"栽得梧桐树,引来金凤凰。"《井冈山副刊》的品牌效应,又吸引了越来越多的优秀作品,使这座文学高峰的生态更加良好。大家云集,佳作荟萃,姹紫嫣红,争奇斗艳。

《井冈山》的绿啊!

蛐 蛐 儿

一

9月下旬的一天傍晚,我下班回到家,打开家门,就听到一阵欢快而热烈的叫声——

"㘗㘗！㘗㘗！㘗㘗！——"

蛐蛐儿！是蛐蛐儿！我们家有了蛐蛐儿！

我一阵欣喜,放下挎包就开始捕捉声音的来源。

我家住二楼,北侧有一个露台。露台不大,我们沿着围墙砌了花坛,买了花盆,种了些花草菜蔬。种是种上了,但并没有用心照顾,隔三岔五浇浇水,基本任其自由生长,既不事耕耘,也不问收获,喜的是那一片蓬勃生气和红红绿绿。所以虽然几无所获,但是鸟儿、虫儿招来不少,叽叽喳喳的,煞是热闹。鸟儿、虫儿啄食、啃食绿叶、瓜果,我们也不管它们,由着它们来来往往。所以,这一小块地域生态环境甚好,也算是为城市美化、绿化做了点贡献。这只蛐蛐儿,显然就是被这个小环境吸引来的。蛐蛐声来自北面,似乎在外面的露台上,似乎在厨房北面的小阳台上,又似乎就在厨房里,或者就在北卧室里。我努力放轻脚步,竖起耳朵,寻找蛐蛐儿的藏身之地,最终判断蛐蛐儿应该不在室内,很有可能就在小阳台内外。这让我在惊喜中不免有一点小小的遗憾:惊喜的是,这不速之客从何而来;遗憾的是,它为何不肯进我家门。在我的潜意识里,只要它进了我的家门,就是我家成员了;而现在,它仿佛还在犹豫愿不愿意成为我家的一员。如果它不开心,随时有可能拔腿就走,离我而去。这怎不让我担心!

不过现在,我心中的喜悦远远大于遗憾。这不期而至的客人给我带来了巨大的快乐!我长时间地静听着蛐蛐儿欢快的叫声,心中的喜悦无以名状。蛐蛐儿的叫声短促而洪亮,从容不迫,底气十足。"洪亮",对,就是"洪亮"。从它的叫声里我突然理解了"洪亮"的含义:洪者,大也;亮者,明亮,敞亮,透亮也。有一种声音不仅大,而且透着亮。蛐蛐儿的叫声就是这样。凭常识我知道,拥有如此洪亮声音的一定是一只雄蛐蛐儿,我甚至能想象出它健硕的体型。那一定是一只油黑发亮、膀大腰圆的蛐蛐界壮汉。

从此以后,每天下班,打开家门,必定能听到它欢快而洪亮的叫声。

过了两三天,蛐蛐儿的声音又到了厨房里。这让我更加开心！我蹲在地上侧耳细听,判断它应该在灶台下面。我无法确定它的具体位置,更无法见到它的尊容。我很想找到它,喂它一点菜叶,表达对它的欢迎和感激之情,可是我连这点都做不到。不过现在我放心了,这只蛐蛐儿终于肯搬进我家,正式成为我家一员了。这让我对它无比感激！蛐蛐儿每天白天黑夜地鸣叫着,声音始终那么洪亮,一点也不嘶哑,仿佛它有用不完的力气似的。

这只蛐蛐儿可是真勤奋,它没日没夜地工作,仿佛不知道疲倦为何物。我怜爱它,可是我连一点怜爱的机会都没有。它就那么兀自歌唱着,快乐着,不知道它的快乐无意中也快乐了别人。我突然想起了欧阳修的《秋声赋》。在欧阳先生的笔下,秋天是那样寂寥,秋声是那样悲戚,"盖夫秋之为状也,其色惨淡,烟霏云敛;其容清明,天高日晶;其气栗冽,砭人肌骨;其意萧条,山川寂寥。故其为声也,凄凄切切,呼号愤发"。可是在我的心中,秋天是金色的季节,是收获的季节,是喜悦的季节;秋声就是蛐蛐儿的叫声,那么洪亮,那么昂扬,那么欢快,哪里有一点点悲戚。

二

请原谅我太喜欢这只小生物了,以致忘了介绍它的大名。其实无须介绍,很多人都知道,蛐蛐儿大名蟋蟀,古人又称之为蛩、促织等,蛐蛐儿只是它的"乳名"之一,也是它最为人们所常用的"乳名"。它还有夜鸣虫、将军虫、秋虫、斗鸡、趋织、地喇叭、灶鸡子、孙旺、土蜇等别名,被人叫得最多的还是"蛐蛐儿"。人们常说斗蛐蛐儿、斗蟋蟀是很正式的说法。也难怪,谁家的小宝贝没有一个长辈们喜欢的乳名呢?

蟋蟀是一种无脊椎动物,昆虫纲,直翅目,蟋蟀科。蟋蟀种类繁多,多数为中小型,少数为大型,呈黄褐色和黑褐色。它的头是圆的,胸部有些宽,丝状触角细长易断。咀嚼式口器。有的大颚发达,强于咬斗。前足和中足相似并同长;后足发达,善跳跃;尾须较长。前足胫节上的听器,外侧大于内侧。雄性喜鸣、好斗,常有互相残杀现象。蟋蟀们生性孤僻,喜欢独居,彼此之间不能容忍。一旦碰到一起,就会咬斗起来。蟋蟀穴居,常栖息于地表、砖石下、土穴中、草丛间。夜出活动。杂食性,吃各种作物、树苗、菜果等。它每年发生一代,产卵在土中以卵越冬。

蟋蟀优美动听的歌声并不是出自它的好嗓子,而是它的翅膀。仔细观察,你会发现蟋蟀在不停地振动双翅,难道它是在振翅欲飞吗?当然不是了,翅膀就是它的发声器官。蟋蟀利用翅膀发声,在蟋蟀右边的翅膀上,有一个像锉样的短刺,左边的翅膀上,长有像刀一样的硬棘。左右两翅一张一合,相互摩擦,振动翅膀就可以发出悦耳的声响了。所以,确切地说,蟋蟀的声音不是"叫"出来的,而是"摩擦"出来的。

蛐蛐一般在夏季的8月开始鸣叫,通常在野外20℃时鸣叫得最欢,10月下旬气候转冷时即停止鸣叫。雄虫遇雌虫时,其鸣叫声可变为"唧唧吱、唧唧吱",交配时则发出带颤的"吱……"声。当两只雄虫相遇时,先是竖翅鸣叫一番,以壮声威,然后即头对头,各自张开钳子似的大口互相对咬,也用足踢,常可进退滚打3至5个回合。

每到繁殖期,雄性蟋蟀会更加卖力地振动翅膀,发出动听的声音,以吸引异性。其中歌王当属长颚蟋蟀。体长20毫米左右,触角长约35毫米,因两颗大牙向前突出,故名长颚蟋蟀,俗称萨克斯。宁静的夏夜,草丛中便会传来阵阵清脆悦耳的鸣叫声。听,蟋蟀们又在开演唱会了!

此外,蟋蟀的鸣声也是颇有名堂的,不同的音调、频率能表达不同的意思。夜晚蟋蟀响亮的长节奏的鸣声,既是警告别的同性:"这是我的领地,你别侵入!"同时又是招呼异性:"我在这儿,快来吧!"当有别的同性不识抬举贸然闯入时,它便威严而急促地鸣叫以示严正警告。若"最后通牒"失效,那么一场为了抢占领土捍卫领土的凶杀恶战便开始了。两只蟋蟀甩开大牙,蹬腿鼓翼,战在一起,其激烈程度,绝不亚于古代两国交战时惨烈的肉搏。

三

据科学家研究,蟋蟀是一种古老的昆虫,至少已有1.4亿年的历史。可是与4亿年前的昆虫"活化石"蟑螂相比,它就是绝对的小字辈了。不过,与令人讨厌的蟑螂相反,蟋蟀自古就深得人类喜爱。其实蟋蟀本是害虫,它主要以植物根茎、果实为食,对农作物有危害。可人们还是喜欢它,主要原因有二:一是善鸣,二是好斗。

与别的昆虫相比,蟋蟀具有更高的知名度。它的形象早就被写入中国古代的文学作品里。在成书于公元前11世纪至5世纪的《诗经》里就有两首提到蟋蟀,其中一首的标题就是《蟋蟀》:

蟋蟀在堂,岁聿其莫。

今我不乐,日月其除。

无已大康,职思其居。

好乐无荒,良士瞿瞿。

蟋蟀在堂,岁聿其逝。

今我不乐,日月其迈。

无已大康,职思其外。

好乐无荒,良士蹶蹶。

蟋蟀在堂,役车其休。

今我不乐,日月其慆。

无已大康,职思其忧。

好乐无荒,良士休休。

这是一首感时诗,又是一首劝勉诗。诗人由岁暮想到时光易逝,当及时行乐;又想到行乐也不能荒废正业,一定要发奋努力。

在这里,蟋蟀被作为时光的象征。古人以候虫纪时,《诗经·豳风·七月》篇云:"五月螽斯动股,六月莎鸡振羽,七月在野,八月在宇,九月在户,十月蟋蟀入我床下。""蟋蟀在堂""蟋蟀入我床下"即表示年岁将暮。《古诗十九首》也有类似的诗句,如之七:"明月皎夜光,促织鸣东壁。玉衡指孟冬,众星何历历。"之十二:"四时更变化,岁暮一何速!晨风怀苦心,蟋蟀伤局促。"蟋蟀是秋虫,等它入室鸣叫,已是天凉岁暮时节,因此,在凄清的夜晚,听着蟋蟀的鸣叫,极易引起人们对时光飞逝的伤感,这基本上为蟋蟀入诗定下了调子。蟋蟀是古代诗歌中的常见意象,往往与对生命和时光的悲叹联系在一起。蟋蟀是报秋的使者,在蟋蟀一声声"唧唧"的轻唱中,凉风四起,秋意渐浓,所以常常被敏感的文人用来寄托感时伤世的情感。杜甫在诗中感叹:

促织甚微细,哀音何动人。
草根吟不稳,床下夜相亲。
久客得无泪,放妻难及晨。
悲丝与急管,感激异天真。

这是杜甫于乾元二年(759年)秋天所作的一首五言律诗《促织》。当时杜甫经历了仕途挫折的打击和群小欺凌的痛苦,对现实政治十分失望。经过痛苦的抉择,毅然弃官为民,辞去华州司功参军,举家西行,几经辗转,来到秦州(今甘肃天水),寓居此地三月有余。远离家乡,夜间听闻蟋蟀哀婉的叫声从而感秋,至而牵动了思乡之情，表达了诗人远离家乡的羁旅愁怀。人们常常把鸣叫声当作动物的语言，所以一听到反复不断的声音，就自然想象到那是在不断地诉说着什么，或要求着什么，把它想象成无休止的倾诉。杜甫在秦州的几个月，正是促织活动的时候。傍晚、清晨，特别是不眠之夜，他大约都是在促织的鸣叫声中度过的。诗人久客在外，心情本来就很凄凉，被促织声一激，往往不禁泪下。这首诗，就是诗人当时忧伤感情的真实写照。蟋蟀好比一个个天才的演奏家，或单奏或合奏，时断时续，交替错杂，不紧不慢地在秋夜里弹唱。清脆悠扬的鸣声，温婉动听，使秋的夜、秋的色在诗人的笔下淋漓尽致地弥漫开来。聆听着蟋蟀那情真意切的呼唤，伴随着绵绵秋雨，诗人的思乡之情油然而生。

岳飞的名篇《小重山》则借助蟋蟀传达他的家国情怀：

昨夜寒蛩不住鸣。惊回千里梦，已三更。起来独自绕阶行。人悄悄，帘外月胧明。　白首为功名，旧山松竹老，阻归程。欲将心事付瑶琴。知音少，弦断有谁听？

夜静月明，寒蛩惊梦，绕阶独步，松竹老，两鬓白，知音何处，壮志难酬，失落、无奈和惆怅的意境，融入这秋夜蟋蟀的悲吟之中。作者满腔的爱国之心化作了记梦之词，因此成了千百年来

"壮怀蕴藉"的名篇。

陆游至少有两首诗写到蟋蟀,一首是作于绍熙元年(1190年)秋的《夜闻蟋蟀》:"布谷布谷解劝耕,蟋蟀蟋蟀能促织。州符县帖无已时,劝耕促织知何益。安得生世当成周,一家百亩长无愁。绿桑郁郁暗微径,黄犊叱叱行平畴。荆扉绩火明煜煜,黍垄馌饭香浮浮。耕亦不须劝,织亦不须促。机上有余布,盎中有余粟。老翁白首如小儿,彭腹击壤相从嬉。"诗歌抨击了官府压榨农民的不合理的现实,表现了诗人忧国忧民的高尚情怀。另一首《秋兴》则借蟋蟀表达了诗人高洁不俗的天性:"蓬蒿门巷绝经过,清夜何人与晤歌?蟋蟀独知秋令早,芭蕉正得雨声多。传家产业遗书富,玩世神通醉脸酡。如许痴顽君会否?一毫不遣损天和。"此外,还有杨万里的《促织》:"一声能遣一人愁,终夕声声晓未休。不解缲丝替人织,强来出口促衣裘。"王安石的《促织》:"金屏翠幔与秋宜,得此年年醉不知。只向贫家促机杼,几家能有一绚丝。"这两首诗总能让人想起唐朝诗人李绅的《悯农诗二首》:"春种一粒粟,秋收万颗子。四海无闲田,农夫犹饿死。""锄禾日当午,汗滴禾下土。谁知盘中餐,粒粒皆辛苦。"姜夔的词中不止一次地沉吟:"乱蛩吟壁""藓苔蛩切""露湿铜铺,苔侵石井,都是曾听伊处。哀音似诉……西窗又吹暗雨,为谁频断续,相和砧杵",等等。这些诗篇都抒写了蟋蟀鸣声给人们带来的不尽愁思。

韩愈说:"以鸟鸣春,以雷鸣夏,以虫鸣秋,以风鸣冬。"秋风萧瑟时,蟋蟀鸣声不仅给人幽思,也给人快乐和振奋。宋代姜夔题记:"蟋蟀,中都呼为促织,善斗。好事者或以二三十万钱致一枚,镂象齿为楼以贮之。"明代诗人顿锐的《观斗蟋蟀》曰:"见敌竖两股,怒须如卓棘。昂臧忿塞胸,彭亨气填臆。将搏必踞蹲,思奋肆凌逼。既却还直前,已困未甘踣……"作者用拟人的手法将蟋蟀激烈争斗的场面描绘得栩栩如生,并由虫及人,表达了作者对人生的超然态度。

宋代诗人叶绍翁在《夜书所见》中,生动地描写了儿童夜捉蟋蟀的情景:

萧萧梧叶送寒声,江上秋风动客情。
知有儿童挑促织,夜深篱落一灯明。

数千年过去了,到了现代,蟋蟀依然是诗人们喜爱的题材。诗人们经常在诗歌中用蟋蟀来表现那种悲凉、忧愁的基调。台湾诗人余光中的《蟋蟀吟》和大陆诗人流沙河的《就是那一只蟋蟀》,就是其中具有代表性的佳作。

中秋前一个礼拜,我家厨房里

怯生生孤伶伶添了个新客

怎么误闯进来的,几时再迁出

谁也不晓得,只听到

时起时歇从冰箱的角落

户内疑户外惊喜的牧歌

一丝丝细细瘦瘦的笛韵

清脆又亲切,颤悠悠那一串音节

牵动孩时薄纱的记忆

一缕缕的秋思抽丝抽丝

再抽也不断,恍惚触须的纤纤

轻轻拨弄露湿的草原

入夜之后,厨房被蛊于月光

瓦罐铜壶背光的侧影

高高矮矮那一排瓶子

全听出了神,伸长了颈子

就是童年逃逸的那只吗?

一去四十年又回头来叫我?

入夜,人定火熄的灶头

另一种忙碌似泰国的边境

暗里的走私帮流窜着蟑螂

却无妨短笛轻弄那小小的隐士

在梦和月色交界的窗口

把银晶晶的寂静奏得多好听

在这首《蟋蟀吟》里,余光中借一只蟋蟀表达了浓浓的思乡之情。"一丝丝细细瘦瘦的笛韵/清脆又亲切,颤悠悠那一串音节/牵动孩时薄纱的记忆。""就是童年逃逸的那只吗?/一去四十年又回头来叫我?"在写这首诗之前四年,1982年,余光中在给流沙河的信中就写道:"在海外,夜间听到蟋蟀叫,就会以为那是在四川乡下听到的那一只。"这句话触发了流沙河的灵感,他提笔写下了《就是那一只蟋蟀》:

就是那一只蟋蟀

钢翅响拍着金风

一跳跳过了海峡

从台北上空悄悄降落

落在你的院子里

夜夜唱歌

就是那一只蟋蟀

在《豳风·七月》里唱过

在《唐风·蟋蟀》里唱过

在《古诗十九首》里唱过

在花木兰的织机旁唱过

在姜夔的词里唱过

劳人听过

思妇听过

就是那一只蟋蟀

在深山的驿道边唱过

在长城的烽台上唱过

在旅馆的天井中唱过

在战场的野草间唱过

孤客听过

伤兵听过

就是那一只蟋蟀

在你的记忆里唱歌

在我的记忆里唱歌

唱童年的惊喜

唱中年的寂寞

想起雕竹做笼

想起呼灯篱落

想起月饼

想起桂花

想起满腹珍珠的石榴果

想起故园飞黄叶

想起野塘剩残荷

想起雁南飞

想起田间一堆堆的草垛

想起妈妈唤我们回去加衣裳

想起岁月偷偷流去许多许多

就是那一只蟋蟀

在海峡这边唱歌

在海峡那边唱歌

在台北的一条巷子里唱歌

在四川的一个乡村里唱歌

在每个中国人脚迹所到之处

处处唱歌

比最单调的乐曲更单调

比最谐和的音响更谐和

凝成水

是露珠

燃成光

是莹火

变成鸟

是鹧鸪

啼叫在乡愁者的心窝

就是那一只蟋蟀

在你的窗外唱歌

在我的窗外唱歌

你在倾听

你在想念

我在倾听

我在吟哦

你该猜到我在吟些什么

我会猜到你在想些什么

中国人有中国人的心态

中国人有中国人的耳朵

思念中的蟋蟀,成就了两首隽永的好诗,也成就了一段诗坛佳话。

自古以来,蟋蟀就是一种被人们喜爱的灵物,它用短暂的生命谱写了秋天时节的完美,为人们带来了灿烂和欢悦,无怨无悔地鸣奏出生命最铿锵的乐章。

四

因为善鸣好斗,蛐蛐成为人们喜爱的宠物。据记载,中国饲养蛐蛐始于唐代,斗蛐蛐之风也始于唐代。唐朝天宝年间开始养斗蟋蟀,盛于宋代,明清两代绵延不绝,且越演越盛。据前人书中记载,从前,在京郊香山、玉泉山、温泉等地,蟋蟀俯首即得,即使城内的故宫、北海、天坛、太庙等地也能捉到蟋蟀。白牙青、白牙紫、垂青一线飞蛛、铁弹子都是北京知名的蟋蟀品种。京城民间始终保留着玩蟋蟀的习俗,各路玩家经常聚集到一起聊蟋蟀、斗蟋蟀。盛行时,宣武门、牛街、椿树上头条都是有名的摆擂台、斗蟋蟀的地方。

山东宁津的蟋蟀,以体健力足、剽悍好斗、刚柔相济而闻名全国。宁津蟋蟀兼具南北虫的特点,既有南虫的个大、头圆、顶大、腿大、皮色好,又有北方干旱区虫的体质、顽强的斗性、耐力、受口与凶悍,具有咬死不败的烈性。历史上宁津蟋蟀闻名北方,为历代帝王斗蟋蟀的进贡名产地。近年来,自夏末起,北京、天津、广州、上海、杭州、南京、苏州、无锡、徐州、西安等十几个大城市都有爱好者到宁津县大量选购蟋蟀。

蟋蟀、油葫芦、蝈蝈,号称中国三大鸣虫。三大鸣虫中,玩得最好、最精彩、最有文化韵味的当数蟋蟀。古人玩蟋蟀讲究三种境界。第一种境界叫"留意于物"。其中最典型的代表是南宋宰相贾似道,竟然因玩虫而误国。他生平斗鸡走马、饮酒宿娼,无所不至。任宰相后,常与群妾伏地争斗蟋蟀,还总结养蟋蟀、斗蟋蟀的经验,写成《促织经》一部传世。他专权跋扈、蒙蔽朝廷,终于把半壁河山断送给元军,时人骂他为"权奸"。第二种境界称"以娱为赌",把斗蟋蟀作为赌博手段。第三种境界叫"寓意于物",这是最高境界,多为文人雅士所为。

缘于对蟋蟀的喜爱,前人还撰写了若干关于蟋蟀的书籍,详细介绍了有关蟋蟀的知识以及饲养蟋蟀的逸闻趣事。如宋贾似道的《促织经》,详细地介绍了捕捉、收买、喂养、斗胜、医伤、治病、繁殖等方法。书中写道:"白不如黑,黑不如赤,赤不如青麻头。青项、金翅、金银丝额,上也;黄麻头,次也;紫金黑色,又其次也。其形以头项肥,脚腿长,身背阔者为上。顶项紧,脚瘦腿薄者为上。虫病有四:一仰头,二卷须,三练牙,四踢脚。若犯其一,皆不可用。"这本书原著今已不传,现在见到的是明人周履靖的续增本。此外,还有明袁宏道的《畜促织》,明刘侗的《促织志》,清金文锦的《促织经》,清石莲的《蟋蟀秘要》,清朱翠庭的《蟋蟀谱》,清金六厂删定的《促织经》,清朱从延纂辑、林德垓、庄乐耕重订的《蚟孙鉴》,近代李文翀的《蟋蟀谱》,近代李石孙、徐元礼的《蟋蟀谱》,等等。

在前人的著述中,我最喜欢王世襄先生的《秋虫六忆》。王世襄,字畅安,原籍福建福州,生于北京,当代著名文物专家、学者、文物鉴赏家、收藏家。他不但爱玩,也会玩。他玩物并研物,玩出了文化,玩出了一门"世纪绝学",使井市的"雕虫小技"登上了"大雅之堂",被称为"京城第一玩家"。蛐蛐这么可爱的玩物,自然逃不过他的法眼。王世襄玩蟋蟀,前后长达七十年,玩成了"专家"。他的《蟋蟀谱集成》收录我国蟋蟀谱十七种,上自古代传世之本,下至1949年之前之作,全部影印出版,《秋虫六忆》就是本书的后记。作者开篇就说:"北京称蟋蟀曰'蛐蛐'。不这样叫,觉得怪别扭的。"——不只是北京,我的家乡江苏也是这么叫的。在这篇长达两万五千字的《秋虫六忆》中,作者回忆了20世纪30年代自己玩蛐蛐的种种趣事。包括捉蟋蟀、买蟋蟀、养蟋蟀、斗蟋蟀、蟋蟀器皿、"蟋友"等六个方面。通篇气韵流动,情趣盎然。

他写秋天到来,惦记蛐蛐的心情:"只要稍稍透露一丝秋意——野草抽出将要结子的穗子,庭树飘下尚未全黄的落叶,都会使人想起一别经年的蛐蛐来。'蛐蛐'一叫,秋天已到,更使我若有所失,不可终日,除非看见它,不然无法按捺下激动的心情。有一根无形的细弦,一头系在蛐蛐的翅膀上,一头拴在我心上,那边叫一声,我这里跳一跳。"简直生动极了!

蟋蟀的善鸣好斗,为人类带来了乐趣,同时也为人类、为自己带来了灾难。

因为斗蛐蛐之风盛行,上等蟋蟀以及蟋蟀罐都被炒得很贵,非以重金不易购得。"底事清闲爱小虫,重价得来藏玉城。交恶皆因争异性,不惜搏斗逞英雄。"清代富察敦崇《燕京岁时记》中记载:"七月中旬则有蛐蛐儿,贵者可值数金。有白麻头、黄麻头、蟹胲清、琵琶翅、梅花翅、竹节须之别,以其能战斗也。"上等蟋蟀,均系主人不惜重金购得,名虫必用青白色泥罐贮之。"蛐蛐罐有永乐官窑、赵子玉、淡园主人、静轩主人、红澄浆、白澄浆之别,佳者数十金一对。"

到了这个程度,玩蛐蛐的味道就变了。养蛐蛐不是为了欣赏,斗蛐蛐也不是为了娱乐,而完全演变成一种赌博手段了。而小小的蛐蛐,也就变成了一些人赌博的工具,变成了身价不菲的稀罕物件。斗蛐蛐的结果,自然是"几家欢乐几家愁"。有赚得盆满钵满的,就必然有输得片甲不留,甚至倾家荡产的。自古至今,因为斗蛐蛐引发的悲剧不知几何。蒲松龄的《聊斋志异》中有一篇《促织》,就讲述了一个因蟋蟀而引发的悲喜剧:"宣德间,宫中尚促织之戏,岁征民间。此物故非西产;有华阴令欲媚上官,以一头进,试使斗而才,因责常供。令以责之里正。市中游侠儿得佳者笼养之,昂其直(值),居为奇货。里胥狡黠,假此科敛丁口,每责一头,辄倾数家之产。"一位名叫成名的读书人,他的儿子更是因为不小心弄死了留待进贡的促织而跳井自杀。

斗蛐蛐的变异,不但给人类带来了悲剧,对于蛐蛐本身也是一场灾难。蛐蛐本来生活在野外,可是人类为了满足自己的欲望,不但把它们捕捉来,囚禁在小罐子里,而且唆使它们与同类自相残杀,轻者遍体鳞伤,重者性命不保。

人类为了自己的贪欲,逼着其他动物互相残杀,连蟋蟀这样小小的昆虫都不能幸免。如果我们真的喜欢它,就让它在自己喜欢的环境里,自由自在地生活,我们一样可以聆听它们的鸣叫。这样多好!为什么非要把自己的快乐建立在它们的痛苦之上呢？

五

2016年的国庆长假,我在家闭户读书、写作。七天长假,我连续四天没有出门,埋首在古人的优美辞章中。读写累了,我抬头看看露台上长得枝枝蔓蔓无人修理的果蔬花草,听听蛐蛐坚持不懈的弹奏,悦目、悦耳又悦心。就算三更半夜,它的叫声依然那么洪亮,可我一点都不嫌烦,每天都在这洪亮的声音中酣然入眠。这只蛐蛐已经成为我家成员,我已经习惯了它的叫声。

长假的最后一天,10月7日,早上起床后,我意外地没有听到蛐蛐的叫声。不过那时我并没有在意。它已经连续工作这么多天,应该歇歇了。

然后是整个白天,从上午到下午,这只蛐蛐居然连一声都没有叫。我虽然牵挂着它,但我依然没有担心。它太累了,必须好好休息一下。

然而,我的耳朵里,一天都是**嚁嚁嚁嚁**的声音,仿佛幻听一般。我知道,这是多日听蛐蛐叫声引起的,我的耳朵里也许有一台超微型录音机,把它的叫声录下来了,现在正给我播放呢。

天渐渐黑下来了,我仍然没有听到蛐蛐鸣叫。这时我的心里才渐渐紧张起来,我开始担心起来。它是走了,还是死了？我宁愿是前一种情况。它走了,我虽然不舍、遗憾,毕竟它还活着。十几天的"相处",我已经和它建立起感情。

随着时间的推移,我越发坐立不安。我竖起耳朵,仔细捕捉,还是听不到一点声音。我走进厨房,看着灶台下面,却一点办法都没有。我总不能把灶台拆掉寻找它吧？再说,就算我把灶台拆了,我也不知道它藏身在哪个角落里,我到哪儿找它去？我抓耳挠腮,六神无主,心一点一点地往下沉。眼看着已经晚上八点多了,我终于断定,这只蛐蛐,它不是走了就是死了,总之是离开我了！

这只蛐蛐,至今未曾谋面的蛐蛐,它陪伴我这么多天,带给我那么多快乐,现在说没就没了,我一时还接受不了这个现实！

说心里话,这些天里,我不是没有考虑过蛐蛐的生存问题。我经常想,它吃什么喝什么？我很想给它喂食菜叶,给它喝水,可是我根本都见不着它,我没法喂它。我只能自我安慰地想：它本来就是一只野生的虫子,它有野外生存的能力,不需要人类的照顾,它能生存下去。

话是这么说,一旦听不到蛐蛐叫,我除了胡思乱想外,就是在暗自自责。这么多天,我怎么没有想到在厨房地面放一点菜叶,放一盆水？如果它有了吃喝,也许就不会离开我家了。我白白地享受了它给我的欢乐,却一点事情都没为它做,怎么能够不惭愧呢!

可是我又想到,厨房里有的是水和菜叶,蛐蛐是不会饿死、渴死的。那么,它是走了,去往别处了。这么一想,我的心情又稍微好一点,负罪感轻了一点。不管怎样,我已经准备用哀伤的结尾结束本文了。我要怀着沉重的心情感谢它带给我的快乐。

就在我胡思乱想的时候,我突然听到了蛐蛐的叫声!"嚁嚁嚁嚁嚁——"没错,是蛐蛐的叫声,不是我的幻听!这么说,蛐蛐它还活着,而且,它没有离我而去!我看了一下电脑上显示的时间是 20:45。

蛐蛐一声一声地叫着,不过听得出来,它鸣叫的时间短,声音既不响也不亮,明显底气不足,而且叫了几声,便不叫了。它是累得,饿得,渴得,还是其他原因?我想,它也许确实很累了,歇歇也好。我知道它还活着,还在我家,这就很好了。

我回到书房,继续工作。虽然耳畔没有蛐蛐叫声,但是我已经不再担心了。我集中精力写着稿子,直到一声惊呼,如同小时候父母的手揪着我的耳朵,把我揪到了客厅一样。天哪!你猜我看到了什么——

一只蛐蛐,趴在电视柜前的地板上,一动不动。

这就是那只蛐蛐,我们的老朋友,我家的一名新成员,在暗中陪伴了我们多日后,今天终于露出真容了!它全身黑色,体型瘦小,完全不是我想象中的那样健硕。但它的出现还是让我欣喜不已!它为什么会出来?是饿了,还是渴了?是不甘寂寞,还是想让它的主人见一见?

还没等我走近看清它的尊容,这只蛐蛐已经以极快的速度溜到电视柜底下去了。我来不及多想,赶忙跑到厨房去,掐了几片菜叶拿过来放在地板上,我想用菜叶把它勾引出来。可是它再也没有出现。我只好回到书房,继续我中断的工作。

就这样又过了一个小时,我忽然又听到了蛐蛐叫声。这叫声持续时间长,声音又响又脆,透着亮,是我熟悉的那个声音。循声找去,是从厨房里发出来的,而且就在灶台下面。这家伙,不知道通过什么秘密通道回到了厨房。也许它已经在哪个角落里筑了一个窝,那里就是它的家。那就让它在自己的家里待着吧,不要再打扰它。我在地面放了些菜叶,如果它愿意,随时可以出来享用。

这一天夜里,我听着蛐蛐声入眠,睡得特别香甜。梦中所闻,都是蛐蛐的叫声,特别响,特别脆,特别亮。